URSULA NEEB

Madame ermittelt

URSULA NEEB

Madame ermittelt

Historischer Roman

GMEINER SPANNUNG

Bisherige Veröffentlichungen im Gmeiner-Verlag:
Madame empfängt (2010)

Besuchen Sie uns im Internet:
www.gmeiner-verlag.de

Im Ehnried 5, 88605 Meßkirch
Telefon 07575/2095-0
info@gmeiner-verlag.de

1. Auflage 2015

Lektorat: Claudia Senghaas, Kirchardt
Herstellung: Mirjam Hecht
Umschlaggestaltung: U.O.R.G. Lutz Eberle, Stuttgart
unter Verwendung der Bilder von:
Franz Xaver Winterhalter »Portrait of Empress Maria Alexandrovna«
1857 (© http://commons.wikimedia.org/wiki/File:Winterhalter_Francois_Xavier_-_Portrait_of_Empress_Maria_Alexandrovna.tif) und
http://commons.wikimedia.org/wiki/File:Frankfurt_Am_Main-Zeil-Anton_Radl-Christian_Haldenwang-um_1818.jpg
Druck: GGP Media GmbH, Pößneck
Printed in Germany
ISBN 978-3-8392-1651-4

Für Sonja Maria, meine unbekannte Schwester,
die im fernen Amerika lebt und nichts von mir weiß.

›Ach, es sind des Haifischs Flossen
Rot, wenn dieser Blut vergießt!
Mackie Messer trägt ’nen Handschuh
Drauf man keine Untat liest.‹

(Bertolt Brecht, ›Die Dreigroschenoper‹, Berlin 1928)

PROLOG

Es HATTE GERADE zur zehnten Abendstunde geläutet, was für sie in den Sommermonaten das Signal war, die Fensterläden des Verkaufsschalters zu schließen. Ehe sie das tat, spähte sie noch auf die Taunusanlage hinaus, die seit dem Bau des Taunusbahnhofs mit seinem neu verlegten Schienennetz einer Dauerbaustelle glich. Schon im nächsten Jahr sollte die neue Bahnstrecke nach Wiesbaden eingeweiht werden und von dem Gebäude standen erst die Grundmauern. Vor den langgezogenen Holzbaracken der Bau- und Gleisarbeiter, die sich am Rande des Anlagegürtels befanden, sah sie eine Gruppe Arbeiter sitzen, die ihr Feierabendbier tranken und den Sommerabend genossen. Einige winkten ihr zu. Sie winkte zurück, bemüht darum, es nicht zu einladend aussehen zu lassen. Sie war froh, wenn ihr die Kerle vom Hals blieben. Angespannt schweiften ihre Blicke über die Anlage, ob er nicht wieder irgendwo stand, um sie abzupassen – und zu bedrängen. Sie hatte die Nase gestrichen voll von seinen ewigen Nachstellungen. Konnte er denn nicht akzeptieren, dass sie für keinen mehr die Beine breitmachte!

Ihr Leben hatte sich komplett verändert, seit Thekla ihr vor einem Jahr das Angebot gemacht hatte, für sie und das Fräulein als Trinkhallenwärterin zu arbeiten. Sie hatte dem Strich und den widerlichen Freiern den Rücken gekehrt – und mit dem Saufen hatte sie auch aufgehört. Was sie niemals für möglich gehalten hätte. Schon fast ein Jahr lang hatte sie keinen Schnaps mehr angerührt. Das reinste Wunder war das! Doch wie so oft, musste sie sich eingestehen, dass ihr das immer noch sehr schwerfiel. Die wohlige Wärme im Bauch und der Rausch des Branntweins fehlten ihr, zuweilen sogar ganz entsetzlich, und sie fühlte sich oft stumpf und leer. Dann erschien ihr alles so langweilig und freudlos und das Leben machte ihr keinen Spaß mehr. Nur mit Thekla sprach sie darüber, die das selber kannte und sie bei der Stange hielt. »Das wird irgendwann vorübergehen«, pflegte die junge Frau zu sagen. *Hoffentlich!*, dachte sie einmal mehr und wischte sich die Schweißperlen von der Stirn. Sich nicht länger mehr feilbieten zu müssen, war dagegen eine große Erleichterung für sie. Doch er wollte das einfach nicht kapieren. In ihrer Verzweiflung hatte sie ihm gestern damit gedroht, ihn anzuschwärzen. Da hatte er sie mit einem Blick angesehen, der ihr förmlich das Blut in den Adern gefrieren ließ, und sie wusste genauso gut wie er, dass sie das niemals tun würde. Jedenfalls würde sie sich an ihr Versprechen halten, das hatte sie sich eisern vorgenommen – sie wusste nur noch nicht, wie sie ihm das beibringen sollte.

Obgleich die Sonne schon untergegangen war, war es immer noch schwül. Es waren die Hundstage, die heißeste Zeit des Hochsommers, und ihr rann der Schweiß in Strömen über Stirn und Schläfen. Jetzt, wo die Läden zu waren und kein Lufthauch mehr hereinkam, war es in der stickigen Verkaufsbude kaum noch auszuhalten. Ihre Handflächen waren so feucht, dass ihr der Schlüsselbund aus den Händen glitt und zu Boden fiel. Sie bückte sich, um ihn aufzuheben, und merkte plötzlich, dass sie zitterte wie Espenlaub. Was, wenn er draußen vor der Tür stand und auf sie wartete? Die Vorstellung ging ihr durch Mark und Bein. Vom Verkaufsschalter aus hatte sie ja nur sehen können, was vor der Trinkhalle war – nicht aber, was sich dahinter verbarg.

Jetzt mach aber mal halblang, an so einem Sommerabend sind doch noch genug Leute unterwegs!, suchte sie sich zu beruhigen, packte den Schlüsselbund und schloss die Tür auf, die sie aus Vorsicht seit geraumer Zeit von innen absperrte. Und dann ging alles sehr schnell. So schnell, dass es ihr fast unwirklich vorkam. Er rannte ihr förmlich die Tür ein. Stopfte ihr einen zusammengeknüllten Lappen in den Mund, warf sie zu Boden und fesselte ihr die Handgelenke auf den Rücken. »Wenn du nur einen Muckser von dir gibst, stech ich dich ab!«, zischte er ihr zu, als er den Knebel herausnahm und sie umdrehte. Er richtete ihren Oberkörper auf und hielt ihr ein Messer an die Kehle. Sie spürte den kalten Stahl an ihrer Haut und wagte kaum noch zu atmen. »Bitte, bitte, tu mir nichts!«, flehte sie, außer sich vor Panik.

»Klappe halten!«, fauchte er sie an und sie fühlte einen brennenden Schmerz, als die Dolchspitze ihre Haut aufritzte. Sie war vor Angst wie gelähmt und gewahrte mit schreckgeweiteten Augen, dass er plötzlich eine Flasche aus der Tasche zog. Das quietschende Geräusch des herausspringenden Korkens kam ihr seltsam vertraut vor.

»Sauf das aus, du Dreckshure!«, raunzte er mit gesenkter Stimme und rammte ihr grob den Flaschenhals in den Mund.

Der scharfe Geschmack von Branntwein betäubte ihre Zunge und rann ihr die Kehle herunter. Obgleich es sie noch vor Kurzem nach einem ordentlichen Schluck gelüstet hatte, sträubte sich alles in ihr gegen den Alkohol und sie hatte das panische Gefühl, der Schnaps verätze ihre Eingeweide. Ihr Magen fing an, wie wild zu rebellieren, und sie bekam keine Luft mehr. Sie konnte das krampfhafte Würgen nicht mehr länger unterdrücken und musste sich erbrechen. Er schlug ihr so heftig ins Gesicht, dass ihr Kopf gegen ihre Schulter schnellte. Bedrohlich richtete er sich vor ihr auf. In der einen Hand hielt er die halbleere Branntweinflasche, in der anderen das Messer.

»Du trinkst das jetzt aus!«, flüsterte er mit eisiger Ruhe, in seinen schmalen Augenschlitzen flackerte eine unbändige Wut. »Das Saufen hast du doch bestimmt noch nicht verlernt, du Schnapsdrossel«, murmelte er höhnisch und presste ihr die Flasche erneut an den Mund.

Sie nahm wahr, wie ihr der Alkohol die Sinne vernebelte, und leistete immer weniger Widerstand gegen die Schnapsströme, die ihr unaufhaltsam durch die Kehle rannen. Einem Ertrinkenden gleich, der keine Hoffnung mehr hat und sich den Wassermassen öffnet, ergab sie sich der brennenden Flüssigkeit und hörte auf zu schlucken.

Durch einen dichten Nebelschleier gewahrte sie, dass er eine zweite Flasche entkorkte. Als er sie ihr einflößte, hörte sie noch, wie er sagte: »So gefällt mir mein Mädchen! Kann den Hals gar nicht voll genug kriegen!« Dann verlor sie das Bewusstsein.

1

Montag, 22. Juli 1838

Thekla Müller mochte ihren Augen nicht trauen, als sie um sieben Uhr morgens in die Taunusanlage einbog, um wie jeden Morgen an der Trinkhalle nach dem Rechten zu sehen, und die wüsten Schmierereien an der Außenfassade gewahrte. In leuchtend roter Farbe prangten die ungelenken Schriftzüge ›Hurenapsteige‹ und ›Säuferklittsche‹ über dem Verkaufsschalter. Thekla geriet vor Zorn derart in Wallung, dass ihr der Schweiß unter dem frischgestärkten Kragen herunterlief. »Welche Drecksau hat denn das gemacht?«, fluchte sie erbost und ging energischen Schrittes auf die Tür an der Rückseite des Verkaufspavillons zu, an der sie die Trinkhallenwärterin Sussi Kesselheim bereits erwartete. Der in die Jahre gekommenen Frau rannen schwarze Tränen über die rotgeschminkten Wangen und hinterließen Schlieren auf der großporigen Haut. Obgleich die frühere Straßenprostituierte schon seit einiger Zeit nicht mehr im Geschäft war, hatte sie doch ihre alte Gewohnheit, sich aufwendig das Gesicht zu schminken, noch beibehalten. »So eine Sauerei!«, presste Sussi hervor. »Man schämt sich ja in Grund und Boden! Ich trau mich schon gar nicht mehr an den Schalter. Sind eh kaum Leute gekommen heute Morgen. Wenn die das sehen, machen ja alle einen großen Bogen um das Wasserhäuschen. Kann man ihnen auch nicht verdenken. Ich hab vorhin schon versucht, es wegzuwischen. Aber mit Wasser und Seife kommt man da nicht gegen an. Es ist wahrscheinlich Ölfarbe.«

Thekla schüttelte missmutig den Kopf. »Ich gehe gleich in die Drogerie und hole Terpentin. Damit wird man das schon wegkriegen.« Die dunkelhaarige junge Frau mit den herben Gesichtszügen warf der früheren Kollegin einen mitfühlenden Blick zu. »Tut mir leid, das mit der ›Hurenabsteige‹. Aber so sind die Leute halt, das hängt einem ewig nach, auch wenn man längst nicht mehr anschaffen geht. Das ist nun einmal so … Aber ich sage dir, wenn ich den erwische, der wo das geschrieben hat, dem hau ich die Fresse voll!« Theklas dunkle Augen funkelten zornig. »Hast du vielleicht eine Ahnung, wer das gewesen sein könnte?«, fragte sie die blondhaarige Sussi.

Die Trinkhallenwärterin zuckte ratlos die Schultern. »Von meinen Stammkunden war das bestimmt keiner. Das sind alles anständige, hart arbeitende Leute. Von denen guckt mich keiner schief an, nur weil ich früher auf den Strich gegangen bin. Die sind ja selber nicht auf Rosen gebettet und wissen, dass einem im Leben nichts geschenkt wird. Nur die feinen Pinkel blicken auf einen herab. Der Herr Apotheker da vorne in seinem noblen Erfrischungspavillon grüßt mich noch nicht einmal, obwohl er … über längere Zeit ein Freier von mir war.« Sussi verzog angewidert die Mundwinkel. »Na ja, der hat es mir damals wohl ziemlich übel genommen, dass ich ihm eines Tages die kalte Schulter gezeigt habe, diesem Grobian. Aber der war mir einfach zu brutal mit seinen ausgefallenen Sonderwünschen. Bin auch so schon genug verdroschen worden, das muss ich mir nicht auch noch von Freiern gefallen lassen.«

»Da hast du wirklich recht gehabt!«, erwiderte Thekla prompt. »Diese Sorte kenne ich zur Genüge. Nach außen hin geben sie den Biedermann und bei uns lassen sie dann die Sau raus. Bin ich froh, dass ich mit denen nichts mehr zu schaffen habe!«

»Ich auch!«, seufzte Sussi gepresst und senkte betreten den Blick. Thekla musterte die frühere Kollegin nachdenklich. »Bist du denn eigentlich noch trocken?«, fragte sie und sah die Trinkhallenwärterin forschend an.

»Ich gebe mir alle Mühe«, gab die ehemalige Prostituierte zur Antwort und wich Theklas Blick aus.

»Ich meine, weil da draußen was von ›Säuferklitsche‹ steht …«, grummelte Thekla argwöhnisch.

»Da kann ich mir auch keinen Reim drauf machen«, erwiderte Sussi stirnrunzelnd. »Das hat bestimmt jemand aus reiner Böswilligkeit geschrieben.«

Thekla nickte, obgleich ihr gewisse Zweifel kamen und sie sich des Gefühls nicht ganz erwehren konnte, dass Sussi etwas vor ihr zurückhielt. »Wie auch immer, der Dreck kann da jedenfalls nicht stehen bleiben. Ich geh mal Terpentin holen und dann sage ich dem Fräulein Bescheid«, erklärte sie und eilte davon.

Wie jeden Morgen in der Früh, so begleitete Sidonie auch heute ihren Ehemann Max Wilde zur Tür. Ehe er sich auf den Weg zur Hauptwache machte, um seinen Dienst als Oberinspektor der Gendarmerie anzutreten, zog er Sidonie an sich und küsste sie innig. Es fiel ihnen schwer, die Lippen voneinander zu lösen, und Max warf Sidonie zum Abschied einen zärtlichen Blick zu. Die Dichterin stand an der Tür und blickte ihm nach, während der große, stattliche Mann die Schnurgasse entlanglief. Noch immer spürte sie seine leidenschaftlichen Küsse und sie war unsagbar glücklich. Im Mai waren sie genau ein Jahr verheiratet gewesen und Sidonie, die noch jungfräulich in die Ehe gegangen war, war immer wieder aufs Neue überwältigt davon, wie unglaublich schön die körperliche Liebe war. Weder in ihrer Dichtung noch in ihrer Fantasie hatte sie sich ausmalen können, welch intensives Glücksgefühl sie überkam, wenn Max sie in die Arme nahm – und er tat dies bei jeder Gelegenheit. Ein glückliches Lächeln breitete sich über ihr sommersprossiges Gesicht. Obwohl sie seit über einem Jahr verheiratet waren, waren sie immer noch die reinsten Turteltauben. Sidonie hatte jeden Abend Schmetterlinge im Bauch, wenn Max von der Arbeit nach Hause kam. Sie fühlte sich wundersam verjüngt und kam sich vor wie ein verliebter Backfisch. »Die Liebe hat euch jung gemacht – und schöner noch dazu!«, pflegte ihre Haushälterin Tante Tilla immer augenzwinkernd zu sagen. »Da sieht man mal wieder, wie gut es ist, sich nicht gleich dem Erstbesten an den Hals zu werfen, sondern sich aufzusparen, bis der Richtige kommt.« Tante Tilla, die selber immer unverheiratet geblieben war, neidete Sidonie ihr Glück in keinster Weise, sondern freute sich von Herzen mit ihr. Mit Max Wilde verstand sie sich von Anfang an prächtig und bemutterte den jungen Mann wie einen Sohn – und wehe dem, der es wagte, sich darüber zu mokieren, dass Sidonie 13 Jahre älter war als Max! Dem fuhr sie derart übers Maul, dass dem Lästerer Hören und Sehen verging. War es eine Frau, so warf sie ihr an den Kopf, dass sie doch bloß neidisch sei; dem männlichen Spötter hielt sie vor, dass es nicht nur das Vorrecht der Männer sei, sich etwas Junges ins Haus zu holen.

Sidonie indessen tangierte es schon lange nicht mehr, wenn die Leute über ihren Altersunterschied spöttelten. Für sie zählte nur, dass sie und Max zusammen waren, und sie genoss ihr Glück in vollen Zügen.

In jungen Jahren hatte sie sich hoffnungslos in den Dichter Hölderlin verliebt, der ihre Gefühle noch nicht einmal bemerkt hatte. Seitdem hatte sie sich ganz in sich selbst verkrochen und im Laufe der Jahre war aus ihr ein altes Mädchen geworden, das der Liebe nur in seiner Dichtung frönte. Wenn es auch den einen oder anderen gegeben hatte, der ihr den Hof machte, so war Sidonie doch nie darauf eingegangen. Ihr alter Jugendfreund Johann Konrad Friedrich hatte sogar um ihre Hand angehalten, doch sie hatte ihm, wie allen anderen auch, einen Korb gegeben. Erst als sie im Zuge ihrer Ermittlungen im Fall von Breuberg dem jungen Inspektor Wilde begegnet war, stand sie lichterloh in Flammen. Niemals hätte sie zu hoffen gewagt, dass der gutaussehende junge Polizist ihre Gefühle erwiderte. Als es sich jedoch erwies, dass Max Wilde von der zierlichen Frau mit dem leuchtend roten Haar und den mädchenhaften Gesichtszügen gleichermaßen fasziniert war, konnte es Sidonie kaum fassen, und es erschien ihr wie ein Wunder, dass ausgerechnet sie, die sich selbst immer für ein hässliches Entlein gehalten hatte, das Herz des Inspektors erobert hatte. Sie sprach mit ihm über ihre Scheu vor Männern und offenbarte ihm auch ihre Selbstzweifel, die Max mit der Bemerkung vom Tisch fegte, für ihn sei sie die schönste Frau der Welt. Zärtlich nannte er Sidonie ›mein Mädchen‹, und in der Öffentlichkeit legte er stolz den Arm um sie.

Sidonie seufzte. Nie zuvor war es ihr so gut gegangen und manchmal war ihr das fast schon ein wenig unheimlich. Ihr Kriminalroman ›Madame empfängt den Tod‹, den sie in Anlehnung an den Fall von Breuberg verfasst hatte, bescherte ihr einen gewissen Wohlstand und ein sorgenfreies Leben. Das Schreiben hatte Sidonie nicht aufgegeben, obgleich sie, seitdem sie mit Max zusammen war, keine Liebesgedichte mehr schrieb, sondern nur noch Kriminalromane und Schauergeschichten. Nun, da es ihr beschieden war, in Bezug auf die Liebe aus dem Vollen zu schöpfen, vermied sie es, darüber zu schreiben. Sie wollte nicht den Eindruck entstehen lassen, sie breite ihr privates Liebesglück vor der Öffentlichkeit aus. Außerdem war es all die Jahre auch ihre unerfüllte Sehnsucht gewesen, die sie angetrieben hatte, Liebesgedichte zu schreiben.

Mit ihrem Honorar unterstützte Sidonie die Errichtung von Sodawasserhäuschen in den Wohngegenden der arbeitenden Bevölkerung, die von Sidonies Freundin Thekla Müller mit regem Engagement betrieben wurden. Inzwischen besaßen Sidonie und Thekla fünf Mineralwasserbuden, die wegen ihrer günstigen Preise von den armen Leuten sehr geschätzt wurden.

Die ehemalige Prostituierte Thekla Müller, die früher selber alkoholabhängig war, bezweckte mit den Sodawasserhäuschen auch, die Menschen aus den Elendsvierteln vom Branntwein abzubringen, worin sie von Sidonie volle Unterstützung erfuhr.

Noch ganz in Gedanken bei Max, wollte Sidonie gerade die Tür schließen, um sich hoch in ihr Arbeitszimmer zu begeben, als sie die Stimme Theklas aufschrecken ließ, die von der Sandgasse her hektisch auf sie zu eilte.

Atemlos berichtete sie Sidonie von den hässlichen Schmierereien auf dem Sodawasserhäuschen in der Taunusanlage. Sidonie hörte ihr mit wachsender Bestürzung zu. »Komm erst mal rein und setz dich«, sagte sie mit Blick auf Theklas erhitztes, schweißüberströmtes Gesicht und führte die Freundin in die Küche, um ihr ein Glas Wasser einzuschenken.

Nachdem auch sie einen Becher heruntergestürzt hatte, weil ihr Mund vor Aufregung ganz trocken war, stieß sie vernehmlich die Luft aus. »Da steckt doch bestimmt dieser Pillendreher dahinter«, murmelte sie aufgebracht. »Dem passt es halt nicht, dass seine vornehme Erfrischungshalle nicht die einzige in der Taunusanlage ist und dass die einfachen Leute, die sich sein überteuertes Gesöff nicht leisten können, der Sussi förmlich die Bude einrennen. Ständig schreibt er Eingaben an den Magistrat, von wegen, unsere lärmende Kundschaft störe sein Geschäft und das ungepflegte Erscheinungsbild gewisser Subjekte, die sich an unserer Trinkhalle tummelten, halte ihm die Kunden fern. Wie auch immer, bisher ist er damit jedenfalls nicht durchgekommen und da versucht er es inzwischen vielleicht mit härteren Bandagen.« Sidonies grüne Augen funkelten wütend. »Ich werde gleich nachher auf die Polizeiwache gehen und Anzeige gegen Unbekannt erstatten. Zuerst will ich aber noch mit Sussi reden und mir das Geschmiere genauer anschauen.«

Als sich Sidonie und Thekla dem Wasserhäuschen näherten, sahen sie zu ihrem Erstaunen einen Mann in Polizeiuniform am Schalter stehen, der sich mit Sussi unterhielt und dabei erregt am Gestikulieren war. Die Trinkhallenwärterin war in Tränen aufgelöst.

»Was hat das zu bedeuten?«, fragte Sidonie scharf und blickte den Polizisten fragend an.

Der Mann, der ihr den Rücken zugekehrt hatte, zuckte zusammen und drehte sich zu ihr um. Als er die Ehefrau seines Vorgesetzten gewahrte, bemühte er sich um ein verbindliches Lächeln, schlug die Hacken zusammen und stellte sich höflich vor: »Gestatten, meine Dame, Obergendarm Haider mein Name und ich bin aufgrund einer Anzeige hier vorstellig geworden!«

Sidonie zog irritiert die Brauen in die Höhe. »Was denn für eine Anzeige?«, fragte sie verwundert.

Obergendarm Haider zog mit seinen weiß behandschuhten Händen ein zusammengefaltetes Schriftstück aus seiner Uniformjacke, warf sich in die Brust und verlas in amtlichem Tonfall: »Herr Rudolf Schwab, Wirt des Gasthauses ›Zum Taunustor‹, Frau Adelheid Witte, Inhaberin des Lebensmittelladens am Taunustor und Herr Apotheker Willibald Künzel, Betreiber des Erfrischungspavillons an der Taunusanlage, möchten hiermit der Polizeibehörde zur Anzeige bringen, dass die Trinkhallenwärterin Susanne Kesselheim an der benachbarten Verkaufsbude unerlaubt Flaschenbier an die Arbeiter des Taunusbahnhofs verkauft. Desgleichen haben die oben genannten Herrschaften beobachtet, dass die Trinkhallenwärterin die Verkaufsbude in den Abendstunden regelmäßig zu Prostitutionszwecken nutzt.« Der Polizeibeamte mit den adretten kurzgeschnittenen Haaren und dem gepflegten Oberlippenbart fixierte Sussi mit stechendem Blick. »Trifft das zu?«, fragte er nachdrücklich. Die Trinkhallenwärterin geriet völlig außer sich. Sie zitterte am ganzen Körper. »Was für eine Gemeinheit!«, brach es aus ihr heraus und sie presste sich alarmiert die Hand an den Mund. »Ich mach das nicht mehr länger mit!«, wimmerte sie und sank Sidonie in die Arme. Sie war derart verzweifelt, dass sie sich wie eine Ertrinkende an ihr festklammerte. Sidonie hatte den Eindruck, dass sie in arger Bedrängnis war – und eine geradezu panische Angst vor dem Polizisten hatte. Wahrscheinlich hatte sie in ihrer Vergangenheit nicht gerade die besten Erfahrungen mit den Gesetzeshütern gemacht. »Muss das denn sein, dass Ihr das Verhör gleich an Ort und Stelle durchführt?«, fragte sie mit vorwurfsvollem Unterton und musterte den Obergendarmen unwillig. In seiner schmucken Uniform, den weißen Glacéhandschuhen und den auf Hochglanz polierten Stiefeln sah er wie aus dem Ei gepellt aus – fast schon ein bisschen zu geleckt, dachte Sidonie und musste sich eingestehen, dass ihr der aalglatte Polizeibeamte wenig sympathisch war. Zudem war es augenscheinlich, dass sich der bejahrte Mann das Kopfhaar und den Schnurrbart färbte. Das pechschwarze, pomadisierte Haar und das kurzgeschnittene Oberlippenbärtchen wiesen kein einziges graues Haar auf, was den geckenhaften Gesamteindruck des Mannes noch verstärkte.

Haider ließ sich von Sidonies gereiztem Tonfall jedoch nicht aus der Ruhe bringen. »Wo denkt Ihr hin, Gnädigste? Ich wollte mir lediglich einen ersten Eindruck verschaffen«, entgegnete er mit affektiertem Lächeln und entblößte dabei eine Reihe makelloser, strahlend weißer Zähne, ganz so, als würde er Werbung für ein Zahnputzpulver machen. »Die *Dame* erhält eine ordentliche Vorladung, wie es sich gehört«, erklärte er mit einer Spur von Häme und richtete seine Aufmerksamkeit wieder auf die Trinkhallenwärterin, die immer noch schluchzend in Sidonies Armen hing. Er zog erneut ein amtliches Schreiben aus seiner Uniformjacke und hielt es Sussi mit spitzen Fingern unter die Nase. »Am kommenden Montag, dem 29. Juli, hat Sie sich um acht Uhr morgens auf der Hauptwache einzufinden. Das Verhör leitet Herr Untersuchungsrichter Arnold.« Er schlug die Hacken zusammen und salutierte. »Ich darf den Damen einen guten Tag wünschen!«, verabschiedete sich der Obergendarm und wandte sich zum Gehen.

»Moment mal!«, hielt ihn Sidonie zurück und wies auf die Fassadenschmierereien über dem Verkaufsschalter der Trinkhalle. »Das dürfte Euch doch hoffentlich nicht entgangen sein?«, erkundigte sie sich in schneidendem Tonfall.

»Selbstverständlich nicht – das ist ja kaum zu übersehen«, entgegnete Haider mit hochgezogenen Brauen. »Und das kommt ja auch nicht ganz von ungefähr, wenn man an die Bezichtigungen in der Anzeige denkt …«

»Ach – wollt Ihr mir damit etwa zu verstehen geben, dass die etwaigen Entgleisungen, derer man unsere Angestellte bezichtigt, die im Übrigen noch längst nicht erwiesen sind und durchaus nichts anderes als üble Nachrede sein könnten, zu derartigen Verwüstungen und Verunglimpfungen berechtigen?«

»Durchaus nicht – aber das steht ja doch auf einem ganz anderen Blatt, ich meine, das eine muss ja mit dem anderen nichts zu tun haben«, suchte er abzuwiegeln.

»Das sehe ich anders!«, erwiderte Sidonie eisig. »Und ich halte es keineswegs für abwegig, dass die gleichen aufrechten Geschäftsleute, die meine Mitarbeiterin bei der Polizeibehörde angezeigt haben, auch für diese Schmierereien verantwortlich sind!«

»Was indessen nicht bewiesen ist!«, konstatierte Haider, der Sidonie gleichfalls nicht besonders gewogen zu sein schien, schnippisch – ruderte aber sogleich zurück, als ihm die eigene Schnoddrigkeit bewusst wurde. »Ich kann Eure … Mutmaßungen jedoch gerne zu Protokoll nehmen, wenn Ihr das wünscht. Ihr braucht nur zur Hauptwache zu kommen, ich stehe der Dame jederzeit zur Verfügung«, knarzte er devot und deutete eine Verbeugung an.

»Darum möchte ich auch sehr bitten!«, erwiderte Sidonie nachdrücklich. »Ich werde Euch gleich, nachdem wir den Sachverhalt mit unserer Trinkhallenwärterin geklärt haben, auf der Wache aufsuchen!«

»Stets zu Diensten, die Dame!«, verkündete der Obergendarm schneidig und schlug den Weg über die Taunusanlage ein, wo er fast schon im Stechschritt entlangstolzierte. Die drei Frauen blickten spöttisch hinter ihm her. »Was für ein Geck!«, murmelte Sidonie und schlug vor, nach drinnen zu gehen, um in Ruhe über alles zu sprechen. Mit hängenden Schultern ging Sussi voran und bot dem Fräulein, wie Sidonie auch nach ihrer Heirat noch von den meisten genannt wurde, an, sich auf dem Hocker hinter dem Verkaufstresen niederzulassen. Doch Sidonie lehnte dankend ab und überließ den Platz der Trinkhallenwärterin, die immer noch vor Aufregung bebte. Thekla reichte Sussi ein Taschentuch und musterte die frühere Kollegin finster. Sussi schnäuzte sich vernehmlich die Nase und trocknete sich die Augen ab. Ihre Lider waren vom Weinen geschwollen und gerötet, die dunkle Schminke war verschmiert und in die Augenränder gelaufen. Sie wirkte mitgenommen und ungepflegt. »Wasch dir erst mal das Gesicht!«, sagte Thekla barsch. »Mit so einer verschmierten Visage kannst du doch keine Leute bedienen!«

»Mit was denn?«, fragte Sussi zerknirscht.

»Na, Wasser gibt's hier doch genug!«, knurrte Thekla, eilte zu einem der hohen Eisenblechbehälter an der Wandseite, ergriff die Schöpfkelle, die obenauf lag, klappte den Deckel hoch und füllte die Kelle mit Mineralwasser. »Halt den Putzeimer drunter, dann gieß ich es dir in die Hände.«

Nachdem Sussi sich das Gesicht gewaschen und abgetrocknet hatte, ließ sie sich seufzend auf dem Hocker nieder und blickte Sidonie und Thekla, die angespannt vor ihr standen, bekümmert an.

Sidonie stieß vernehmlich die Luft aus. »Sussi«, sagte sie eindringlich, »du musst uns jetzt bitte die Wahrheit sagen. Stimmt das, was in der Anzeige steht?« Ihre Stimme zitterte und ihr schwante nichts Gutes. Trotz all ihrer Tränen und dem ganzen Aufruhr wirkte die Trinkhallenwärterin doch irgendwie auch schuldbewusst. Wären die Vorwürfe gegen sie tatsächlich völlig an den Haaren herbeigezogen, hätte sie empörter – und vor allem souveräner – darauf reagiert.

Sussi senkte beschämt den Blick. »Ja, es stimmt«, murmelte sie mit tonloser Stimme. »Ich weiß ja, dass es falsch war …, und es tut mir auch so leid!«, stieß sie hervor und barg ihr Gesicht in den Händen.

Obgleich Sidonie es geahnt hatte, war sie doch von Sussis Geständnis wie vor den Kopf gestoßen und ihr fehlten die Worte. Auch Thekla hatte es kurzzeitig die Sprache verschlagen. Sie schüttelte nur fassungslos den Kopf. Für geraume Zeit herrschte in dem kleinen Verkaufspavillon nur bleierne Stille, die durchsetzt war von Sussis verzweifeltem Schluchzen. Mit einem Mal aber packte Thekla die Schöpfkelle und schmetterte sie wütend auf den Boden. »Wie konntest du uns das nur antun!«, schrie sie außer sich vor Wut. Ihr Gesicht war ganz blass geworden und ihre Züge bebten. »Ich habe dich von der Gasse geholt und mich beim Fräulein für dich verwendet! Ist das der Dank dafür, du Miststück? Du hast unser Vertrauen mit Füßen getreten, verkaufst Bier unter der Hand und machst hier mit den Freiern rum, du Kanaille! Wegen dir können wir nun den Laden dichtmachen, wie stehen wir denn jetzt da?«

Sussi blickte aus tränenverschleierten Augen zu ihr auf und wimmerte: »Es tut mir doch so leid …«

»Das kannst du dir sonstwo hinstecken, du Verräterin«, keifte Thekla aufgebracht. »Da hat sie mir vorhin auch noch weismachen wollen, dass sie trocken ist, und dabei säuft sie abends mit den Kerlen und lässt sie auch noch drüberrutschen!«

Sidonie legte ihr beschwichtigend die Hand auf den Arm. »Ich verstehe ja, dass du wütend bist, und auch ich bin sehr enttäuscht. Aber das Geschrei bringt doch auch nichts.« Sie fixierte Sussi, die wie ein Häufchen Elend auf dem Hocker saß und haltlos weinte, ungnädig. »Hör gefälligst auf zu heulen und nimm dich zusammen!«, fuhr sie sie an. »Wie lange machst du das denn schon, das mit dem Bierverkaufen und Anschaffen?«, fragte sie scharf.

»Erst seit ein paar Wochen«, presste Sussi hervor und wich schuldbewusst ihrem Blick aus. »Vorher war noch alles in Ordnung und ich wär nie auf die Idee gekommen, wieder rückfällig zu werden. Im Gegenteil, ich war … unheimlich froh darüber, nicht mehr anschaffen gehen zu müssen.«

»Und wieso hast du es dann trotzdem wieder getan?«, hakte die Dichterin nach und ließ Sussi nicht aus den Augen.

»Weil … weil ich Schulden habe und … ganz dringend Geld brauche!«, brach es aus der Trinkhallenwärterin heraus und sie schlug sich vor Verzweiflung die Hände an den Kopf.

Sidonie und Thekla wechselten betroffene Blicke. »Warum hast du denn nichts gesagt?«, fragte Sidonie und runzelte die Stirn. »Ich hätte dir doch geholfen, wenn ich das gewusst hätte …«

»Bei wem hast du denn Schulden?«, wollte Thekla wissen und fixierte Sussi argwöhnisch.

»Bei verschiedenen Leuten«, entgegnete diese ausweichend und wurde sichtlich nervöser.

»Kann es sein, dass da ein früherer Lude dahintersteckt, der bei dir die Hand aufhält?«, drang Thekla, der sämtliche Abgründe des horizontalen Gewerbes hinlänglich bekannt waren, weiter in sie.

»Wie kommst du denn da drauf?«, rief Sussi entrüstet. »Ich hatte doch schon seit Jahren keinen Loddel mehr, seit der Gustav tot ist …«

»Na, du musst es ja wissen«, erwiderte Thekla gereizt. »Und ich weiß, dass du uns betrogen und belogen hast, und das Schlimmste ist: Du bist auch jetzt nicht ehrlich!« Die dunkelhaarige Frau war den Tränen nahe. »Geh mir aus den Augen und lass dich hier bloß nicht mehr blicken, du Falschgeld!«, schrie sie außer sich, sprang zur Tür und riss sie auf. »Raus mit dir, ich will dich hier nicht mehr sehen, und wenn du mir mal irgendwo über den Weg läufst, wechsle ich die Straßenseite!«

Sussi erhob sich und schlurfte mit hängenden Schultern zur Tür. »Bitte verzeiht mir!«, flüsterte sie beschämt und wankte hinaus. Sidonie, die die ganze Zeit geschwiegen hatte, hätte sie am liebsten zurückgehalten. Denn trotz ihrer Verfehlungen tat ihr die in die Jahre gekommene ehemalige Prostituierte leid. Doch sie konnte auch Theklas Erbitterung verstehen und mochte ihr nicht in den Rücken fallen. »Was nun?«, fragte sie bedrückt. »Ich meine, jetzt haben wir für die Trinkhalle keine Wärterin mehr.«

»Dann müssen wir halt solange schließen, bis wir eine andere gefunden haben«, gab Thekla zur Antwort. »So eine Kanaille wie die können wir jedenfalls nicht gebrauchen!«

Sidonie seufzte. »Das ist wohl wahr. – Jetzt entfernen wir erst mal die Schmähungen auf der Fassade und dann sehen wir weiter.« Sie legte aufmunternd den Arm um Thekla, die immer noch völlig verstört war. »Kopf hoch, Mädchen, das kann immer mal vorkommen, dass man von Menschen enttäuscht wird. Du hast dir jedenfalls nichts vorzuwerfen, du hast es doch nur gut gemeint mit der Sussi.«

»Und das hab ich jetzt davon!«, murmelte Thekla bitter. »Ich habe ihr vertraut, aber sie mir nicht. Sonst hätte sie mir doch gesagt, dass sie so in der Bredouille ist, und dann hätte es gar nicht soweit kommen brauchen.«

»Sie hat sich wahrscheinlich geschämt«, erwiderte Sidonie nachdenklich und starrte grübelnd vor sich hin, »oder sie hatte … Angst. Sie hat vorhin auf mich einen überaus verängstigten Eindruck gemacht, was sonst eigentlich gar nicht ihre Art ist. Die Frage ist nur, wovor hat sie Angst – oder vor *wem*?«

»Wenn sie mit uns nicht offen darüber spricht, ist sie selber schuld«, seufzte Thekla resigniert und wandte sich zur Tür. »Ich gehe mal Terpentin holen.«

Nachdem sie gegangen war, ließ sich Sidonie auf den Hocker sinken und hing ihren Gedanken nach. Als sie an die selbstgerechten Ladeninhaber dachte, die Sussi angezeigt hatten, schwoll ihr regelrecht der Kamm. Für Sidonie stand es außer Zweifel, dass die feinen Herrschaften auch für die Fassadenschmierereien verantwortlich waren, und sie hätte sich die drei am liebsten einmal vorgeknöpft. Doch Sussis Bekenntnis machte das zunichte. Jetzt, wo es sich erwiesen hatte, dass die Bezichtigungen zutrafen, konnte sie ihnen ja schwerlich die Hölle heißmachen. Sie hatten eindeutig Oberwasser – momentan zumindest. Klein beigeben mochte sie deswegen aber auch nicht, in jedem Fall würde sie nachher Anzeige gegen Unbekannt erstatten – und bei dieser Gelegenheit ihrem Max einen Besuch abstatten, um mit ihm über alles zu reden.

»Können wir eine Limo haben?«, erklang mit einem Mal eine Kinderstimme durch den Verkaufsschalter zu ihr herein und riss Sidonie aus ihren Gedanken. Sie musste sich weit über den Tresen beugen, um die drei Gassenkinder ausmachen zu können, die aus großen, glänzenden Kinderaugen erwartungsvoll zu ihr aufschauten.

»Du bist ja gar nicht die Sussi! Wer bist du denn?«, fragte ein kleines, etwa vierjähriges Mädchen in einem abgetragenen, fadenscheinigen Sommerkleidchen und musterte Sidonie erstaunt.

»Ich bin die Sidonie«, erklärte die Dichterin lächelnd und fragte die Kinder nach ihrem Begehr.

»Eine Limo mit Waldmeistergeschmack«, sagte ein etwas größerer Junge mit Blick auf die Kupfermünzen, die er in seiner Handfläche hielt, und leckte sich über die Lippen.

»Ihr habt doch bestimmt großen Durst, es ist ja auch schon wieder ganz schön heiß«, erwiderte Sidonie und beäugte die Kinder, die allesamt barfuß waren, verschmitzt. Armeleutekinder trugen im Sommer keine Schuhe, um das einzige Paar, das sie hatten, für die kalte Jahreszeit zu schonen, wusste sie nur zu gut und fragte die beiden anderen Kinder, was sie trinken wollten.

Das kleine Mädchen strahlte. »Ich hätt gern eine Himbeerbrause«, sagte es verschämt.

»Ich auch!«, rief der kleinere Junge an ihrer Seite. »Ich hab nämlich ganz großen Durst gekriegt vom vielen Kehren …«

»Nix da – das Geld reicht nur für eine!«, unterbrach ihn der Ältere streng, »den Rest müssen wir der Mama geben, damit sie Brot kaufen kann.«

»Habt ihr euch das verdient?«, erkundigte sich Sidonie bei den Kindern.

»Ja, wir haben in der Schlesingergasse bei Leuten die Höfe gekehrt, weil das da immer so staubig ist von den Bauarbeiten hier«, erklärte der größere Junge stolz, »und dafür haben wir fünf Kreuzer gekriegt.«

»Wer so schwer arbeitet, hat sich eine Erfrischung verdient!« Sidonie kehrte den Kindern den Rücken zu, nahm drei Gläser aus dem Wandregal, ergriff die beiden Flaschen mit dem Himbeer- und dem Waldmeistersirup und gab einen ordentlichen Schuss von dem dickflüssigen, leuchtend grünen und tiefroten Inhalt in die Trinkgläser, ehe sie diese mit Mineralwasser auffüllte und den Kindern über den Tresen reichte. Als der größere Knabe daraufhin protestieren wollte, ließ sie ihn wissen, dass sie eingeladen seien. Die Kinder bedankten sich überglücklich und tranken ihre Gläser in wenigen Zügen leer.

»Wo ist denn die Sussi?«, wollte das kleine Mädchen wissen und blickte Sidonie fragend an.

»Die hat heute frei«, erklärte die Dichterin lächelnd.

»Und kommt sie morgen wieder?«, fragte die Kleine mit großen Augen, »sie schenkt uns nämlich manchmal ein Gutzien«, fügte sie treuherzig hinzu.

Sidonie war ganz verzaubert von ihrem Liebreiz. »Ich denke schon«, antwortete sie prompt und war selbst etwas überrascht von der eigenen Antwort. Ehe sie weiter darüber nachdenken konnte, kam auch schon die nächste Frage. »Was sind denn das für Buchstaben?«, erkundigte sich der kleine Junge und deutete auf die roten Schriftzüge über dem Verkaufsschalter. »Was heißt 'n das?«

Sidonie sog tief die Luft ein und kreuzte unterm Tresen Mittel- und Zeigefinger, als sie frohgemut entgegnete: »Das heißt ›Herzlich willkommen‹!«

Nachdem Obergendarm Haider Sidonies Anzeige aufgenommen hatte, verlas er sie noch einmal und legte sie ihr zur Unterschrift vor. Während die Dichterin ihren Namen daruntersetzte, räusperte er sich und fragte höflich, ob er ihr einen Rat geben dürfe. Sidonie blickte den Beamten hinter seinem Schreibtisch, der in seiner Ordnung ähnlich akkurat anmutete wie Haiders Erscheinungsbild, verwundert an und nickte verhalten.

»Wenn Ihr Eure Lizenz für die Erfrischungshalle behalten wollt, solltet Ihr Euch aber unbedingt von Eurer Trinkhallenwärterin trennen«, warnte er eindringlich. »Lasst den Pavillon neu streichen und nehmt Euch eine adrette junge Verkäuferin, die unbescholten ist und einen anständigen Lebenswandel führt. Das wird Eurem Leumund und dem Gesamteindruck der Erfrischungshalle wesentlich zuträglicher sein als eine ehemalige Hure hinterm Verkaufsschalter, der man ihr lasterhaftes Gewerbe immer noch allzu deutlich ansieht.«

Sidonie sog vernehmlich die Luft ein und spürte einen Anflug von Verärgerung in sich aufsteigen. »Vielen Dank für Euren wohlgemeinten Rat – ich werde darüber nachdenken«, beschied sie den Beamten kühl, erhob sich von ihrem Stuhl und verabschiedete sich förmlich. Sie konnte die selbstverliebte Miene dieses aalglatten Biedermanns nicht mehr länger ertragen. Aus Rücksicht auf Max mochte sie es jedoch nicht zu einer Konfrontation kommen lassen und zog es daher vor zu gehen.

Als sie wenig später an die Tür von Max Wildes Amtsstube klopfte, nahm sie wahr, dass ihre Hand immer noch vor innerer Erregung zitterte.

Der Oberinspektor war bereits über die unerfreulichen Neuigkeiten im Bilde und hatte schon mit Sidonies Besuch gerechnet. Er eilte ihr mit offenen Armen entgegen. »Es tut mir leid, mein Mädchen, dass du heute Morgen schon so einen Verdruss hattest!«, sagte er zerknirscht und gab seiner Frau einen herzhaften Kuss.

Sidonie drückte ihn zärtlich an sich. »Mir auch, mein Liebster«, seufzte sie und ließ sich erschöpft auf den angebotenen Stuhl sinken. »Über eine Stunde haben Thekla und ich gebraucht, um das Geschmiere an der Außenfassade wegzukriegen – und trotzdem sieht es noch aus wie Sau. Wir werden die Seite neu streichen müssen. Und dann noch diese verdammte Anzeige – ich bin bedient für heute!«

»Was sagt denn die Trinkhallenwärterin dazu?«, fragte Max mit ernster Miene.

Sidonie stöhnte auf. »Sie hat es zugegeben!«

Der Oberinspektor schlug sich alarmiert die Hand an die Stirn. »Das gibt's doch nicht!«, rief er empört. »Du hast dieses Weibsbild doch hoffentlich umgehend vor die Tür gesetzt?«

Sidonie nickte resigniert. »Ja, das habe ich«, murmelte sie unbehaglich. »Aber trotzdem habe ich eben bei

Obergendarm Haider wegen der Fassadenschmierereien Anzeige gegen Unbekannt erstattet.«

»Das ist ja auch dein gutes Recht«, bekräftigte Wilde nachdenklich und hielt kurz inne, »obgleich es sich nicht einfach gestalten wird, den Schuldigen zu finden«, fügte er vorsichtig hinzu.

Sidonie schnaubte entrüstet. »Es liegt doch auf der Hand, wer das war!«

»Solange du das nicht beweisen kannst, ist es nicht mehr als ein Verdacht. Das ist leider so, meine Liebe.« Max zuckte bedauernd die Achseln und streichelte Sidonies Hand. »Lass den Kopf nicht hängen, mein Herz. Wenn die Fassade neu gestrichen ist und du eine neue, verlässlichere Trinkhallenwärterin eingestellt hast, wird schon wieder Gras über die Sache wachsen, glaube mir«, sagte er mit aufmunterndem Lächeln.

Sidonie lachte trocken auf. »Den gleichen Rat hat mir eben dieser Vorzeigepolizist Haider auch gegeben!«, erwiderte sie und rollte mit den Augen.

»Womit er ja nicht ganz falsch liegt, wie du zugeben musst, auch wenn dir das bestimmt nicht leichtfällt!«, erklärte er mit wohlwollendem Spott und zwinkerte Sidonie zu. »Ich kenne doch mein eigensinniges Mädchen!«

»Dann solltest du auch wissen, dass ich auf den Rat eines solchen Opportunisten gut verzichten kann!«, erklärte die Dichterin verächtlich.

Max Wilde runzelte irritiert die Stirn. »Obergendarm Haider mag vielleicht ein wenig manieriert wirken, aber er ist ein tadelloser Polizeibeamter, der seiner Arbeit gewissenhaft nachgeht. Er ist einer meiner besten Leute und ich kann nichts Nachteiliges über ihn sagen.«

Sidonie musste unwillkürlich grinsen. In Bezug auf den Eigensinn stand ihr Max in nichts nach. Das wusste sie nur zu gut – und ein ewiger Ja-Sager hätte ihr überdies auch gar nicht behagt. »Es ist ja schon fast rührend, wie schützend du dich vor deine Leute stellst, aber ich kann diesen Kerl nicht ausstehen!«, mokierte sich Sidonie. »Und ich muss meinerseits auch unsere Trinkhallenwärterin in Schutz nehmen. Sussi war bei unserer Kundschaft sehr beliebt, und der Umsatz, den wir im vergangenen Jahr machten, hätte kaum besser sein können – wenn man von ihren jüngsten Entgleisungen einmal absieht. Und ja, ich habe Sussi vor die Tür gesetzt, aber es ist mir weiß Gott nicht leicht gefallen, denn im Grunde genommen ist sie eine treue Seele und ich hatte sie ins Herz geschlossen.« Sidonie warf Max einen trotzigen Blick zu und ihre grünen Augen funkelten angriffslustig. Auch wenn sie sich schon manches Mal wegen Kleinigkeiten gekabbelt hatten, so liebte doch Max diesen streitbaren Blick seiner Frau über alles – nicht zuletzt wegen ihrer unerschütterlichen Eigenwilligkeit hatte er sich seinerzeit in die zierliche Frau mit den leuchtend roten Haaren verliebt. Ein braves Frauchen, das immer klein beigab, hätte ihn nur allzu rasch gelangweilt. Außerdem beeindruckte es ihn immer wieder, dass Sidonie bei allem, was sie tat, mit ganzem Herzen bei der Sache war. Egal, ob es das Schreiben anbetraf, ihr Engagement in Bezug auf die Mineralwasserbuden oder ihre sonstigen Aktivitäten, Sidonie gab immer ihr Bestes – und ihm, das machte ihn zum glücklichsten Mann auf der Welt, gab sie alles. Noch nie war Max Wilde einer leidenschaftlicheren Frau begegnet und er fragte sich bisweilen, wie er es all die Jahre ohne ihre herzerwärmende Liebe überhaupt ausgehalten hatte.

Sidonie hatte ihm einmal anvertraut, dass ihr der Leitspruch des großen Dichters Hölderlin, der Sidonies Jugendliebe war, bereits in jungen Jahren zum Lebensmotto geworden war, und dieser Maxime war Sidonie ein Leben lang treu geblieben. ›Wer nur mit ganzer Seele wirkt, irrt nie!‹ Dennoch hatte er, der als Polizeiinspektor sehr wohl wusste, wie viel Böses es auf der Welt gab, immer Angst, dass Sidonie mit ihrer Offenheit und Großherzigkeit ins offene Messer laufen könnte. Er konnte den Gedanken einfach nicht ertragen, dass die Gutmütigkeit dieser wunderbaren Frau ausgenutzt wurde. Nichts anderes hatte diese von Sidonie so hochgelobte Sussi doch getan – und das machte ihn ganz schön wütend. »Eine treue Seele – dass ich nicht lache!«, brach es höhnisch aus ihm heraus. »Das Weibsstück hat doch dein Vertrauen mit Füßen getreten, indem sie unter der Hand Bier verkauft hat, um sich ein Zubrot zu verdienen, und damit nicht genug, hat sie die Erfrischungshalle auch noch als Absteige benutzt und dort Freier abgefertigt. So etwas Niederträchtiges wie die würde ich mit dem Arsch nicht mehr angucken!«, ereiferte sich der Oberinspektor zornig. Als er jedoch gewahrte, wie sehr seine Worte Sidonie zusetzten, erhob er sich hinter seinem Schreibtisch, eilte zu ihr hin und legte liebevoll seinen Arm um sie. »Es ehrt dich ja, meine Liebe, dass du in deinen Verkaufspavillons ehemalige Prostituierte beschäftigst und ihnen dadurch die Chance gibst, ein anständiges Leben zu führen und ihren Körper nicht mehr länger feilbieten zu müssen. Aber bei manchen dieser Frauen ist das vergebliche Liebesmüh. Sie haben eine solche Chance weder verdient noch wissen sie sie zu schätzen, wie das bedauerlicherweise bei Sussi Kesselheim der Fall ist. Diese Art Frauen ist ein Leben lang umgeben von Brutalität und Niedertracht – und manchmal färbt so was halt ab. Glaub mir, ich weiß, wovon ich spreche, ich habe von Berufs wegen schon genug mit diesen Bordsteinschwalben zu tun gehabt. Die lügen, stehlen und betrügen, was das Zeug hält. Das sind die reinsten Hyänen, und wenn's um Männer oder Geld geht, stechen die sich gegenseitig die Augen aus. Für so ein durchtriebenes Luder wie die Kesselheim ist doch ein so gutherziger Mensch wie du ein willkommenes Opfer …!«

»Von einem Polizeioberinspektor Wilde kann man auch keine andere Auffassung erwarten«, unterbrach Sidonie seinen Redeschwall. »Aber von dem Mann, den ich geheiratet habe, hätte ich mir schon gewünscht, dass er nicht in so vorgefertigten Bahnen denkt.« Sidonie schüttelte verstimmt seinen Arm ab und verabschiedete sich von Max mit einem kühlen Kuss.

»Bist du jetzt beleidigt?«, fragte der Oberinspektor mit belegter Stimme.

Sidonie, die bereits an der Tür war, wandte sich zu ihm um. Ein mildes Lächeln spielte um ihre Mundwinkel. »Schon«, gab sie zu, »aber ich liebe dich trotzdem!«

Beim Anschlagen der Rathausuhr fuhr Sussi Kesselheim zusammen und strich sich fahrig die schweißverklebten Haare aus der Stirn. Zwei Uhr nachmittags hatte es geschlagen – sie saß also schon geschlagene zwei Stunden hier in ihrer Mansarde auf dem durchgelegenen Diwan und starrte diese Branntweinflasche an, die immer noch verkorkt auf dem Tisch stand. Nachdem sie den ganzen Vormittag schwer mit sich gerungen hatte, hatte schließlich doch ihr innerer Schweinehund obsiegt und sie hatte sich um die Mittagszeit den Schnaps in der Weinhandlung um die Ecke besorgt. Seit Thekla sie mit Schimpf und Schande davongejagt hatte, kam sie sich vor wie eine leere Hülle, die zu nichts mehr zu gebrauchen war. Sie hatte die einzigen Leute, die es gut mit ihr meinten, vor den Kopf gestoßen und sie hasste sich so sehr dafür, dass sie am liebsten in den Main gesprungen wäre. Doch dazu fehlte ihr der Mumm – und das war mit allem so. Was sie auch anpackte ging schief, und sie brachte sich und anderen nur Unglück. Schon als sie ihren ersten Schrei getan hatte und ihre Mutter sie wie ein Stück Müll zu den Gerbereiabfällen am Untermainkai geworfen hatte. Und im Findelhaus ging es dann weiter bis über ein gutes Dutzend Pflegefamilien, denen sie immer nur ein Klotz am Bein war, und zog sich wie ein roter Faden durch ihr ganzes jämmerliches Leben. Sie taugte nichts und war für nichts zu gebrauchen, außer, dass die Leute ihre Wut an ihr ausließen und sie mit Dreck bewarfen. Das war auch beim Anschaffen nicht anders und es war kaum ein Tag vergangen, an dem Gustav, der über zehn Jahre ihr Stecher und Zuhälter war, sie nicht windelweich geprügelt hätte. Bis dann eines Tages die Gäule mit ihr durchgegangen waren – und das war dann ihr endgültiger Ruin! Denn seitdem hatte er sie in der Hand und bestimmte über jeden Schritt, den sie tat. Es gab einfach kein Entrinnen vor ihm – es sei denn, durch den Tod – aber dafür fehlte ihr ja der Mut. Doch es gab noch eine andere Möglichkeit und das war das Saufen. Wenn es auch kein wirklicher Ausweg war, sich bis zur Besinnungslosigkeit zu betrinken, so brachte es doch wenigstens für ein paar Stunden Vergessen. Und obwohl sie sich das immer wieder vor Augen führte, hatte sie sich noch nicht dazu überwinden können, die Flasche zu entkorken und sich die Kanne zu geben. *Sitzt da wie das Karnickel vor der Schlange und traust dich nicht! Selbst dazu bist du zu feige!* »Schluss jetzt, du wolltest den Schnaps und jetzt säufst du ihn auch!«, befahl sich Sussi im herrischen Tonfall einer Fürsorgerin, die keinen Widerspruch duldete, und erhob sich schwerfällig vom Sofa. Mit feuchten Händen riss sie die Papierbanderole vom Korken und wollte ihn gerade herausziehen, als es an der Tür klopfte. Sie schreckte zusammen wie von der Tarantel gestochen und hätte fast die Flasche umgestoßen. Wer konnte denn das nur sein? Sie bekam doch so gut wie nie Besuch – außer vielleicht mal von der Thekla, doch die hatte ja jetzt einen Hass auf sie und dass *er* es war, war eigentlich unmöglich. Das hatte er noch nie gemacht, dazu war er viel zu vorsichtig, denn er hätte ja gesehen werden können.

»Wer ist denn da?«, krächzte sie heiser und starrte angstvoll zur Tür.

»Ich bin's, die Sidonie, ich möchte gerne mit dir reden!«, erklang von draußen die Stimme des Fräuleins und Sussi konnte es kaum fassen. Sie hatte vor Sidonie, die ihr stets nur mit Wohlwollen begegnete, obgleich sie eine hochgelehrte Dame war, der Sussi als ungebildete Gassendirne nie und nimmer das Wasser reichen konnte, eine solche Hochachtung, dass es schon fast an Furcht grenzte. Sidonie war etwas ganz Besonderes und die Vorstellung, die berühmte Dichterin in ihrer schäbigen Dachkammer zu empfangen, bereitete Sussi großes Unbehagen – und dann noch diese verdammte Schnapsflasche! Mit fliegenden Händen ergriff sie sie und stellte sie hastig in den Küchenschrank. »Ich mache gleich auf!«, rief sie, bemüht um einen munteren Tonfall, doch ihre Stimme bebte. Hektisch drehte sie den

Schlüssel und öffnete dem Fräulein die Tür. »Kommt ... äh, komm doch rein und setz dich!«, stammelte sie mit gequältem Lächeln und bot Sidonie einen Stuhl an. »Möchtest du vielleicht ein Glas Sauermilch? Was anderes habe ich leider nicht da.« Sussi lief gehetzt zu der kleinen Speisekammer an der Stirnseite der Mansarde. Sie mutete Sidonie an wie ein aufgeschrecktes Huhn. »Nein danke, mach dir bloß keine Umstände«, wiegelte die Dichterin ab. »Und bitte verzeih, dass ich einfach so mit der Tür ins Haus falle, aber mir lässt das alles keine Ruhe und da habe ich mir gedacht, dass es das Beste ist, wenn wir noch mal in Ruhe miteinander reden.«

Sussi hielt inne. »Das ... das können wir machen «, erwiderte sie beklommen und setzte sich zögerlich zu Sidonie an den Tisch. Nervös strich sie über das ausgebleichte Tischtuch, das zwar fadenscheinig, aber sauber war, und traute sich kaum, Sidonie anzublicken, so befangen war sie. »Du glaubst ja gar nicht, wie sehr ich mich schäme für das, was ich getan habe!«, brach es aus ihr heraus und sie war wieder den Tränen nahe. »Am liebsten würde ich mich verkriechen, in dem tiefsten Mauseloch, das es gibt, und nie mehr herauskommen.«

»Das würde dir so passen!«, sagte die Dichterin mit gespielter Strenge. »So leicht kommst du mir aber nicht davon. Du hast das verbockt und jetzt musst du es wiedergutmachen.«

Sussi musterte das Fräulein verstört. »Wie ... wie soll denn das gehen?«, stammelte sie unsicher. Sidonie schaute die ehemalige Prostituierte eindringlich an. »Ganz einfach«, erklärte sie mit fester Stimme, »du versprichst mir auf Ehre und Gewissen, dass du so etwas nie wieder tun wirst – heimlich Flaschenbier verkaufen und in der Trinkhalle Freier empfangen – und dann gebe ich dir nochmal eine Chance!«

Sie blickte Sussi forschend an, der Sidonies Angebot schier die Sprache verschlagen hatte. Die Frau mit den strähnigen blonden Haaren presste sich fassungslos die Hand vor den Mund, während sich ihre glasigen Augen mit Tränen füllten. »Ihr seid ein Engel!«, stieß Sussi hervor, der es schon seit jeher widerstrebt hatte, die verehrte Dichterin zu duzen, und verfiel unversehens wieder in die alte Förmlichkeit. Spontan ergriff sie Sidonies Hand und küsste sie. Die Dichterin, der Sussis überschwängliche Dankbarkeitsbekundungen unangenehm waren, entzog sie ihr unwirsch. »Lass gut sein, Sussi!«, murmelte sie beschwichtigend und musterte die Trinkhallenwärterin kopfschüttelnd. »Ich bin keine Heilige und sehe das Ganze eher pragmatisch«, erklärte sie sachlich. »Wo sollte ich denn auf die Schnelle eine tüchtige Trinkhallenwärterin hernehmen? Und tüchtig warst du ja, zumindest noch bis vor Kurzem. Außerdem will ich den feinen Herrschaften aus der Nachbarschaft unserer Erfrischungshalle auch nicht die Genugtuung verschaffen, dass wir den Laden schließen. Die lachen sich dann doch vor Freude ins Fäustchen und diesen Triumph gönne ich ihnen nicht, diesen verduckten Spießbürgern! Also, ich warte noch immer auf dein Ehrenwort und dann trittst du morgen früh wieder deinen Dienst an, es haben sich nämlich schon Kunden bei mir erkundigt, wann du endlich wiederkommst.« Sidonie lächelte verschmitzt.

»Wer denn?«, fragte Sussi verdutzt.

»Ein paar Dreikäsehochs vermissen dich schon schmerzlich«, erklärte die Dichterin belustigt.

»›Die Sussi schenkt uns immer Gutzien‹, hat mir ein kleines Mädchen anvertraut.«

Über Sussis verhärmte Gesichtszüge glitt ein schüchternes Lächeln. »Ach, die Kinder«, murmelte sie gerührt.

»Das sind meine liebsten Kunden und ich freue mich immer, wenn sie kommen.«

Sidonie nickte zufrieden. »Und genau das bezwecken wir ja auch mit unseren Mineralwasserbuden: den einfachen, kinderreichen Familien aus der Nachbarschaft die Möglichkeit zu bieten, billig ihren Durst zu löschen.«

Sussi blickte die Dichterin dankbar an. »Ich danke Euch von ganzem Herzen und gebe Euch mein Ehrenwort, nie wieder Flaschenbier an der Trinkhalle zu verkaufen, und mit dem Anschaffen ist auch Schluss – und zwar endgültig!«

In ihrer Beteuerung lag eine solche Aufrichtigkeit, dass Sidonie an ihrem Entschluss, Sussi wieder einzustellen, keinerlei Zweifel mehr hegte. Sie nestelte aus dem rosafarbenen Satinbeutel, den sie um das Handgelenk trug, ihre Geldbörse hervor und übergab Sussi eine Handvoll Silbermünzen. »Hier sind 20 Mark – das ist besser als nichts, die kannst du deinen Schuldnern schon mal geben, dann halten sie vielleicht erstmal die Füße still und sehen, dass du bereit bist, deine Schulden zurückzuzahlen.«

Die ehemalige Prostituierte errötete vor Verlegenheit. »Das kann ich doch nicht annehmen!«, stammelte sie verzagt. »Und außerdem will ich nicht auch noch bei Euch Schulden haben.«

Mit einer resoluten Handbewegung fegte Sidonie ihre Bedenken vom Tisch. »Du brauchst es mir nicht zurückzugeben, ich bin keine arme Frau – und wenn ich mich recht besinne, waren wir beide doch beim ›Du‹, oder täusche ich mich da vielleicht?«

»Schon«, stimmte ihr Sussi zu und nahm die Münzen mit zerknirschter Miene entgegen, nicht ohne sich beim Fräulein aufrichtig dafür zu bedanken. »Und was ist mit Thekla?«, grummelte sie mit einem Mal verängstigt. »Ist sie auch damit einverstanden, dass ich morgen wieder anfange?«

»Thekla ist über alles im Bilde«, ließ Sidonie sie wissen. »Sie ist zwar noch ein wenig verschnupft, aber das wird sich bestimmt bald legen«, sie warf Sussi einen vielsagenden Blick zu, »wenn du dich an dein Versprechen hältst!«

»Darauf könnt … kannst du dich verlassen!«, bekräftigte die Frau mit den blonden Haaren nachdrücklich.

Sidonie lächelte sie warmherzig an. »Davon bin ich überzeugt«, erwiderte sie schlicht und wandte sich zum Gehen. Als Sussi sie zur Tür begleitete, kam Sidonie plötzlich ein Gedanke und sie sah die Trinkhallenwärterin, der es inzwischen deutlich besser zu gehen schien, forschend an. »Sussi, du kannst jederzeit mit mir reden, wenn es etwas gibt, das dich bedrückt, und du kannst dich auch fest darauf verlassen, dass ich es für mich behalte und keinem weitersage«, versicherte ihr Sidonie mit eindringlicher Stimme und sah Sussi direkt in die Augen. In Sussis Blick spiegelte sich eine solche Bedrängnis, dass Sidonie den Eindruck hatte, schon im nächsten Augenblick breche alles aus ihr heraus – doch so plötzlich, wie sie gekommen war, geriet die Aufwallung auch wieder ins Stocken – nur ein leichtes Beben in Sussis Stimme verriet sie noch, als sie erwiderte: »Vielen Dank, ich komme gerne darauf zurück, wenn es nötig ist!«

Sidonie war von Sussis Verstocktheit, die schon fast an eine Abfuhr grenzte, wie vor den Kopf geschlagen. Am liebsten hätte sie die ehemalige Prostituierte an den Schultern gepackt und geschüttelt, um den Knoten endlich zum Platzen zu bringen, der Sussis Gemüt blockierte, doch sie zog es vor, zu schweigen und sie in Ruhe zu lassen. Mit Gewalt und mit Zwang, das wusste sie genau, konnte man einen Menschen nicht dazu bewegen, sein Herz zu öffnen.

2

Dienstag, 23. Juli 1838

Als die Droschke des Apothekers Willibald Künzel um die Mittagszeit die Promenade an der Taunusanlage entlangfuhr, stockte dem älteren Herrn im vornehmen Gehrock, der mit seinem hellgrauen Zylinderhut auf der Rückbank thronte wie ein König, beim Anblick des Erfrischungspavillons seiner Konkurrentin regelrecht der Atem. Alleine schon die frischgestrichene blütenweiße Außenfassade blendete ihn so sehr, dass es in den Augen schmerzte, und das Gesicht der Trinkhallenwärterin hinterm Verkaufsschalter war ihm regelrecht ein Dorn im Auge. Was für eine Zumutung, dieses niederträchtige Frauenzimmer Tag für Tag vor der Nase zu haben! Nach den gestrigen Ereignissen hatte er eigentlich gehofft, die unliebsame Angelegenheit sei ein für alle Mal vom Tisch, doch jetzt stand dieses Weibsstück keck hinterm Tresen und alles schien wieder seinen gewohnten Gang zu gehen, als wäre nichts gewesen. Wutentbrannt stieg er aus der Droschke und eilte zur Tür seines Erfrischungspavillons, der mit seiner mondänen Außenfassade einem eleganten Gartenhaus glich. ›Mineralwasseranstalt nach Dr. Künzel‹ prangte in schwungvoller Goldschrift über dem mit einer Marmorplatte versehenen Verkaufsschalter, die von einer adretten jungen Frau im weißen Verkaufskittel eifrig mit einem Fensterleder gewienert wurde. »Guten Tag, Herr Doktor Künzel!«, flötete sie ihrem eintretenden Chef zu und knickste devot in seine Richtung. Als sie die Schweißperlen auf der Stirn des Apothekers bemerkte, trippelte sie wie aufgezogen zu ihm hin. »Was für eine Hitze heute, darf ich Euch vielleicht den Hut abnehmen und Euch ein gekühltes Soda Water kredenzen?«, erkundigte sie sich zuvorkommend und nahm den verschwitzten Zylinder ihres Vorgesetzten mit anmutigem Lächeln entgegen, um ihn anschließend behutsam auf die eigens dafür vorgesehene Hutablage aus poliertem Wurzelholz zu legen. Während sich Willibald Künzel mit einem weißen Seidentuch die Stirn und die Schläfen abtupfte, schenkte ihm seine Angestellte flink die Erfrischung ein und reichte ihm das zierliche Trinkglas, das kaum größer als ein Likörgläschen war, mit den Worten: »Bitte schön, der Herr, Euer *Soda Water!*«, peinlichst darauf achtend, den Namen des Getränks in tadellosem Oxfordenglisch auszusprechen. Ohne sich zu bedanken, nahm Künzel das Glas entgegen und stürzte es in einem Zug hinunter. Dann hielt er der jungen Dame das leere Behältnis hin und grummelte missmutig: »Noch eins!« Als er schließlich seinen Durst gestillt hatte, spähte er mit finsterer Miene über die Promenade, wo nur einen Steinwurf entfernt das frischgestrichene Mineralwasserhäuschen der Dichterin stand, an dessen Verkaufsschalter ein reger Andrang herrschte. »Seit wann ist *die* denn wieder da, Carola?«, fragte er seine Mitarbeiterin barsch.

»Die war schon da, als ich hier aufgesperrt habe«, erwiderte die Angesprochene abfällig. »Stand die ganze Zeit auf der Leiter und hat die Fassade angepinselt, das blöde Weibsstück. Da hab ich mir noch gedacht, dass sie das als Strafe aufgebrummt gekriegt hat von ihrer Chefin, weil sie doch die schlimmen Sachen gemacht hat und selber dran schuld ist, wenn sowas da draufgeschrieben wird. Jedenfalls war sie dann fertig und dann ist sie reingegangen, um sich umzuziehen und sauberzumachen, denn sie war ja ganz bekleckst von Farbe, und dann denke ich noch, ich sehe nicht recht, als sie dann tatsächlich den Verkaufsschalter aufgemacht hat!«, ereiferte sich die Verkaufshilfe und schüttelte so empört den Kopf, dass die goldblonden Korkenzieherlocken an ihren Schläfen hin und her wippten. »Es ist schon schlimm, dass so ein liederliches Frauenzimmer als Verkäuferin arbeiten darf, das wirft doch ein schlechtes Licht auf unseren ganzen Berufsstand, und da schämt man sich ja, dass man am Ende noch mit so einer über einen Kamm geschoren wird – wo ich doch im respektablen Café Bütschli auf der Zeil meine Lehre als Backwarenverkäuferin gemacht habe!« Die junge Dame rümpfte entrüstet die Stupsnase.

»Kundschaft, Carola!«, unterbrach der Apotheker ihren Redeschwall und klatschte herrisch in die Hände. Während die junge Frau diensteifrig zum Verkaufsschalter huschte, um die drei vornehmen Damen in ihren pastellfarbenen Seidenkleidern mit den dazu passenden Spitzensonnenschirmen nach ihrem Begehr zu fragen, eilte ihr Vorgesetzter im Sturmschritt zur Tür, um dem verehrten Stammkunden, Herrn Opernsänger Siegfried Brunotte, persönlich den Türflügel aufzuhalten. »Einen wunderschönen guten Tag, mein werter Herr Brunotte!«, rief er katzbuckelnd und schüttelte dem übergewichtigen Herrn mit den pomadisierten blonden Haaren überschwänglich die Hand. »Bitte einzutreten, der Herr, und Platz zu nehmen!« Er wies auf einen kleinen Tisch mit Marmorplatte und rückte dem Tenor einen zierlichen Stuhl mit grauweiß gestreiftem Seidenpolster zurecht, auf dem sich der korpulente Sänger ächzend niederließ. »Darf es wie immer Euer geschätztes ›Kreidewasser‹ sein, das Eure Stimmbänder so geschmeidig macht?«, erkundigte sich der Apotheker, dessen schlechte Stimmung sich zugunsten seiner Geschäftstüchtigkeit in reines Wohlgefallen aufgelöst hatte, mit zuckersüßer Ergebenheit.

»Ja bitte, Herr Doktor, ich komme gerade von den Proben im Junghof Theater und vom vielen Vorsingen ist meine Stimme nur noch ein Krächzen!«, säuselte der beleibte Sänger mit wehleidiger Miene und fächelte sich mit einem zartblauen Taschentuch Luft zu. »Und Ihr könnt mir auch noch ein Cognac Water mitbringen, das brauche ich nämlich für meine Nerven!«, rief er dem bereits Entschwindenden mit klangvoller Kopfstimme hinterher.

Nachdem Künzel auch noch andere illustre Gäste mit seinen selbstdestillierten Heilwässerchen versorgt hatte – in der Hauptsache Damen der besseren Frankfurter Gesellschaft und mehrere Regierungsbeamte aus dem Palais Thurn und Taxis, ebbte der Mittagsbetrieb langsam ab. Obgleich es für den vielbeschäftigten Apotheker Ehrensache war, sich, sooft es seine knappe Zeit erlaubte, persönlich um die Stammkunden zu kümmern, war er doch heute fast erleichtert, sich nicht länger in gepflegter Konversation ergehen zu müssen, und verabschiedete sich von seiner Angestellten mit der knappen Erklärung, er begebe sich ins Wirtshaus ›Zum Taunustor‹.

Als Sidonie in der sengenden Mittagshitze den Anlagegürtel am Taunustor erreichte, war sie erleichtert, der unbarmherzigen Sonne, gegen die sie auch der zierliche lindgrüne

Sonnenschirm kaum zu schützen vermochte, wenigstens ein Stück weit entronnen zu sein. Unter dem schattenspendenden Laub einer blühenden Kastanie hielt sie inne und gönnte sich eine kleine Atempause. Ihr Blick fiel auf die Baustelle des im Bau befindlichen Taunusbahnhofs mit der frisch verlegten Gleisstrecke, an der sich Heerscharen von Arbeitern zu schaffen machten. Die Männer mit den muskulösen freien Oberkörpern waren schutzlos der Sonne ausgesetzt. Lediglich ihre Köpfe hatten sie mit Tüchern und Schiebermützen bedeckt, um sich vor Hitzschlag oder Sonnenstich zu schützen. Sidonie taten die Arbeiter, die sich von Sonnenaufgang bis Sonnenuntergang für einen Hungerlohn abplagen mussten, um ihre kinderreichen Familien zu ernähren, von Herzen leid. Und das alles nur, damit die vornehmen Herrschaften bequem nach Wiesbaden in die Spielbank fahren können, dachte sie mit einer Spur von Erbitterung und setzte ihren Weg fort. Mit einem Mal erklang ein lautes Schellengeläut, die Arbeiter ließen ihre Werkzeuge sinken, wischten sich den Schweiß von der Stirn und trotteten zu den Holzbaracken, um Mittagspause zu machen. Während Sidonie an den Unterkünften vorbei lief, beobachtete sie das ständige Kommen und Gehen, das dort herrschte. Die Gleisarbeiter holten sich blecherne Brotbüchsen und Speisebehälter aus ihren Spinden und strebten, ebenso wie Sidonie, den schattigen Promenaden zu. Ehe sichs die Dichterin versah, war sie umgeben von einem Pulk Arbeiter, die an der zierlichen Frau vorbeizogen und grüßend ihre Mützen lüfteten. Sidonie blickte in ihre erhitzten, wettergegerbten Gesichter und erwiderte die höflichen Grüße der Männer mit freundlichem Lächeln. Bei nächster Gelegenheit suchten sich die meisten ein schattiges Plätzchen, wo sie sich in kleinen Gruppen niederließen, und das Gewimmel ebbte allmählich ab.

Als sich Sidonie schließlich der Erfrischungshalle näherte, um Sussi einen Besuch abzustatten, gewahrte sie mit großer Freude, dass die Fassade über dem Verkaufsschalter frisch gestrichen war. Um den Schalter drängte sich ein gutes Dutzend Arbeiter. Sidonie beschloss, den Betrieb nicht zu stören, und hielt sich etwas abseits. Beim Anblick von Sussis fröhlichem Gesicht, die hinter dem Tresen emsig zugange war, den Männern Wasser oder Limonade einzuschenken, und für jeden ein freundliches Wort hatte, wurde es Sidonie ganz warm ums Herz. Allen Unkenrufen von Max und Thekla zum Trotz war es doch die richtige Entscheidung, Sussi wieder einzustellen, dachte sie erfreut und beobachtete den regen Andrang mit Vergnügen. Die meisten Handwerker schienen mit der Trinkhallenwärterin gut bekannt zu sein und lachten und scherzten mit ihr. Mit einem Mal schob sich ein bulliger Mann mit kahlrasiertem Schädel und blauer Arbeitskleidung durch die Menschentraube zum Verkaufstresen. »Eine Flasche Bier!«, bestellte er barsch. Sidonie, die ihren Ohren nicht trauen mochte, trat dichter an den Kiosk heran und hielt vor Anspannung den Atem an. Ihre Gedanken überschlugen sich. Ob Sussi ihm das Bier verweigerte? Sie hatte Sidonie, die an der Seite stand, wohl noch nicht bemerkt und fühlte sich unbeobachtet. Bitte enttäusch mich nicht! dachte die Dichterin inständig und wartete fieberhaft auf Sussis Entgegnung – die glücklicherweise nicht lange auf sich warten ließ: »Wir verkaufen hier kein Flaschenbier!«, vernahm Sidonie zu ihrer grenzenlosen Erleichterung die resolute Antwort der Trinkhallenwärterin und sie hätte Sussi dafür umarmen können.

»Ach, hab dich bloß nicht so, Tusnelda! Sonst verkaufst du es doch auch und machst sogar noch ganz andere Sachen!«, raunzte der Mann mit dem Stiernacken anzüglich.

»Lass mich in Frieden, du Sack! Es gibt hier nur Wasser, und damit fertig!«, fuhr ihm Sussi übers Maul. »Und wenn dir das nicht passt, kannst du auch gleich wieder gehen!«

Für Sidonie gab es nun kein Halten mehr. »Der Meinung bin ich auch!«, rief sie aufgebracht. Der Rüpel drehte sich sogleich zu ihr um und fixierte sie angriffslustig. »Was hast du dich denn da einzumischen, du Rotfuchs!«, blökte er ihr zu. Sidonie zwängte sich zu ihm durch und funkelte ihn wütend an. »Ihr verlasst jetzt auf der Stelle meine Trinkhalle und lasst Euch hier nicht mehr blicken! Solche Flegel wie Euch wollen wir hier nämlich nicht haben!«, zischte sie ihm ins Gesicht.

Der feiste Kerl grinste höhnisch. »So kannst du vielleicht mit deinem Stecher reden, du alte Schabracke, aber nicht mit mir!«, blaffte er und wollte sich schon trollen, als ihn unversehens der zusammengeklappte Sonnenschirm der Dichterin an der Wange traf. Wutentbrannt sprang er auf Sidonie zu, als sich ihm plötzlich ein paar Gleisarbeiter in den Weg stellten. »Hau ab, du Stinkstiefel, oder du kriegst gleich richtig eins in die Fresse!«, knurrte einer von ihnen grimmig und ballte drohend die Fäuste. In Anbetracht der brenzligen Situation zog es der Krakeeler vor, das Weite zu suchen – nicht ohne sich noch einmal umzudrehen und eine Beschimpfung von sich zu geben. »Eure Klitsche wird doch eh bald dichtgemacht!«, krähte er gehässig und verschwand hinter den Bäumen.

Sidonie zitterte am ganzen Leib, als sie sich anschließend bei den Männern bedankte. »So ein impertinenter

Kerl!«, schimpfte sie außer sich. »Arbeitet der auch an eurer Baustelle?«

Die Gleisarbeiter schüttelten die Köpfe. »Noch nie gesehen«, erklärten sie übereinstimmend. »So einer hätte bei uns auch nicht viel zu lachen«, brummelte ein großer, breitschultriger Bursche finster. »Dem würden wir sein freches Maul schon ordentlich stopfen, so schnell könnte der gar nicht gucken!«

»Nee, des ist keiner von uns«, erklärte einer der Arbeiter, der ein Stück abseits gestanden hatte, in Frankfurter Dialekt. »Des ist der August Fette – ein gebürtiger Offenbächer«, knarzte er abfällig. »Der hat früher dem Gassenkehrer geholfen, die Gassen zu kehren, doch der wollt dann nix mehr mit dem zu tun haben, weil er immer so frech und faul war, und jetzt macht der da vorne in der Wirtschaft die Drecksarbeit, die sonst keiner machen will, bringt den Kehricht weg, spült das Essgeschirr und die Gläser, leert den Abtritt aus – was halt so in einer Wirtschaft anfällt. Und dafür darf er die Reste aussaufen und das essen, was die Gäste auf den Tellern lassen. Ich habe gehört, der haust da im Keller in so einem Verschlag, wo das ganze Putzzeug steht …«

»Wisst Ihr, wie die Wirtschaft heißt?«, unterbrach ihn Sidonie erregt.

»Ei, sicher weiß ich das, das ist das Gasthaus ›Zum Taunustor‹ und ist gleich da vorne ums Eck.« Der Arbeiter wies in Richtung Taunusbahnhof.

»Na da schau her!«, stieß Sidonie hervor und war unversehens noch eine Nuance bleicher geworden.

»Ist Euch nicht gut, gnädige Frau? Wollt Ihr Euch vielleicht auf eine Bank setzen?«, fragte der Mann aus Frankfurt besorgt.

»Keine Sorge, es ist alles in Ordnung«, murmelte Sidonie und wandte sich an die Trinkhallenwärterin. »Sussi, ich brauch jetzt unbedingt ein Wasser!«, krächzte sie und stützte sich ächzend auf den Verkaufstresen.

»Das Weib muss auf der Stelle verschwinden!«, keifte die Ladeninhaberin Adelheid Witte erbost und schlug mit der kleinen, fleischigen Hand derart heftig auf die Tischplatte, dass die randvollen Apfelweingläser und der gut gefüllte Bierkrug überschwappten. »Entschuldigung, Rudi«, sagte sie kleinlaut zu dem gedrungenen, rotgesichtigen Schankwirt Rudolf Schwab, der, ebenso wie der Apotheker Willibald Künzel, gemeinsam mit ihr am Ecktisch der Gaststube ›Zum Taunustor‹ saß, und traf Anstalten, einen Wischlappen zu holen. »Lass nur, Heidi, das mache ich schon«, brummte der Wirt, zog einen Lappen aus der Tasche seiner Lederschürze und wischte zerstreut über die Getränkepfützen.

»Ich könnte was zu viel kriegen, dass wir *so eine* in der Nachbarschaft haben, und es ist eine bodenlose Frechheit, dass die nach allem, was die sich zuschulden kommen lassen hat, immer noch dreist hinterm Schalter steht!«, ereiferte sich die grauhaarige Matrone und presste erbittert den kleinen, verbissenen Mund zusammen, über dem sich der Flaum eines Damenbarts kräuselte.

»Nicht nur das Weibsbild muss weg, meine liebe Frau Adelheid«, meldete sich der Apotheker gewichtig zu Wort, »sondern am besten auch gleich die ganze Bruchbude, die nur die Anlage verschandelt, mitsamt diesem lärmenden Lumpenpack und den rotznäsigen Breimäulern – man könnt ja meinen, man ist auf dem Judenmarkt! Was sollen denn nur die vornehmen Kurgäste denken, die aus Wiesbaden zu einem Besuch nach Frankfurt kommen, wenn die Taunusbahn nächstes Jahr endlich in Betrieb geht?« Er blickte den Schankwirt und die Ladeninhaberin alarmiert an. »Die steigen doch gleich wieder in den Zug, wenn sie den Schandfleck sehen, anstatt über die Promenaden zu flanieren und bei unsereinem einzukehren!« Er schüttelte indigniert den Kopf und nahm einen tiefen Zug aus dem Bierkrug, denn nach der heutigen Aufregung benötigte er schon ein Hopfengebräu, um seine strapazierten Nerven zu beruhigen. »Es hilft alles nichts, meine Herrschaften, wir müssen eine erneute Eingabe schreiben, die ich noch heute höchstpersönlich in das Römerrathaus bringen werde!«

»Sollten wir damit nicht noch warten, bis der August zurück ist?«, gab der Wirt, der die ganze Zeit mit griesgrämiger Miene geschwiegen hatte, zu bedenken. »Denn wenn die Kanaille dem wirklich ein Bier verkauft hat, haben wir sie doch am Hänga… äh … ertappt, meine ich, und das können wir doch dann dick unterstrichen in unsere Eingabe schreiben!«

Die Lebensmittelhändlerin und der Apotheker stimmten ihm zu. Der Wirt entfernte sich daraufhin, um die Schreibutensilien zu holen, und wies seine Frau, die hinter dem Schanktresen stand und Bier in ein halbes Dutzend Krüge zapfte, an, zunächst einmal gründlich den Tisch abzuwischen. Die Chefin knurrte etwas vor sich hin und delegierte den Auftrag an eine junge Kellnerin mit gestärkter weißer Schürze, die mit einem vollen Tablett leerer Gläser aus dem angrenzenden Sommergarten hereingestürzt kam. »Wo bleibt nur der August?«, stieß sie mit gehetztem Blick hervor, »ich komm mit dem Abräumen gar nicht mehr hinterher …«

»Dann musst du dich halt ein bisschen mehr sputen«, blaffte die Wirtin. »Und mach hin, dass der Tisch endlich gewischt wird, deine nächste Bestellung steht nämlich schon bereit!«

Während die junge Frau dabei war, die Tischplatte zu reinigen, ging die Tür auf und August Fette trat in die Wirtsstube. »Wo ist denn der Chef?«, fragte er die Kellnerin mit finsterer Miene.

»Der muss gleich wieder hier sein, der holt nur was. Aber gut, dass du da bist, kannst gleich in den Biergarten gehen und Gläser abräumen, ich komm mit dem Abräumen kaum noch nach, weil ich ständig am Bedienen bin«, erwiderte sie schnippisch.

»Der August bleibt hier!«, erklang plötzlich der ruppige Befehl des Wirts aus dem Hintergrund. »Auf, auf, schaff was für dein Geld!«, schnauzte er die Bedienung an und wandte sich seinem Faktotum zu. »Und, was ist?«, erkundigte er sich angespannt und setzte sich zu seinen Verbündeten, ohne dem Hausknecht, dem der Schweiß in Strömen übers Gesicht lief, einen Stuhl anzubieten. Der Mann fürs Grobe stand unsicher wie ein Schuljunge vor dem Dreiergespann und berichtete stockend, was sich soeben an der Trinkhalle zugetragen hatte. »Und da ist diese mannstolle Kuh, die wo sich den jungen Gendarmen geangelt hat, doch tatsächlich mit dem Schirm auf mich losgegangen!«, endete er erzürnt und befühlte wehleidig seine Wange.

Das Trio am Tisch war vor Empörung aufgesprungen. »Das kann doch wohl nicht wahr sein!«, »Was für eine bodenlose Unverfrorenheit!«, und »Das ist ja die reinste Furie, diese Dichterin!«, riefen sie aufgeregt durcheinander und konnten sich vor gerechtem Zorn kaum wieder einkriegen.

Der Herr Apotheker, als Naturwissenschaftler ohnehin eher ein Kopfmensch, war der Erste, der seine Fassung wiedererlangte. »Die zerren wir vor den Kadi, diese wildgewordene Poetin!«, gab er mit tückischem Grinsen von sich. »Das war Tätlichkeit gegen einen Passanten. Da kann ihr auch ihr feiner Polizistengatte nicht mehr helfen!«

Um die sechste Abendstunde saß Sidonie am offenen Fenster ihres angenehm kühlen Arbeitszimmers, das auf der schattigen Hinterhofseite lag, und war konzentriert am Schreiben. Nach den unheilvollen Ereignissen an der Trinkhalle war sie nach Hause gegangen und hatte sich schwere Vorwürfe gemacht, dass sie sich dazu hatte hinreißen lassen, auf den rüpelhaften Burschen mit dem Schirm einzuschlagen. Sicher, er war ausfallend geworden und hatte sie beleidigt, doch das war noch lange kein Grund für ihre Gewalttätigkeit. Auch wenn die Gleisarbeiter und Sussi ihre Gegenwehr begeistert bejubelt hatten und konstatierten, sie solle sich deswegen bloß nicht den Kopf zerbrechen, es habe genau den Richtigen getroffen, so wurde die Dichterin jedoch den ganzen Nachmittag von schweren Gewissensbissen und düsteren Vorahnungen geplagt. Was würde Max dazu sagen? Wenn es ruchbar würde, dass seine Ehefrau auf jemanden eingeprügelt hatte, würde das auf ihn und sein Amt ein denkbar schlechtes Licht werfen. Je länger Sidonie darüber nachdachte, desto sicherer war sie, dass die unerfreuliche Geschichte ein übles Nachspiel für sie haben würde. Es hatte lange gedauert, bis sie die innere Ruhe gefunden hatte, um sich ganz aufs Schreiben ihres neuen Romans zu konzentrieren. Jetzt aber war sie so sehr in die Geschichte vertieft – ein Schauerroman mit dem Titel ›Meister Tod‹, in Anlehnung an eine wahre Begebenheit im späten Mittelalter, der um eine düstere Todesbruderschaft auf dem Frankfurter Peterskirchhof kreiste, dass sie das zaghafte Klopfen an der Tür gar nicht hörte. Erst als es nachdrücklicher wurde, fuhr sie erschrocken zusammen und rief: »Herein!«

Ihre Haushälterin Tante Tilla öffnete zaghaft die Tür, wohl wissend, dass es dem Fräulein verhasst war, bei der Arbeit gestört zu werden, und überreichte Sidonie ein Briefkuvert, nicht ohne sich zuvor für ihr Eindringen zu entschuldigen. »Das hat jemand unter der Haustür durchgeschoben«, erläuterte die alte Frau. »Ich habe es eben gefunden, als ich rausgehen wollte, um die Rosenstöcke im Vorgarten zu gießen.«

»Was kann denn das nur sein?«, murmelte Sidonie verwundert. »Die Post ist ja heute Morgen schon gekommen …«

Tante Tilla nickte und blieb abwartend vor ihr stehen. Die Neugier war ihr nur allzu deutlich anzumerken. Sidonie seufzte und bot ihr schließlich einen Stuhl an. Die alte Aufwartefrau, die der Dichterin schon seit ihrer Jugendzeit treu ergeben war, gehörte gewissermaßen zur Familie und Sidonie hatte keine Geheimnisse vor ihr. Ihre Hände zitterten leicht, als sie gleich darauf das Kuvert mit dem Brieföffner aufschlitzte, den Brief entnahm und auseinanderfaltete. In ungelenker Schrift waren nur ein paar wenige Sätze daraufgekritzelt, die jedoch so böswillig und hässlich waren, dass Sidonie entsetzt aufschrie und das Blatt fallen ließ. Erst auf Tante Tillas eindringliche Bitte hin nahm sich Sidonie, so gut es ging, zusammen, klaubte den Briefbogen vom Boden auf und las mit brüchiger Stimme vor: »Deine Wasserbuden sind Schandflecke, an ihnen verkehrt der letzte Abschaum, und du bist keinen Deut besser als die Nutten, die du dort beschäftigst! Was zahlst du ihm denn dafür, dass er es dir besorgt?«

»Gott im Himmel – wer kann denn nur so etwas Hundsgemeines geschrieben haben?«, rief Tante Tilla fassungslos und schlug bestürzt die Hände zusammen.

»Jemand, der mich aus tiefstem Herzen hasst«, erwiderte Sidonie, die noch ganz unter Schock stand, leise. Die infamen Beschimpfungen hatten sie getroffen wie ein Keulenschlag und sie war ganz erstarrt vor Schmerz und Fassungslosigkeit. Erst als wenig später die Tür aufging und Max hereinkam, kehrte wieder Leben in sie. Sie sprang auf und eilte ihm entgegen. Beim Anblick des geliebten Menschen brach sich ihre ganze Verzweiflung Bahn, sie fiel ihm um den Hals und schluchzte haltlos.

Thekla Müller saß am Verkaufsschalter des Erfrischungspavillons am Westhafen und verfolgte ebenso wie die Mainfischer, Hafenarbeiter, Anwohner und Passanten die feierliche Eröffnung der neuen Trinkhalle am sogenannten ›Grindbrunnen‹ durch Bürgermeister Gerhard Thomas.

»Verehrte Gäste«, richtete sich der würdevolle Stadtvorsteher an die Standespersonen und handverlesenen Besucher, für die eigens ein paar Reihen zierlicher Gartenstühle an der Hafenpromenade aufgestellt worden waren, »es ist mir eine große Ehre und Freude, Sie zur Eröffnungsfeier unserer neuen Trinkkuranlage am Westhafen herzlich willkommen zu heißen!« Die festlich gekleideten Damen und Herren applaudierten begeistert. Nachdem der Bürgermeister sich höflich bedankt hatte, fuhr er fort. »Ich hoffe, die Herrschaften gestatten mir zu diesem Anlass einen kleinen Exkurs in die hiesige Brunnenkunde. In der Umgebung unserer geliebten Heimatstadt Frankfurt am Main, in der Wetterau und im Taunus sind die unterschiedlichsten Mineralquellen vorzufinden«, verkündete er launig. »Wir alle kennen die bekannten Brunnen von Bad Homburg, Bad Soden, Kronberg, Niederselters, Karben, Schwalheim und Bad Vilbel, um nur einige zu nennen. Auch im Frankfurter Stadtgebiet sprudelt es emsig. Der Faulbrunnen und der Selzerbrunnen in Nied sowie der Faulbrunnen in Sossenheim werden von Jung und Alt als beliebte wie heilsame Mineralquellen geschätzt und genutzt. Als Faulbrunnen bezeichnet man Quellen, die sich durch ihren zugegebenermaßen ein wenig fauligen Geruch auszeichnen, hervorgerufen durch den Schwefel, der dem Wasser als guter Geist innewohnt und es als Heilwasser auch gegen Hautkrankheiten so geeignet macht. Unser Frankfurter Schwefelbrunnen, der wegen seiner Heilwirkung bei Hautkrankheiten auch ›Grindbrunnen‹ genannt wird, wurde bereits im 13. Jahrhundert in den Annalen erwähnt«, verkündete der Bürgermeister mit stolzgeschwellter Brust. »Dieser von allen geschätzte Frankfurter Schwefelbrunnen gibt uns Grund zu der Hoffnung, dass aus unserer geliebten Heimatstadt Frankfurt am Main in nicht allzu ferner Zukunft eine Badestadt mit einem florierenden Kurbetrieb werden möge!« Er ergriff das Glas, welches ihm von einer jungen Dame mit gestärkter weißer Schürze auf einem silbernen Tablett gereicht wurde, hielt einen Moment inne, bis auch den Damen und Herren des Publikums Gläser kredenzt worden waren, und brachte voller Enthusiasmus den Trinkspruch aus: »Meine hochverehrten Damen und Herren, lassen Sie uns alle gemeinsam anstoßen auf unser zukünftiges ›Bad Frankfurt‹!« Unter frenetischen Beifallsbekundungen erhoben die Angehörigen der Frankfurter Gesellschaft ihre Gläser und prosteten dem Bürgermeister zu. Als der Applaus sich gelegt hatte, verließ der Würdenträger sein Rednerpult und begab sich zu dem festlich mit Blumengirlanden und Kränzen geschmückten Eisenpavillon, der mit einem weißen Seidenband versehen war. Eine der Bedienerinnen reichte ihm auf einem roten Samtkissen eine große goldene Schere, die der Bürgermeister ergriff und mit den feierlichen Worten »Ich erkläre hiermit die Trinkkuranlage am Westhafen für eröffnet!« das weiße Band durchtrennte. Wieder erklang tosender Beifall vonseiten des Publikums. Währenddessen formierte sich vor dem mondänen Eisenpavillon eine Knabengruppe, die in schwarze Schulkittel gekleidet war. Ein streng aussehender Herr mit Dirigentenstab nahm vor ihnen Aufstellung.

»Zu unserer großen Freude wird uns nun der Knabenchor des Frankfurter Lessing-Gymnasiums ein kleines Ständchen bringen«, kündigte der Bürgermeister an und stimmte in den allgemeinen Applaus mit ein.

»Wenn alle Brünnlein fließen, so muss man trinken«, erklang es aus Dutzenden heller Knabenkehlen.

»Wenn ich mein Schatz nicht rufen darf,
Tu ich ihm winken,
Wenn ich mein Schatz nicht rufen darf,
Ju, ja rufen darf,
Tu ich ihm winken …«

Thekla und die beiden Hafenarbeiter, die vom Wasserhäuschen aus das Spektakel beobachteten, krümmten sich vor Lachen. »Ich lach mich scheckig!«, prustete Thekla, »was die alle beim Trinken für Gesichter schneiden, fehlt nur noch, dass sich die Damen die feinen Näschen zuhalten, weil das Wasser aus dem Grindbrunnen so nach faulen Eiern stinkt! Und das Tollste ist ja, wie sie trotzdem noch so elegant die Finger abspreizen, wenn sie die Gläser zum Mund führen. Ich glaube, die tun nur so, als würden sie trinken, die Gläser sind alle noch voll, und es traut sich keiner, die Brühe einfach wegzukippen!«

»Ich würde von dem Gesöff auch nichts runterkriegen!«, feixte einer der Schauermänner hämisch. »Ob wir das erleben, dass unser gutes altes Frankfurt zur Badestadt wird? Dann schnappen unsere Großkopferten doch ganz über!«

»Ich fahre nach Bad Frankfurt und mache eine Trinkkur – in einer Sachsenhäuser Äppelwoi-Wirtschaft«, gluckste sein Kollege.

»Was glotzt der denn die ganze Zeit so blöd hierher?«, rief Thekla plötzlich aus und wies mit dem Kopf auf einen großen, hageren Mann mit Augengläsern, der am Rande der Festgesellschaft stand und verstohlen den Erfrischungspavillon beäugte.

»Vielleicht will er lieber eine Himbeerbrause trinken als Schwefelwasser und traut sich nur nicht«, spöttelte einer der Arbeiter.

»Ich kenn den doch – ich weiß nur nicht genau, woher …«, murmelte die Trinkhallenwärterin nachdenklich.

Als der Mann bemerkte, dass die Leute von der Trinkhalle zu ihm hinsahen, wandte er sich abrupt ab und mischte sich unter die Festbesucher.

Die Hafenarbeiter tranken ihre Gläser aus und machten sich mit der Bemerkung, sie seien ja nicht zur Kur hier, wieder an die Arbeit. Thekla spülte die Gläser und wischte den Verkaufstresen ab. Obwohl die Sonne schon vor geraumer Zeit untergegangen war, war es immer noch drückend heiß. Trotz der Hitze lief das Geschäft jedoch eher schleppend. Den Leuten war es einfach zu heiß, um am Fluss entlang zu schlendern – und von diesen vornehmen Festbesuchern würde sich sowieso niemand zu ihr an die Erfrischungshalle verirren. Sie würde noch eine Stunde abwarten und dann Feierabend machen. Vom vielen Stehen taten ihr die Beine weh und obgleich es nicht viel zu tun gab, fühlte sie sich doch wie gerädert und freute sich schon auf den Feierabend. Zu Hause in ihrer kleinen Wohnung in der Gallusgasse würde sie alle Fenster öffnen, um die stickige Luft herauszulassen, und dann würde sie sich mit kaltem Brunnenwasser den Schweiß herunterspülen, sich ein paar Zitronen auspressen, um sich eine erfrischende Limonade zu bereiten. Anschließend würde sie sich in einem luftigen Kittel ans offene Fenster setzen und im Licht der Petroleumlampe weiter in dem spannenden Buch lesen, das ihr das Fräulein geliehen hatte. Es trug den Titel ›Frankenstein‹ und stammte aus der Feder der berühmten englischen Autorin Mary Shelley, die Sidonie sehr verehrte. Auch Thekla war begeistert von dem fesselnden Gruselroman und konnte ihn kaum noch aus der Hand legen. Wie glücklich war sie doch darüber, dass ihr das Fräulein vor nunmehr zwei Jahren Lesen und Schreiben beigebracht hatte. Seither war sie eine richtige Leseratte geworden und sie hätte keines der Bücher, die in dichten Reihen ihre Wandregale füllten, mehr missen mögen. Die Bücher bereicherten ihr Leben – sie lebte regelrecht in ihnen und gab einen Großteil ihres Geldes dafür aus, den sie früher, vor noch gar nicht langer Zeit, für Schnaps ausgegeben hatte. Seither war kein Tag vergangen, an dem sie nicht unendlich froh und dankbar war, nicht mehr länger vom Alkohol abhängig zu sein – und ohne die Hilfe von Sidonie, die sich rührend um sie gekümmert hatte, hätte sie das niemals geschafft. Es war überhaupt das erste Mal, dass sich irgendjemand um sie gekümmert hatte, damals, als sie dem Fräulein in einem Weinlokal auf dem Klapperfeld begegnet war. Obgleich sie sturzbesoffen war wie meistens, hatten doch die freundlichen Worte der rothaarigen Dame, die sie ihr zum Abschied zugeraunt hatte, ihr Herz berührt: »Wenn dir mal der Sinn nach einem Glas Milch steht, Mädchen, dann komm vorbei. Ich wohne in der Töngesgasse Nummer 15. Es würde mich sehr freuen.« Und Thekla war vorbeigekommen, wenn auch erst nach ein paar Monaten – und das war mit Abstand die klügste Entscheidung ihres Lebens gewesen. Wenn ich das nicht gemacht hätte, wäre ich wahrscheinlich schon längst nicht mehr am Leben, wurde es der jungen Frau einmal mehr bewusst und sie dankte dem guten Stern, der das so gefügt hatte. An jenem schicksalhaften Abend im August 1836, an dem sie Sidonie kennengelernt hatte, war sie gerade einmal 16 Jahre alt gewesen, doch ihr Leben war keinen Pfifferling mehr wert. In elenden Verhältnissen aufgewachsen – die Eltern, bettelarm und mit einer Heerschar an Kindern am Hals, hatten sich schon früh ins Grab gesoffen -, war sie selbst deren Beispiel gefolgt und hatte sich bereits mit 13 Jahren mit Branntwein betäubt und ihren Körper auf dem Straßenstrich feilgeboten. Jegliche Selbstachtung war ihr fremd gewesen und sie hatte ihr jämmerliches Leben so sehr verabscheut, dass sie alles getan hatte, es zu zerstören. Das war überhaupt das Einzige, worin sie wirklich gut war. Doch irgendetwas musste selbst in dieser unglückseligen Zeit in ihr gewesen sein, das gegen die Zerstörung aufbegehrt hatte. Sie hatte es nur all die Jahre in ihrem Branntweinrausch nicht gehört. Erst als sie mithilfe des Fräuleins mit dem Trinken aufgehört hatte – die ersten drei Tage ohne Schnaps waren die qualvollsten ihres Lebens! –, hatte sie diese innere Stimme vernommen. Es war anfangs nicht mehr als ein zaghaftes Wispern, mitunter auch ein verhaltenes Wimmern, doch es hatte mit aller Inbrunst nach Leben gefleht. Nach richtigem Leben, das fühlen kann und schmecken kann, lachen und weinen – und herzzerreißend schreien: Sie hatte alles aus sich herausgeschrien, ihren ganzen Lebensüberdruss, das abgrundtiefe Leid und die zahllosen Demütigungen – und hatte sich die Seele aus dem Leib gekotzt, bis nur noch Galle und Blut gekommen waren. Dann war sie zum ersten Mal in ihrem Leben behutsam mit sich umgegangen. Hatte sich die Decke über den Kopf gezogen und sich selbst wie einem greinenden Kind immer wieder zugeflüstert: »Es wird alles gut, mein Mädchen!«

Und genauso mühevoll, wie sie hatte lernen müssen, das Häufchen Elend, das sie war, nicht länger zu hassen, hatte sie erkennen müssen, dass auch längst nicht alle Menschen hassenswert waren. Trau keiner Seele!, lautete die traurige Erfahrung, die von klein auf ihr Leben bestimmt hatte. Aber sie war dieser Überzeugung untreu geworden und hatte erstmals jemandem Vertrauen geschenkt – und das hatte sie zum Glück nie bereuen müssen. Trotz ihres Altersunterschieds war ihr die Dichterin zur besten Freundin geworden, die Thekla Müller jemals gehabt hatte. Und sie war sich auch selbst eine gute Freundin geworden. Hatte sie früher nichts anderes mit sich anzufangen gewusst, als sich sinnlos zu betrinken, so genoss sie es inzwischen, alleine zu sein. Die Sonntage pflegte sie immer bei Sidonie, Max und Tante Tilla zu verbringen und ansonsten war sie an den Abenden in ihrer kleinen, gemütlich eingerichteten Wohnung ganz für sich – und ihr fehlte es an nichts. Von Männern hatte sie ohnehin die Nase gestrichen voll und sie war überglücklich, sich nicht mehr prostituieren zu müssen. Sie sah die Welt mit anderen Augen: Immer mehr Dinge, die sie früher gar nicht bemerkt hatte, fielen ihr jetzt auf und sie konnte sich daran freuen. An der Schönheit der Natur, am fröhlichen Lachen eines Kindes, am Spiel eines Straßenmusikanten. Wie schön doch das Leben sein konnte, wenn man es mit klarem, ungetrübtem Blick betrachtete!

»Einen schönen guten Abend, Fräulein Müller!«, riss sie die männliche Stimme vom Verkaufstresen her plötzlich aus ihren Gedanken und sie wandte sich ruckartig um. Der große, hagere Mann, der sie vorhin die ganze Zeit beobachtet hatte, stand vor dem Schalter und blinzelte sie durch seine dicken Augengläser schüchtern an. »Äh …, gestatten die Dame, Magistratsbeamter Schaller mein Name, ich bin für die Mineralwasserpavillons und Trinkhallen auf den öffentlichen Straßen und Promenaden zuständig … und wenn es Euch recht ist, würde ich gerne etwas mit Euch besprechen.«

Thekla musste beim Anblick des jungen Mannes, der sich vor Schüchternheit regelrecht zu winden schien, unwillkürlich grinsen, und mit einem Mal wusste sie, woher sie das unscheinbare, schmale Gesicht mit den dicken, runden Augengläsern kannte. »Ihr seid doch Mitglied des Frankfurter Temperenzvereins – ich habe Euch schon mehrfach bei unseren Vereinstreffen gesehen!«, rief sie überrascht und erinnerte sich an den linkischen jungen Mann, der sich in seiner Eigenschaft als städtischer Beamter mit großem Engagement für die Errichtung von Mineralwasserbuden im Frankfurter Stadtgebiet eingesetzt hatte, und der, ebenso wie Thekla selbst, ein erbitterter Feind des Alkohols war.

»Ja«, erwiderte er mit scheuem Lächeln und senkte verlegen den Blick, »und ich muss zugeben, dass mir Euer leidenschaftlicher Einsatz im Kampf gegen den Alkohol sehr … imponiert hat«, fügte er verschämt hinzu und errötete.

»Danke«, sagte Thekla erfreut. Der junge Beamte tat ihr in seiner ganzen Unsicherheit fast ein wenig leid. Insbesondere im Umgang mit dem weiblichen Geschlecht schien er große Hemmungen zu haben, das war ihr auch auf den Vereinstreffen schon aufgefallen. Mit seinem unscheinbaren, bartlosen Gesicht, den dicken Brillengläsern und der großen, hageren Gestalt war er auch alles andere als ein Frauenschwarm und er tat sich mit etwaigen Eroberungen auf diesem Gebiet bestimmt sehr schwer. Als ehemalige Hure wusste Thekla Bescheid über derlei ›Klemmschwestern‹, wie die schüchternen, zumeist unerfahrenen Männer im Prostituierten-Jargon genannt wurden, und es war oft ein hartes Stück Arbeit, sie aufzulockern. Sie lächelte den schlaksigen Beamten im fadenscheinigen schwarzen Gehrock, der trotz der Hitze einen schwarzen Zylinder trug – wahrscheinlich, weil es der einzige Hut war, den er besaß – aufmunternd an. »Was wolltet Ihr denn mit mir besprechen?«, erkundigte sie sich freundlich, denn schüchterne Männer waren der ehemaligen Prostituierten immer noch weitaus sympathischer als die dreisten, großspurigen Kerle, die sie jahrelang bedrängt hatten.

Für den Bruchteil einer Sekunde schaute der junge Herr Schaller Thekla direkt in die Augen und sie erwiderte seinen Blick nicht ohne ein gewisses Wohlwollen – seine Augäpfel von fast transparentem, zartem Blau gemahnten sie an schillernde Glasmurmeln, die für sie als Armeleutekind immer unerschwinglich gewesen waren.

»Nun«, durchbrach die belegte Stimme des Amtmanns die Stille und er tat sich offenkundig schwer damit, zur Sache zu kommen. »Der Magistrat hat gewisse Überlegungen angestellt … ob der Erfrischungspavillon am Westhafen … in Anbetracht der neu eröffneten Trinkkuranlage in der unmittelbaren Nachbarschaft … in absehbarer Zeit nicht vielleicht besser … weichen sollte …«, presste er stammelnd hervor und zog ängstlich den Kopf ein, als er Theklas entrüsteten Gesichtsausdruck gewahrte. »Es … es ist ja noch keine entschiedene Sache, ich … ich dachte nur, jetzt, wo ich schon mal hier bin, könnten wir doch einmal darüber reden und … und ich hätte Euch auch gerne ein … ein Angebot unterbreitet, wenn Ihr mir vielleicht gestattet?« Der Magistratsbeamte hüstelte hektisch und traute sich kaum, Thekla anzuschauen, der die Empörung ins Gesicht geschrieben stand. In seiner Bangigkeit mutete er an wie ein Hund, der den strafenden Tritt seines Herrn fürchtete.

»Was denn für ein Angebot?«, fragte Thekla argwöhnisch und zog unwillig die dichten schwarzen Augenbrauen zusammen.

»Nun – ich habe mich eigens bei dem Herrn Bürgermeister und den Herren des Senats dafür verwendet, dass man Euch im Falle, dass Eure Erfrischungshalle geschlossen wird, als Wasserausschenkerin in unserer neuen Trinkkuranlage beschäftigt. Nicht zuletzt auch wegen Eurer herausragenden Verdienste in der Frankfurter Temperenzler-Bewegung …«, erklärte er stolz.

Thekla starrte den jungen Beamten fassungslos an. Sein Vorschlag hatte ihr die Sprache verschlagen.

»Ihr hättet dadurch einen soliden neuen Arbeitsplatz und müsstet nicht auf der Straße stehen.« Als ihm die Doppeldeutigkeit seiner Worte bewusst wurde, errötete er und murmelte: »Ich meine, dann wärt Ihr nicht der Arbeitslosigkeit anheimgegeben.« Als von Thekla noch immer nichts kam, wagte er einen weiteren Vorstoß. »Ihr würdet eine frischgestärkte weiße Schürze tragen und ein passendes weißes Häubchen und die Arbeit würde Euch bestimmt auch Freude machen und gut von der Hand gehen, wo Ihr ja schon über reichhaltige Erfahrungen im Wasserausschank verfügt …«, sprudelte es nun regelrecht aus ihm heraus.

»Ich soll diese stinkende Brühe ausschenken?«, schnitt ihm Thekla unversehens das Wort ab. »Nur über meine Leiche!«, rief sie entrüstet und schlug so heftig mit der Faust auf den Verkaufstresen, dass es laut schepperte.

3

Mittwoch, 24. Juli 1838

UM VIERTEL VOR SIEBEN AM MORGEN hielt ein mit Eisenblechfässern beladenes Pferdefuhrwerk vor dem Mineralwasserhäuschen in der Taunusanlage. Der Mann auf dem Kutschbock runzelte verwundert die Stirn, als er sah, dass die Läden am Verkaufsschalter noch geschlossen waren. Die Trinkhallenwärterin hatte ihm doch gestern Nachmittag, als er vorbeigekommen war, um die Wasserbestellungen aufzunehmen, extra noch gesagt, sie sei ab Viertel vor sieben hier. Womöglich ist sie aufgehalten worden, dachte der junge Apotheker Martin Vollmer, der sich aus Kostengründen nicht zu fein dafür war, sein selbst produziertes Mineralwasser persönlich anzuliefern. Denn billiger zu sein als die Konkurrenz mit ihren überteuerten Mineralwasserpreisen, war schließlich seine Geschäftsidee. Sein mit Natrium, Kalium, Calcium und Magnesium versetztes Wasser, das durch den Zusatz von Kohlensäure frisch gehalten wurde, sollte allen Menschen den Genuss von Wässern und die gewünschte Heilung verschaffen, die sie sich ansonsten wegen der hohen Kosten nicht leisten konnten. Die erst vor einem Jahr gegründete Produktions- und Abfüllstätte im Frankfurter Stadtteil Sachsenhausen war bislang nur ein Zweimannbetrieb. Der pfiffige junge Apotheker und sein Compagnon verzichteten auf jeden mondänen Schnickschnack bei der Herstellung, um Mineralwasser vom Heilmittel und Luxusgetränk für gut Betuchte zum erschwinglichen Volksgetränk zu machen. Die Dichterin Sidonie Wilde, die Vollmer über seinen Freund Heinrich Hoffmann kennengelernt hatte, war von seinem Konzept sehr angetan und wurde seine erste und wichtigste Kundin.

Martin Vollmer stieg vom Kutschbock, um sich ein wenig die Beine zu vertreten. Vielleicht ist sie ja schon da und wartet auf mich und hat nur noch nicht den Schalter aufgemacht, weil ihr das Wasser ausgegangen ist, ging es dem Mineralwasserproduzenten plötzlich durch den Sinn. Zielstrebig näherte er sich dem Wasserhäuschen, um an die Tür zu klopfen, als ihm beim Näherkommen auffiel, wie verdreckt die Außenfassade war. Essensreste, rohe Eier, faules Obst und Tomaten – eine Schweinerei ohne Ende und es stank ganz entsetzlich. Da hat jemand seinen Kehricht ausgekippt, dachte Vollmer erbittert, was für eine Sauerei! Und tatsächlich, rings um die Trinkhalle verstreut lagen Kartoffelschalen, welke Salatblätter und angegammelte Gemüsestrünke. Sogar schimmelige Brotkanten konnte er ausmachen. Angeekelt wich er zurück, eilte zur Tür, klopfte dagegen und fragte aufgeregt, ob jemand da sei. Als von drinnen keine Antwort kam, drückte er zaghaft die Türklinke nach unten und die Tür sprang sofort auf. Als er den Türflügel weiter aufschob, klirrte es und etwas kullerte über den Boden. In dem kleinen Ladenraum war es so dunkel, dass man kaum etwas erkennen konnte, außerdem stockte einem regelrecht der Atem, so stickig war es. Und da war noch etwas anderes. Martin Vollmer sog angespannt die Luft durch die Nüstern. Kein Zweifel, es roch nach Branntwein. Unwillkürlich tat er einen Schritt nach vorne und stieß mit dem Fuß gegen etwas

Hartes. Er bückte sich, um es aufzuheben, und gewahrte verstört, dass es sich um eine leere Branntweinflasche handelte. »Das kann doch wohl nicht wahr sein!«, murmelte er bestürzt – es war doch das erklärte Anliegen der Dichterin und ihrer Mitstreiterin, die arme Bevölkerung durch den günstigen Wasserausschank vom Branntwein *abzubringen!* Entgeistert wollte er zum Fenster eilen, um Licht und Luft hereinzulassen und sich das Ganze genauer anzusehen, als er unversehens über ein sperriges Bündel stolperte, das quer über dem Boden lag. Erst als er sich herunterbeugte, nahm er im diffusen Licht, das durch die offene Tür hereindrang, wahr, dass es sich um eine menschliche Gestalt handelte. Er war derart erschrocken, dass es ihm ganz flau im Magen wurde. Als sein entsetzter Blick auf das Gesicht fiel, das schemenhaft zu erkennen war, wurde ihm bewusst, dass es die Trinkhallenwärterin war, die vor ihm auf den Holzdielen lag. Sie stank derart nach Schnaps, dass sich ihm der Magen umdrehte. Neben der Betrunkenen konnte er angewidert eine Pfütze mit Erbrochenem ausmachen. Die ist sternhagelvoll und das schon am frühen Morgen, dachte er ingrimmig. Er ging in die Hocke, tätschelte ihre Wange und rief ungehalten: »Aufstehen! Ihr könnt doch hier nicht liegenbleiben …!« Aber die Angesprochene rührte sich nicht. Der junge Mineralwasserfabrikant richtete sich unschlüssig auf und überlegte, was er tun sollte. Er war ziemlich verärgert. Am liebsten hätte er einfach die Fässer abgeladen, in die Trinkhalle geräumt und wäre schnell wieder weggefahren, um diesem Trauerspiel zu entkommen. Aber er konnte ja die Betrunkene nicht einfach so liegen lassen, irgendjemand musste sich doch um sie kümmern – aber das müsste ja nicht unbedingt er sein! Er würde sich jetzt sofort auf den Weg in die Töngesgasse machen und Sidonie Wilde verständigen. Vorsichtig stakste er zurück zur Tür, um nicht wieder über irgendeine leere Schnapsflasche zu stolpern, und wäre fast mit der jungen Frau zusammengestoßen, die im Türrahmen stand und ihn aus wütenden Augen anblickte. »Was ist denn das schon wieder für eine Sauerei da draußen!«, schimpfte sie erbittert. »Ist Sussi nicht da?«

»Doch, doch«, murmelte Vollmer, der zu seiner Erleichterung erkannte, dass es Thekla Müller, die Mitinhaberin der Trinkhalle, war, betreten. »Gut, dass Ihr da seid, hier gibt es nämlich noch ein anderes Malheur!« Er wies mit der Hand auf die am Boden liegende Trinkhallenwärterin. »Sie scheint ziemlich betrunken zu sein«, sagte er und trat zur Seite, um Thekla Müller durchzulassen, die zielstrebig zum Verkaufsschalter eilte, den Fensterladen öffnete und sich anschließend über die Trinkhallenwärterin beugte. Der jähe durchdringende Schreckensschrei, den sie gleich darauf ausstieß, ging dem Apotheker durch Mark und Bein. »Sie ist tot!«, stammelte die junge Frau außer sich und musste sich auf ein Wasserfass stützen, weil ihr vor Entsetzen die Knie nachgaben. Sie schlotterte am ganzen Körper und war kreidebleich geworden. Obwohl ihm der Schreck die Glieder lähmte, ging Martin Vollmer auf sie zu, stützte sie und führte sie nach draußen an die frische Morgenluft. »Tief durchatmen!«, suchte er sie zu beruhigen, um sie vor einer Ohnmacht zu bewahren, und ließ sie behutsam vor einem Baum nieder, damit sie sich an den Stamm anlehnen konnte. »Ich bin gleich wieder bei Euch«, raunte er ihr zu, nahm seinen ganzen Mut zusammen und strebte zum Erfrischungspavillon zurück, um sich selbst noch einmal zu vergewissern, ob die Trinkhallenwärterin tatsächlich nicht mehr lebte.

Wenig später kehrte er schwer atmend zurück, stützte sich gegen den Baum und keuchte: »Ich muss umgehend einen Arzt verständigen! – Und ich werde auch Frau Wilde Bescheid sagen.«

Doktor Ludwig Böttger, Obermedizinalrat a.D., der unweit des Taunustors wohnte und von Martin Vollmer wegen des Todesfalls herausgeklingelt worden war, runzelte finster die Stirn und seufzte vernehmlich, nachdem er Sussi Kesselheim untersucht hatte. Sidonie und Thekla blickten angespannt zu ihm auf und hingen förmlich an seinen Lippen.

»Eindeutiger Exitus, daran besteht kein Zweifel!«, erklärte der honorige weißhaarige Herr mit ernster Miene. »Und meines Erachtens war das hier die Todesursache!« Er verzog verächtlich die Mundwinkel und deutete auf die zwei leeren Branntweinflaschen, die unweit der Toten auf dem Boden lagen. »Es handelt sich hier um eine schwere Alkoholvergiftung mit tödlichem Ausgang. Bei zwei Litern Schnaps ist das auch nicht weiter verwunderlich«, erklärte der Obermedizinalrat kopfschüttelnd und deutete auf die Lache von Erbrochenem. »Die hat ja soviel geschluckt, dass es ihr schon oben rauskam! Ich muss den Damen aber unbedingt raten, einen approbierten Kollegen zu verständigen. Als Arzt im Ruhestand bin ich nämlich nicht befugt, einen amtlichen Totenschein auszustellen.«

Sidonie nickte, bedankte sich bei dem alten Herrn für seine Hilfe und bat ihn, ihr die Rechnung zukommen zu lassen.

»Nicht der Rede wert!«, wiegelte der ehemalige Amtsarzt ab und empfahl sich.

Als Sidonie und Thekla unter sich waren, fielen sie einander in die Arme und weinten haltlos. »Ich kann es einfach nicht fassen«, murmelte die Dichterin mit tränenerstickter Stimme. »Vorgestern, als ich bei ihr war, war sie noch so glücklich darüber, dass sie weiter für uns arbeiten kann, und hat mir ihr Ehrenwort gegeben, dass so etwas wie unlängst nie wieder vorkommen wird. Sie wirkte so aufrichtig und guter Dinge, dass ich ihr alles abgenommen habe. Und dann hat sie sich auch so ins Zeug gelegt und gestern in aller Herrgottsfrühe die Außenfassade gestrichen – und irgendso ein Dreckschwein hat alles mit Abfall besudelt. Hören denn diese Anfeindungen niemals auf!« Sidonie schluchzte verzweifelt. »Niemals hätte ich es für möglich gehalten, dass Sussi sich ... so etwas antut!«, brach es aus ihr heraus.

»Ich auch nicht!« Thekla war außer sich vor Schmerz. Sie ließ sich neben der Toten auf den Boden sinken, streichelte liebevoll über Sussis kalte wachsbleiche Wange und starrte in tiefer Verzweiflung auf das eingefallene Gesicht, auf dem die grell verlaufene Schminke seltsam grotesk anmutete. »Warum hast du das nur getan, altes Mädchen?«, fragte sie ein ums andere Mal, als könne ihr die Tote die Wahrheit preisgeben. »Und wenn du schon einen Rückfall baust, musst du dich doch nicht gleich zu Tode saufen! Zwei Liter Schnaps, soviel hast du doch noch nicht mal in deinen schlimmsten Zeiten getrunken. Und selbst ich nicht, obwohl ich noch um einiges trinkfester war als du. Warum nur hast du nicht mit mir darüber gesprochen, dass dir der Affe so schlimm im Nacken sitzt? Ich hätte dir doch geholfen und es vielleicht verhindern können, dass du dich ins Grab säufst.« Thekla brach in haltloses Wehklagen aus. Sidonie, für die Thekla nicht nur eine Freundin, sondern auch wie eine Tochter war, ließ sich an ihrer Seite nieder und legte tröstend den Arm um sie. »Diese Fragen wird dir Sussi nicht mehr beantworten können, mein Kind«, sagte sie leise. »Wir können ihr nur von ganzem Herzen wünschen, dass ihre arme geplagte Seele endlich Frieden gefunden hat. Lass uns für sie beten«, erklärte die Dichterin schlicht, schloss die Augen und faltete die Hände zum Gebet. Obgleich Sidonie alles andere als eine Frömmlerin war und der Kirche eher kritisch gegenüberstand, hatte sie doch in diesem Moment das tiefe Bedürfnis, für die Verstorbene ein Gebet zu sprechen, um Sussi dadurch im Geiste nahe zu sein. In ihrem tiefsten Inneren glaubte Sidonie an die Unsterblichkeit der Seele und war überzeugt, dass Verstorbene es in der jenseitigen Welt spüren konnten, wenn jemand in Liebe an sie dachte. Thekla war über Sidonies Vorschlag sehr gerührt und folgte ihrem Beispiel.

Die stille Andacht hatte für die beiden Frauen etwas Tröstliches und trug dazu bei, sie um einiges gefasster zu machen. »Ich gehe jetzt in die Armenklinik in der Meisengasse und hole Doktor Hoffmann«, erklärte Sidonie und wandte sich zum Gehen. »Du bleibst solange hier und hältst Wache, ich beeile mich, damit ich so schnell wie möglich wieder hier bin.«

»Das ist eine gute Idee«, stimmte ihr Thekla zu. »Doktor Hoffmann ist ein guter Arzt, dem man vertrauen kann, und nicht irgend so ein blasierter Weißkittel, der nur Dienst nach Vorschrift tut und keinen Strich mehr …«

Der Leiter der städtischen Armenklinik und städtische Leicheninspektor, Doktor Heinrich Hoffmann, der mit Sidonie seit vielen Jahren gut befreundet war, beugte sich über die Tote und untersuchte sie sorgfältig. »Die Todesursache ist eindeutig eine Vergiftung durch hochprozentigen Alkohol, da hatte der Kollege schon recht«, erklärte der junge Mediziner und beäugte die Lache von Erbrochenem, die sich dicht neben der Leiche befand. »In der Hauptsache Branntwein, würde ich sagen. Der Magen hat schon rebelliert gegen den scharfen Branntwein, aber sie hat wohl trotzdem weitergetrunken. Ein bei Alkoholikern recht häufiges Phänomen«, bemerkte er abgeklärt und besah sich die Lippen der Verstorbenen. »Sie hat blutigen Schorf an Ober- und Unterlippe, sie sind aufgeplatzt und geschwollen«, stellte er fest und konzentrierte sich daraufhin auf den Mundbereich der Toten. »Der linke Schneidezahn ist abgebrochen. Ist das schon früher an ihr aufgefallen?«, fragte er Sidonie und Thekla stirnrunzelnd, die unsicher mit den Achseln zuckten. »Eigentlich nicht«, sagte Sidonie und musterte beklommen Sussis freigelegte Zahnreihen. »Die Zahnlücke ist schon recht auffällig und das hätte man doch gesehen, dass da ein Stück Zahn fehlt, wenn man sich mit ihr unterhalten hat.«

Auch Thekla schüttelte den Kopf. »Da bin ich mir ziemlich sicher, dass der Zahn früher noch dran war«, bekundete die junge Frau nachdrücklich. »Hat sie sich den vielleicht beim Trinken abgebrochen?«, fragte sie den Arzt beklommen.

»Wenn dem so war«, erwiderte Doktor Hoffmann nachdenklich, »dann müsste er ja hier noch irgendwo liegen.« Der Arzt wandte sich von der Toten ab und ließ seine Blicke aufmerksam über den Fußboden schweifen. »Da ist er!«, rief er wenig später und konnte den abgebrochenen Schneidezahn unweit der Toten ausfindig machen. Während er ihn mit zusammengekniffenen Augen betrachtete, murmelte er gedankenversunken: »Das kann ich mir aber beim besten Willen nicht vorstellen, dass sie sich das Zahnstück beim Trinken ausgeschlagen hat, egal, wie betrunken man ist, man hält sich den Flaschenhals doch an die Lippen und nicht an die Zähne! Da müsste sie ja schon versucht haben, in den Flaschenhals zu beißen.« Doktor Hoffmann zog skeptisch die Brauen in die Höhe und dachte angestrengt nach. »Warum hab ich denn nicht gleich daran gedacht!«, rief er mit einem Mal und betrachtete eingehend Sussis Handgelenke. »Die Haut ist ziemlich sonnengebräunt, deswegen sieht man es auch nicht gleich«, erläuterte er den beiden Frauen und wies auf die leichten Rötungen rings um die Handgelenke. »Das sind eindeutige Spuren von Fesselung!«, bemerkte er angespannt und untersuchte den Kopf und den Hals der Toten nach weiteren Gewaltspuren. »Am Hals befindet sich eine feine Schnittwunde mit getrocknetem Blut. Sie wurde wahrscheinlich mit einem Messer bedroht!«

Sidonie und Thekla schrieen entsetzt auf.

»Es muss also mit hoher Wahrscheinlichkeit davon ausgegangen werden, dass ihr der Branntwein gewaltsam eingeflößt wurde, was schließlich ihren Tod verursachte«, erklärte der Arzt mit unheilvoller Miene.

»Sussi ist also ermordet worden?«, fragte die Dichterin erschüttert und presste sich die Hand an den Mund.

Heinrich Hoffmann nickte ernst. »Davon ist auszugehen, meine Liebe. Wir müssen sofort die Polizei verständigen, die Tote muss umgehend ins Senckenbergische Institut geschafft werden, damit ich an ihr eine Sektion vornehmen kann!«

Sidonie und Thekla waren von der schockierenden Erkenntnis, dass Sussi eines gewaltsamen Todes gestorben war, wie vom Donner gerührt.

»Ihr geht jetzt an die frische Luft und trinkt erstmal ein Glas Wasser!«, ordnete der Arzt, dem nicht entgangen war, wie sehr die bestürzende Neuigkeit den beiden Frauen zusetzte, an und schenkte hastig zwei Becher voll. »Ich fahre in der Zwischenzeit zur Hauptwache und erstatte Meldung«, erbot sich der Doktor und eilte zu seiner Droschke.

Um die zehnte Morgenstunde saßen Sidonie und Thekla schweigend im Kellergeschoss der Senckenbergischen Naturforschenden Gesellschaft und starrten die weiß gekalkten Wände an. Im Kellergewölbe der Anatomie war es trotz der unerträglichen Sommerhitze, die draußen herrschte, derart kühl, dass die beiden Frauen in ihren leichten Sommerkleidern fröstelten. Sidonie, die noch nichts gefrühstückt hatte, war es von dem süßlichen Verwesungshauch und dem scharfen Chemikaliengeruch, der der gesamten Umgebung anhaftete, speiübel und im Nachhinein war sie froh darüber, dass sie sich der strengen Anweisung von Max gefügt und darauf verzichtet hatte, der Leichenschau im Sektionssaal beizuwohnen. Ebenso wie Thekla hing sie ihren düsteren Gedanken nach und war von dem verheerenden Unglück noch viel zu überwältigt, um darüber sprechen zu können. Über eine Stunde warteten sie nun schon auf das Ergebnis der Sektion und ihre Ungeduld wuchs von Minute zu Minute. Endlich waren aus dem Saal Schritte zu vernehmen, die sich der Tür näherten, und gleich darauf kamen ihnen von drinnen Doktor Hoffmann und Max Wilde mit ernsten Mienen entgegen. Sidonie fiel sofort auf, wie aschfahl das Gesicht ihres Mannes war, und beim Anblick von Heinrich Hoffmanns blutbesudeltem Kittel hatte sie auch vollstes Verständnis dafür. Bei aller Professionalität, und das wusste sie nur zu gut, war der Oberinspektor doch alles andere als abgestumpft. »Wenn es mich eines Tages kalt lässt, was Menschen einander für schreckliche Dinge zufügen, gebe ich meinen Beruf auf!«, pflegte Max immer zu sagen, wenn Sidonie ihn wegen der Abscheulichkeiten, die ihm in seinem Polizeialltag widerfuhren, bemitleidete.

»Darf ich den Damen vielleicht einen Tee oder einen Mokka reichen lassen – ihr seid ja ganz grün im Gesicht?«, erkundigte sich der Leicheninspektor, dem sein Humor nur selten abhandenkam, in seiner üblichen flapsigen Art und lächelte die beiden Frauen aufmunternd an. Thekla und Sidonie lehnten dankend ab und blickten ihn gespannt an. »Also gut, ihr wollt hören, was Sache ist«, bemerkte der Leicheninspektor verständnisvoll und wurde sogleich wieder ernster. »An Rücken und Gesäß der ermordeten Sussi Kesselheim befinden sich zahlreiche schorfige Striemen, die wahrscheinlich von einer Peitsche herrühren. Da sie bereits am Abheilen sind, wurden sie ihr schwerlich in der Mordnacht zugefügt und sind wahrscheinlich älteren Datums. Ich schätze, sie wurden ihr vor etwa einer Woche zugefügt«, erklärte Doktor Hoffmann sachlich. »Die Ermordete muss jedoch in der Vergangenheit häufig misshandelt worden sein. An Armen, Beinen und am gesamten Körper sind etliche alte Narben auszumachen, die das belegen …«

Sidonie stöhnte gequält auf.

»Diese verdammten Dreckschweine, ich könnte sie alle umbringen!«, stieß Thekla zwischen den Zähnen hervor.

»Sie stammen wahrscheinlich noch aus der Zeit, in der sie sich prostituierte. Für manche Männer sind Dirnen nichts anderes als Abfalleimer, wo sie ihren ganzen Dreck abladen können. Schlimm, sowas!«, murmelte Doktor Hoffmann betroffen.

»Und was die Freier nicht besorgen, das erledigt dann der Zuhälter«, zischte Thekla verächtlich. »Und der Gustav, der Lude von der Sussi, muss ja ein ganz brutales Schwein gewesen sein! Nur gut, dass er damals seine gerechte Strafe gefunden hat …!« Theklas dunkle Augen funkelten erbittert.

»Wie ist das geschehen?«, erkundigte sich der Oberinspektor.

»So genau weiß ich es auch nicht, das war vor der Zeit, in der ich anschaffen gegangen bin«, gab Thekla zur Antwort, »vor mindestens zehn Jahren muss das gewesen sein. Jedenfalls wurde er draußen am Metzgerbruch tot aufgefunden. Er muss übel zugerichtet gewesen sein. Man ging wohl davon aus, dass es sich um eine Abrechnung im Milieu handelte, soweit ich weiß, konnte der Täter nie ermittelt werden.«

Max Wilde hörte ihr aufmerksam zu und machte sich Notizen. »Ich werde mich gelegentlich bei den Kollegen einmal über den Fall informieren«, bemerkte er.

Als keine weiteren Wortmeldungen mehr kamen, fuhr Heinrich Hoffmann mit seinem Rapport fort. »Es finden sich auch keine Spuren von Missbrauch an der Toten. Die Indizien, die darauf hinweisen, dass Sussi Kesselheim eines gewaltsamen Todes gestorben ist, indem ihr eine tödliche Menge Branntweins eingetrichtert wurde, sind die Fesselungsspuren an den Handgelenken, die Schnittwunde am Hals, die jedoch nicht tief ist und nur die obere Hautschicht verletzt hat, und natürlich der abgebrochene linke Schneidezahn. Das alles sowie die aufgeplatzten und schorfigen Lippen der Leiche weist darauf hin, dass Sussi Kesselheim sich gegen die zwangsweise Verabreichung des Branntweins gewehrt hat – zumindest noch, solange sie Herr ihrer Sinne war. Auch ihr Körper hat sich gegen den Schnaps aufgelehnt, denn neben der Toten befand sich eine Lache mit Erbrochenem, das stark nach Alkohol roch. Anhand der bereits ausgebildeten Totenstarre und der Leichenflecken an Torso und Gliedmaßen muss davon ausgegangen werden, dass die Frau seit knapp zwölf Stunden tot ist. Sie wurde demnach zwischen der neunten und zehnten Abendstunde ermordet. Die Untersuchung der Leber hat übrigens ergeben, dass die Ermordete keineswegs eine Gewohnheitstrinkerin war. Das Gewebe war relativ intakt und zeigte keine Wucherung oder Verhärtung, die auf eine beginnende oder fortgeschrittene Zirrhose hinweisen, wie sie für Trinker typisch ist.«

»Tapferes Mädchen«, murmelte Thekla bewegt, »wie unrecht wir ihr alle getan haben, dass wir gleich dachten, sie wäre wieder rückfällig geworden. Dabei war sie trocken, bis ihr diese Bestie gewaltsam den Schnaps eingeflößt hat. Was für ein schreckliches Ende für einen Menschen, der dem Alkohol so standhaft die Stirn geboten hat …« Sie barg ihr Gesicht in den Händen und weinte. »Welcher Unmensch hat ihr das nur angetan?«, stammelte sie unter Tränen.

»Das werden wir herausfinden!«, erklärte der Oberinspektor mit fester Stimme. »Ich werde anschließend gleich meine Leute zusammentrommeln und mit den Mordermittlungen beginnen.«

»Und Thekla und ich werden euch dabei nach Leibeskräften unterstützen!«, versicherte ihm Sidonie, die sich aus ihrer Erstarrung befreit hatte, nachdrücklich. »Ich werde nicht eher ruhen, bis der Schurke, der Sussi auf dem Gewissen hat, seine gerechte Strafe erfährt. Das bin ich der armen Sussi schuldig!« Sidonies bleiche Wangen hatten sich vor Aufregung gerötet und ihre grünen Augen sprühten Funken. Thekla, Max und Heinrich Hoffmann starrten sie gebannt an.

»Das glaube ich dir aufs Wort, liebe Sidonie, du siehst ja aus wie die Rachegöttin persönlich!«, bemerkte der Leicheninspektor scherzhaft.

»Lass nur der Polizei auch noch ein bisschen Arbeit übrig, meine Liebe!«, sagte der Oberinspektor mit gutmütigem Spott und tätschelte seiner Frau die Schulter.

Als Sidonie bewusst wurde, dass sie mit ihrer vollmundigen Beteuerung ein wenig übers Ziel hinausgeschossen war, schüttelte sie betreten den Kopf. »Ich wollte dir doch nicht in den Rücken fallen, mein Liebster!«, erklärte sie abbittend. »Im Gegenteil: Du bist der leitende Ermittler und ich bin nur einer deiner Wasserträger!«, versicherte sie mit solcher Treuherzigkeit, dass Max Wilde sie am liebsten in den Arm genommen und geküsst hätte – wenn keine anderen Leute um sie herum gewesen wären.

Um zwölf Uhr mittags eröffnete Oberinspektor Max Wilde die Dienstbesprechung im Versammlungsraum der Hauptwache, zu der alle diensthabenden Polizeibeamten sowie seine Ehefrau und Thekla Müller erschienen waren. Als er die irritierten Mienen der Gendarmen beim Anblick der beiden Damen gewahrte, erläuterte er souverän: »Meine werte Gemahlin und Frau Müller sind in ihrer Eigenschaft als Inhaberinnen der Erfrischungshalle anwesend, in der das Mordopfer Sussi Kesselheim gearbeitet hat und mit hoher Wahrscheinlichkeit auch getötet wurde. Sie kannten das Mordopfer gut und sind auch mit dem Umfeld der Trinkhalle bestens vertraut und daher in der Lage, unserer Polizeibehörde wertvolle Hinweise zu geben.«

Der Großteil der Polizeibeamten nickte verstehend. Zwar spöttelten die Untergebenen gelegentlich hinter vorgehaltener Hand über den etwas eigenwilligen Geschmack ihres Vorgesetzten, einer um einiges älteren und nicht wenig exaltierten Dichterin das Ja-Wort gegeben zu haben, doch sie schätzten den jungen Oberinspektor auch wegen seiner beruflichen Kompetenz und der Loyalität, die Wilde seinen Mitarbeitern gegenüber an den Tag legte. Außerdem, und das mussten sich selbst die größten Spötter eingestehen, verfügte seine Auserwählte nicht nur über einen besonderen Charme und Liebreiz, der beileibe nicht jedem Frauenzimmer zu eigen war, sondern begegnete ihnen stets mit einer Herzlichkeit, die frei war von jedweder Überheblichkeit. Lediglich der Polizeibeamte Alfred Haider, dem die zierliche Dame mit den ungebändigten roten Haaren eine Spur zu kapriziös und extravagant war, verzog die Lippen unter dem sorgfältig gestutzten Schnurrbart zu einem süffisanten Grinsen, welches er sich jedoch gleich darauf wieder verkniff, um dem Vorgesetzten, wie alle anderen seiner Kollegen, aufmerksam zuzuhören.

Nachdem Oberinspektor Wilde seine Beamten über sämtliche Einzelheiten im Mordfall Susanne Kesselheim informiert hatte, übergab er das Wort an die beiden Frauen, mit der Bemerkung, sie hätten im Zusammenhang mit dem Opfer und den jüngsten Begebenheiten an der Erfrischungshalle einige sachdienliche Hinweise zu geben, die möglicherweise auch für den Mord von Bedeutung sein könnten. Sidonie sprach über die Fassadenschmierereien und die Anzeige der drei Ladeninhaber und ließ auch das dreiste Gebaren des Handlangers der Gastwirtschaft ›Zum Taunustor‹ am gestrigen Mittag, der bei der Trinkhallenwärterin Flaschenbier bestellt hatte, nicht unerwähnt.

»Der Sache muss unbedingt nachgegangen werden«, erklärte der Oberinspektor ernst und griff in diesem Kontext auch den anonymen Schmähbrief auf, den Sidonie am Abend zuvor erhalten hatte. Er ordnete an, dass die Kollegen Haider und Kittel sogleich die Ladeninhaberin Adelheid Witte und den Gastwirt Rudolf Schwab aufsuchen sollten, um sie zu den Vorfällen zu befragen. Bei dieser Gelegenheit sollten sie sich auch das Faktotum August Fette vorknöpfen und die Alibis der Herrschaften genauer abklopfen. Die restlichen Polizisten sollten sich bei den Anwohnern der Taunusanlage umhören, ob ihnen zum Zeitpunkt des Mordes etwas Verdächtiges in der Nähe der Trinkhalle aufgefallen sei. Er selber werde sich in der Zwischenzeit den Apotheker Willibald Künzel vornehmen. »Ich kann mir zwar nicht vorstellen, dass einer dieser aufrechten Bürger so weit gegangen ist, der Trinkhallenwärterin gewaltsam den Branntwein einzuflößen, aber für so eine Drecksarbeit kann man ja auch jemanden anheuern, wenn man sich die Finger nicht selber schmutzig machen will«, gab er zu bedenken.

»Das wäre ja nicht das erste Mal!«, stimmte ihm einer der Beamten zu. »Und einen Mann fürs Grobe gibt es ja schon, wenn man an diesen Fette denkt.«

Thekla nickte energisch. »Das denke ich auch!«, sagte die junge Frau grimmig. »Der ist bestimmt nicht aus freien Stücken an das Wasserhäuschen gegangen und hat ein Bier verlangt. Dazu ist er doch von den feinen Herrschaften angestiftet worden. Nach dem Motto ›Frechheit siegt‹ und mit dem Hintergedanken: vielleicht ist sie ja auch blöd genug und lässt sich dazu verleiten, ihm eins zu verkaufen – und dann haben wir sie in der Tasche!«

»Ich habe ohnehin das Gefühl, von diesen ehrenwerten Geschäftsleuten hat der eine oder andere gehörig Dreck am Stecken!«, schnaubte die Dichterin erbost. »In diesem Zusammenhang möchte ich unbedingt auch erwähnen, dass der Apotheker Willibald Künzel ein ehemaliger Freier von Sussi war, den sie indessen nicht länger bedienen wollte, weil er zu Gewalttätigkeit neigt.« Sidonie stockte und rang sichtlich um Fassung. Ihr fiel es augenscheinlich schwer, weiterzusprechen. »Die Bedauernswerte hatte eine Vielzahl alter Narben am ganzen Körper, die darauf hinweisen, dass sie brutal misshandelt wurde …«, presste sie mit brüchiger Stimme hervor. »Einige Striemen an Rücken und Gesäß waren ja, wie mein Gatte bereits erläuterte, jüngeren Datums und wurden ihr erst vor Kurzem zugefügt. Da Sussi noch vor wenigen Tagen zugegeben hat, dass sie heimlich wieder der Prostitution nachgegangen ist, um alte Schulden zu begleichen, ist es sehr wahrscheinlich, dass sie ihr von einem Freier beigebracht wurden, der sich an solcherlei Abscheulichkeiten ergötzt. Ich halte es nicht für ausgeschlossen, dass sie von Künzel herrühren!«, platzte es aus ihr heraus und ihre Züge bebten vor Zorn. »Wie auch immer, vielleicht war Sussi ihm ja gerade auch deswegen solch ein Dorn im Auge. Denn immerhin wusste sie ja, welche Abgründe sich hinter seiner biederen Fassade auftun, und er hatte vielleicht Angst, dass sie etwas darüber ausplaudern könnte.«

»Grund genug, um jemanden um die Ecke zu bringen«, knurrte Thekla. »Und es dann auch noch so aussehen zu lassen, als hätte Sussi einen Rückfall gehabt und sich zu Tode gesoffen. Es ist doch hinlänglich bekannt, dass sie früher anschaffen gegangen ist und getrunken hat. Was also liegt näher, als dass sie es wieder tut und dieses Mal eben mit tödlichem Ausgang!«

»Was ja bei Temperenzlern, die harte Trinker waren, durchaus keine Seltenheit ist«, meldete sich unerwartet Alfred Haider zu Wort und ließ Thekla wissen, dass ihn ihre Überlegungen überzeugten. »Das gilt im Übrigen auch für Eure Ausführungen!«, richtete er sich anerkennend an Sidonie. »Das gibt einem schon zu denken, was Ihr uns da eben alles berichtet habt, und ich denke, wir sollten diese Herrschaften einmal sorgfältig auf Herz und Nieren prüfen!«

»Der Meinung bin ich auch – und vielen Dank für das Kompliment!«, erwiderte Sidonie mit schiefem Lächeln, bemüht darum, ihre Bekundung nicht allzu spöttisch klingen zu lassen. Auch wenn dieser Opportunist noch so viel Kreide frisst, so kann ich ihn trotzdem nicht leiden, dachte sie ingrimmig.

»In diesem Sinne, meine Herren, an die Arbeit!«, forderte der Oberinspektor die Gendarmen auf und erklärte die Sitzung für beendet. »In drei Stunden treffen wir uns wieder zum Rapport«, fügte er hinzu, verabschiedete sich von Sidonie und Thekla und strebte hinter den Damen dem Ausgang zu.

An jenem lauschigen Sommerabend saßen Sidonie und ihre Haushälterin Tante Tilla auf der kleinen Holzbank vor dem Haus und hielten Ausschau nach Max Wilde, der noch immer nicht zu Hause war, obgleich es schon später Abend war.

»Hoffentlich ist ihm nichts passiert!«, murmelte die alte Haushälterin sorgenvoll und spähte angespannt die Töngesgasse entlang, in der noch immer reger Betrieb herrschte. Alt und Jung versammelte sich in den Sommermonaten auf Stühlen und Bänken vor den Häusern. Überall spielten noch Kinder, die meistenteils erst ins Bett mussten, wenn es dunkel wurde. Die Menschen, die oftmals seit Generationen in demselben Haus wohnten, waren mit ihrer Umgebung verwachsen und kannten sich alle untereinander. Man unterhielt sich, es wurde gescherzt und gelacht, Geschichten getauscht oder einfach nur geschwiegen und nach einem langen, arbeitsreichen Tag die blaue Stunde genossen. Obwohl es bereits anfing zu dämmern, war es immer noch recht warm und die Leute konnten getrost auf Jacken und Schultertücher verzichten und luftiger Kleidung mit kurzen Ärmeln den Vorzug geben. Sidonie, die schweigsam vor sich hin grübelte, fächelte sich Luft zu. Gemeinsam mit ihrer Haushälterin hatte sie am Nachmittag die Leute aus der Nachbarschaft befragt, ob ihnen gestern Abend um die sechste Stunde jemand aufgefallen war, der einen Brief unter ihrer Haustür durchgeschoben hatte, doch die Erkundigungen hatten nichts ergeben. Niemand hatte etwas gesehen. Umso gespannter war Sidonie, was die Ermittlungen der Polizei betraf, und platzte fast vor Ungeduld, dass Max endlich eintreffen würde.

Am Ende der schmalen, langgezogenen Gasse gingen schon die ersten Lichter an und das eigentümliche klappernde Geräusch war zu vernehmen, wenn der städtische Laternenanzünder die großen hängenden Straßenlaternen mit einem Flaschenzug herunterließ, sie anzündete und anschließend wieder hinaufzog. Nach allen Seiten grüßend, näherte sich der spindeldürre Laternenmann, den alle den ›Lampenseppel‹ nannten, allmählich dem Abschnitt der Töngesgasse, in dem sich auch das Wohnhaus von Sidonie befand. Hier überwogen noch die alten Stocklaternen, die in einer Höhe von etwa acht Fuß an den Hauswänden angebracht waren und im Gegensatz zu den hängenden Laternen nur ein spärliches Licht verbreiteten.

»Guten Abend, Fräulein Weiß, guten Abend, Frau Mathilde!«, grüßte der Lampenanzünder die beiden Frauen, die den Gruß erwiderten. Sidonie hatte sich längst damit abgefunden, dass der ein wenig einfältige Mann sie immer noch mit ihrem Mädchennamen ansprach, und verzichtete darauf, ihn zu korrigieren. In der einen Hand trug der Mann eine Laterne auf einem Stock, mit der anderen zog er einen kleinen Leiterwagen, auf dem eine kurze Holzleiter lag, die er zum Anzünden der Stocklaternen benötigte. Noch während er die Hauslaterne anzündete, was dergestalt vonstattenging, dass er das Talglicht durch den Schornstein der Laterne herausschob und den Docht mithilfe seiner brennenden Laterne entflammte, kam der Dichterin plötzlich eine Idee.

»Wir haben ja ganz vergessen, Tante Änni zu fragen!«, rief sie aus und blickte zum Haus gegenüber, in dessen linkem Erdgeschossfenster sich im flackernden Laternenlicht die Silhouette einer buckligen alten Frau im Fensterrahmen abzeichnete. Sidonie kannte die alte Nachbarin schon, als sie noch ein kleines Mädchen war, und nannte sie ›Tante‹, wie Kinder Frauen aus der Nachbarschaft anzusprechen pflegten, zu denen die Familie ein vertrautes, gutnachbarschaftliches Verhältnis hatte. Aus Gründen des Respekts hätte es ein Kind niemals gewagt, bekannte oder verwandte

Erwachsene nur mit dem Vornamen anzusprechen, das war alleine ein Vorrecht der Eltern und das hielt man auch noch so, wenn man selber erwachsen war. Selbst die in die Jahre gekommene Mathilde redete die Greisin stets respektvoll mit ›Tante Änni‹ an und hätte sich nie unterstanden, sie zu duzen, obwohl man sich seit nunmehr 40 Jahren kannte.

»Das stimmt!«, entfuhr es der alten Haushälterin. »An die haben wir gar nicht gedacht, weil sie ja nicht mehr aus dem Haus gehen kann und immer oben in ihrer Kammer sitzt ...«

»Das sollten wir aber unbedingt machen, denn wenn einer was gesehen hat, dann Tante Änni, die den ganzen Tag am Fenster verbringt und auf die Gasse herunterschaut. Die kann zwar nicht mehr laufen und hören tut sie auch nicht mehr gut, aber sie hat Augen wie ein Luchs und bessert immer noch für die ganze Familie die Wäsche aus«, sprudelte es aus Sidonie heraus, während sie sich erhob und, gefolgt von Mathilde, zu der alten Frau ans Fenster trat. »Einen schönen guten Abend, Tante Änni!«, rief sie der Greisin mit erhobener Stimme zu.

»Guten Abend, Sidonie! – Wo ist denn dein Mann?«, fragte die Frau am Fenster neugierig.

»Der ist noch auf der Arbeit«, gab Sidonie zur Antwort und erkundigte sich höflich bei der alten Dame, ob sie gestern am späten Nachmittag jemanden gesehen habe, der einen Brief unter ihrer Haustür durchgeschoben habe.

»Ja, das habe ich«, erwiderte die alte Frau prompt. »Das muss so gegen fünf gewesen sein, da ist der Kerchelmann die Gasse entlanggelaufen und dann ist er zu eurer Haustür gegangen und hat ein weißes Briefkuvert unter der Tür durchgeschoben. Ich habe ihn noch darauf angesprochen, weil das ja nicht alle Tage vorkommt, dass dieser Dreckfink Briefe überbringt, und da hat er nur gesagt, das wär Post fürs Fräulein, und ist weitergegangen …«

»Der Kerchelmann …?«, gab Sidonie erstaunt von sich, dankte der alten Frau für ihre Auskunft und wollte sich mit einem freundlichen Gruß auch wieder zurückziehen, um über die überraschende Neuigkeit gebührend nachzudenken, doch ganz so leicht kam sie der alten Frau, die froh über ein wenig Ansprache war, nicht davon. Wie bei vielen alten Leuten, deren Leben in immer gleichen, eintönigen Bahnen verlief, waren Klatsch und Tratsch in der Nachbarschaft die einzige Abwechslung und sie verstrickte die Dichterin in immer neue Gespräche über Gott und die Welt. Jedesmal, wenn es Sidonie bereits auf der Zunge lag, sich mit irgendeiner Entschuldigung zu verabschieden, kam von Tante Änni ein weiterer Redeschwall, und als dann plötzlich, ehe sie sichs versah, Max an ihrer Seite auftauchte und den Damen einen guten Abend wünschte, wäre ihm Sidonie am liebsten um den Hals gefallen. Doch aus Gründen der Schicklichkeit bezwang sie sich, hauchte ihm nur einen Kuss auf die Wange und erklärte Tante Änni, sie müsse ihrem Mann, der bestimmt großen Hunger habe, das Essen servieren. Im Schlepptau von Tante Tilla hatten es die beiden eilig, ins Haus zu kommen, um ungestört reden zu können. Nachdem sie sich gleich hinter der Haustür einen zärtlichen Begrüßungskuss gegeben hatten, fragte Sidonie atemlos, was denn die heutigen Ermittlungen ergeben hätten.

»Nicht viel!«, erklärte Max abwinkend und bat die Haushälterin, ihm ein kühles Bier zu holen, er habe mächtigen Durst.

Als das Paar am Esstisch Platz genommen hatte, wo Tante Tilla dem erschöpft wirkenden Oberinspektor zu dem Bier auch kalten Braten mit Roggenbrot und frisch geerntete Tomaten kredenzte, berichtete Max Sidonie zwischen den Bissen, dass die Befragungen der Ladeninhaber wenig Brauchbares ergeben hätten. »Für die Tatzeit haben sie allesamt hieb- und stichfeste Alibis«, erklärte er missmutig. »Der Apotheker war mit seiner Gattin und den beiden Töchtern bei einer Varieté-Vorstellung in der Vauxhall auf der Zeil, die erst um elf Uhr nachts zu Ende war. Die entsprechenden Eintritts-Billetts konnte er vorweisen und seine Gemahlin hat mir den Termin mit hochgezogenen Augenbrauen auch bestätigt. Als ich den feinen Herrn anschließend in ihrem Beisein darauf ansprach, mir sei zu Ohren gekommen, dass er die Ermordete Susanne Kesselheim von früher her kannte, ist er sichtlich nervös geworden und hat seine Frau unter dem Vorwand hinausgeschickt, sie möge doch dem Herrn Oberinspektor und ihm einen Mokka bereiten. Nachdem die Dame des Hauses unwillig den Raum verlassen hatte, hat er mir mit gesenkter Stimme zugeraunt, das sei doch schon ewige Zeit her und habe nicht viel zu bedeuten, er sei damals mit Geschäftsfreunden anlässlich eines Herrenabends in einem Etablissement gewesen, in dem auch gewisse Damen verkehrten, und da habe er halt ein paarmal mit Sussi getanzt und ihr ein Getränk spendiert – mehr sei da nicht gewesen. Wer's glaubt, wird selig!«, schnaubte der Oberinspektor gereizt und nahm einen tiefen Zug aus dem Bierkrug.

»Das kannst du laut sagen!«, empörte sich Sidonie. »Und dass dieser Fette gestern um die Mittagszeit bei der Sussi an der Trinkhalle ein Bier verlangt hat, davon will er wahrscheinlich auch nichts gewusst haben!«

»So ist es«, bestätigte Max und zog verdrossen die Stirn in Falten. »Und das Gleiche gilt im Übrigen auch für die anderen Herrschaften: Mit den Fassadenschmierereien haben sie nicht das Geringste zu tun und für die Tatzeit haben sie allesamt Alibis. Adelheid Witte war am Dienstagabend bis spät in der Nacht auf der Geburtstagsfeier ihrer Schwester in Offenbach und Rudolf Schwab stand bis Mitternacht hinter der Theke seines Wirtshauses und hat Bier gezapft, was seine Frau und seine Angestellten meinen Leuten auch, ohne mit der Wimper zu zucken, bestätigt haben. Selbstredend hat ihnen auch der Gastwirt zugesichert, dass Fette den ganzen Abend über damit beschäftigt war, die Tische abzuräumen sowie das Essgeschirr und die Gläser zu spülen. Hat sich sogar damit gebrüstet, der Herr Gastwirt, dass er einem armen Teufel wie dem Fette eine Chance gibt, indem er ihn bei sich aufgenommen hat und ihm Lohn und Brot gibt. Der arme Kerl habe als Fürsorgezögling im städtischen Waisenhaus alles andere als eine schöne Kindheit gehabt und er bewahre ihn davor, wieder auf die schiefe Bahn zu kommen«, mokierte sich Max ungehalten.

»Was heißt denn, ›wieder auf die schiefe Bahn kommen‹ – war er das etwa schon?«, erkundigte sich Sidonie.

Max nickte. »Die Kollegen haben mir bestätigt, dass Fette früher wegen diverser Schlägereien und kleinerer Diebstähle schon eingesessen habe, aber seit Längerem nicht mehr auffällig geworden sei. Ich habe mir diesen vierschrötigen Kerl natürlich auch persönlich noch einmal vorgeknöpft und da hat er mir frech ins Gesicht gelogen, dass er ganz aus eigenen Stücken das Bier bei Sussi bestellt habe – wie er das zuvor schon Dutzende Male mit Erfolg gehandhabt habe, und die Schmierereien habe er auch nicht an die Fassade des Wasserhäuschens gepinselt. Dazu wäre er gar nicht in der Lage, wo er ja weder lesen noch schreiben könne.« Max rieb sich müde die Augen und gähnte ausgiebig.

»Mein armer Schatz, am besten wird es sein, du legst dich bald zu Bett nach diesem anstrengenden Tag«, sagte Sidonie liebevoll, streichelte ihrem Gatten über die Wange und schenkte ihm noch Bier nach. Max zog sie zu sich auf den Schoß und küsste sie. »Und wie war dein Tag, mein Mädchen?«, erkundigte er sich zärtlich. Sidonie berichtete ihm von dem Kerchelmann.

»Das ist ja sonderbar!«, sagte Max nachdenklich. »Wir werden ihn gleich morgen ausfindig machen und ihn diesbezüglich zur Rede stellen.«

Sidonie schüttelte den Kopf. »Das braucht ihr nicht, ihr habt doch schon genug Arbeit«, erklärte sie entschieden. »Das kann ich selber machen. Der dreht doch tagsüber immer in der Stadt seine Runden und sammelt verwertbaren Unrat auf, den er in seinen Tornister stopft. Ich werde ihn schon irgendwo finden und ansonsten erkundige ich mich nach ihm, der ist doch in Frankfurt so bekannt wie ein bunter Hund. Und ich bin ja mal sehr gespannt darauf, wer ihm diesen Brief ausgehändigt hat!«

»Ich auch«, sagte Max, »und gib mir bitte sofort Bescheid, wenn du diesbezüglich etwas in Erfahrung bringst!«

»Selbstverständlich, mein Herz. Ich werde keine Alleingänge mehr unternehmen wie früher in dem Fall von Breuberg und dich über alles, was Thekla und ich herausfinden, in Kenntnis setzen«, gelobte die Dichterin aufrichtig. »Thekla wollte sich heute Abend übrigens unter ihren früheren Kolleginnen ein wenig über den Herrn Apotheker umhören und auch in Erfahrung bringen, ob eine der Huren vielleicht eine Idee hat, wer Sussi auf dem Gewissen haben könnte. Ich bin schon sehr neugierig, was sie mir morgen alles zu berichten hat, ich traue diesem falschen

Fünfziger nämlich nicht über den Weg!« Auch Sidonie gab ein herzhaftes Gähnen von sich. »Hat die Befragung der Anwohner eigentlich etwas ergeben?«

»Leider nicht«, antwortete Max betreten. »Die Leute aus der Nachbarschaft des Wasserhäuschens, in der Hauptsache einfache kinderreiche Familien und kleinere Handwerksbetriebe, mochten Sussi wohl alle sehr gerne und sind betroffen über die schreckliche Tat. Es erscheint mir auch eher unwahrscheinlich, dass der Mörder im Kundenkreis der Erfrischungshalle zu suchen ist. Es wird nicht leicht werden, den Schuldigen zu ermitteln. Irgendwie habe ich das ungute Gefühl, es gestaltet sich wie die Suche nach der Stecknadel im Heuhaufen«, seufzte der Oberinspektor verdrossen.

»Das kommt dir nur so vor, mein Liebster. Ihr seid ja mit euren Ermittlungen noch ganz am Anfang, da hat man doch immer das Gefühl, im Trüben zu fischen. Ich bin mir sicher, dass du ihn finden wirst, so klug und tüchtig, wie du bist. Und jetzt«, Sidonie küsste Max innig, »gehen wir ins Bett und alles andere hat Zeit bis morgen«, gurrte sie in sein Ohr.

Max bedachte sie mit einem verliebten Blick. »Es gibt nichts, was ich lieber tun würde«, raunte er ihr zu, ergriff Sidonies Hand und zog sie mit sich ins Schlafzimmer.

4

Donnerstag, 25. Juli 1838

SIDONIE TRANK RASCH IHREN MOKKA AUS und wollte sich gerade auf den Weg zum Erfrischungspavillon am Westhafen machen, um zu hören, was Thekla alles herausgefunden hatte, als die Türglocke läutete. Erstaunt eilte die Dichterin zur Tür. Wer mochte das zu dieser frühen Stunde nur sein, fragte sie sich, es hatte doch gerade erst acht Uhr geschlagen. Vor der Tür stand ein grauhaariger Mann im dunklen Gehrock und erklärte ihr in amtlichem Tonfall, er habe einer Frau Sidonie Wilde, geborene Weiß, ein Schreiben des Magistrats zu überbringen. Nachdem Sidonie ihm mit einiger Verwunderung bestätigt hatte, dass sie die Betreffende sei, händigte er ihr ein mit dem Frankfurter Adler versiegeltes Schriftstück aus und ließ sich den Empfang quittieren. Noch während sie sich zerstreut bei dem Amtsboten bedankte und ihm einen guten Tag wünschte, lehnte sie sich an den Türrahmen und erbrach mit bebenden Händen das Siegel. Aus Erfahrung wusste sie, dass derlei Briefe meist nichts Gutes zu bedeuten hatten, was ihr momentan so gelegen kam wie ein Kropf. »Auch das noch«, murmelte sie zerknirscht, zog das Schriftstück aus dem Kuvert und überflog es mit bangem Blick. »Das kann doch wohl nicht wahr sein!«, rief sie gleich darauf Tante Tilla, die aus der Küche herbeigeeilt kam, zu und hastete an ihr vorbei in die Wohnstube, wo sie sich fassungslos auf einen Stuhl sinken ließ, um das Schreiben genauer zu lesen. Noch während sie es las, war sie kreidebleich geworden und ihr stockte der Atem. Tante Tilla stand vor ihr und starrte sie mit entsetzter Miene an. »Ist das wieder … so ein … schlimmer Brief?«, murmelte die alte Frau angstvoll.

»Das kann man wohl sagen«, erwiderte Sidonie mit brüchiger Stimme, »aber es ist nicht das, was du denkst«, erläuterte sie sinister. »Dieses Mal weht der Wind von amtlicher Seite. ›Sehr geehrte Frau Wilde‹«, begann sie vorzulesen, »›die Stadt Frankfurt am Main setzt Euch hiermit in Kenntnis, dass Euch die Betriebslizenzen für die Trinkhallen in der Taunusanlage und am Westhafen zum 1. September 1838 aufgekündigt werden. Begründung: Obgleich die Trinkhallenwärterin Susanne Kesselheim an der Erfrischungshalle in der Taunusanlage unerlaubt Flaschenbier verkauft und die Wasserverkaufsbude wiederholt zu Prostitutionszwecken genutzt hat, wurde sie seitens der Inhaberin nicht, wie ihrer Vergehen absolut angemessen, umgehend aus dem Dienstverhältnis entfernt, sondern zur verständlichen Erbitterung der benachbarten Ladeninhaber an oben genannter Trinkhalle weiterbeschäftigt. Für den Magistrat sind die zwielichtigen Zustände an der Trinkhalle unweit des zukünftigen Taunusbahnhofs unhaltbar und tragen nicht dazu bei, den Reisenden einen günstigen Eindruck von Frankfurt zu vermitteln. Hinzu kommt, dass sich die Inhaberin Sidonie Wilde am gestrigen Tage, dem 24. Juli 1838, des strafbaren Vergehens einer Tätlichkeit gegen einen Kunden schuldig gemacht hat. Besagter Kunde mit Namen August Fette wurde von Frau Wilde unflätig beschimpft und mit einem Sonnenschirm attackiert, wogegen Herr Fette bei der zuständigen Polizeibehörde Anzeige erstattet hat. Das Verfahren steht zwar noch aus, aber unabhängig von seinem Ausgang muss der Magistrat auf die obige Kündigung bestehen.

Was die Trinkhalle am Westhafen anbetrifft, so ist auch sie bedauerlicherweise nicht geeignet, den Gesamteindruck des Westhafens zu verbessern. Die Stadt Frankfurt hat überdies in jüngster Zeit an der schwefelhaltigen Heilquelle, die sich dort seit alters her befindet und im Volksmund ›Grindbrunnen‹ genannt wird, eine Trinkkuranlage errichtet und bemüht sich bei den zuständigen Behörden um die offizielle Anerkennung Frankfurts als Heilbad. Die bereits vorhandene Trinkhalle von Frau Wilde ist daher überflüssig geworden und muss weichen. Der Inhaberin Frau Sidonie Wilde, geb. Weiß, wird seitens der Magistratsbehörde das Recht eingeräumt, gegen den Kündigungsbescheid Widerspruch einzulegen. Gezeichnet: Theodor Schaller – Magistratsbeamter für den Zuständigkeitsbereich Wasserverkaufsbuden auf öffentlichen Straßen, Promenaden und Plätzen im Frankfurter Stadtgebiet. Frankfurt am Main, den 25. Juli 1838‹.« Als Sidonie geendet hatte, schäumte sie regelrecht vor Wut und schleuderte das Schriftstück in hohem Bogen von sich. »Sussi wurde auf heimtückische Weise umgebracht und die haben nichts anderes zu tun, als sie mit Dreck zu bewerfen! Von wegen ›zwielichtige Zustände‹! Das wird sich noch herausstellen, *wer* hier *zwielichtig* ist!«, schimpfte Sidonie außer sich. »Unter gar keinen Umständen werde ich mich diesem Erlass beugen, noch heute lege ich dagegen Widerspruch ein, so wahr ich Sidonie Wilde heiße!«

Obwohl die Umstände hochdramatisch waren, musste Tante Tilla doch unwillkürlich grinsen. »Ihr macht Eurem Namen alle Ehre – und Eurem Ruf sowieso«, bemerkte sie trocken und erreichte damit immerhin, dass Sidonie ihr einen betroffenen Blick zuwarf und sich langsam wieder beruhigte.

Thekla Müller fühlte sich an diesem Morgen wie gerädert. Sie hatte die ganze Nacht kein Auge zugetan und unentwegt gegrübelt – über Sussi, ihr trauriges Ende und ihr nicht minder trauriges Leben. Jetzt, wo sie es endlich geschafft hatte, dem Strich und dem Alkohol zu entkommen, hatte sie sterben müssen, weil irgendeine kranke Bestie sie bis zum Anschlag mit Branntwein abgefüllt hatte. Was für ein schrecklicher, sinnloser Tod. Thekla hatte in ihr Kopfkissen geweint und war derart wütend gewesen, dass sie die Wände hätte hochgehen können. So war sie die ganze Nacht zwischen heulendem Elend und Raserei hin und her gependelt, und erstmals seit langer Zeit hatte sie sich wieder nach Branntwein gesehnt, nach Betäubung, nach Vergessen. Doch das war alles nur Selbstbetrug, wie sie mit dem letzten Rest an gesundem Menschenverstand erkannt hatte. Dann war sie aufgestanden, hatte sich ans offene Fenster gesetzt und aus müden Augen in den Himmel gestarrt, der im Morgengrauen immer heller wurde. Die Vögel hatten angefangen zu singen, was sie gelassener und ein wenig heiterer gemacht hatte. Seltsam, wie sehr sich ihr Wesen doch verändert hatte, seit sie nicht mehr trank. Früher hatte sie dieses Vogelgezwitscher immer gehasst und sich die Ohren zugehalten, wenn sie volltrunken im Morgengrauen nach Hause gewankt war. Als es hell geworden war, hatte sie die Blumen gegossen, die sich üppig und duftend in den Blumenkästen der Mansardenfenster rankten, sich gründlich mit Kernseife das Gesicht und den Körper eingeschäumt und ein frisches geblümtes Sommerkleid angezogen. Anschließend hatte sie sich den Luxus gegönnt und sich einen köstlichen starken Mokka bereitet, den sie, gut gesüßt, in kleinen, genussvollen Schlucken getrunken hatte, und war zur Arbeit gegangen. Kurze Zeit, nachdem sie die Läden am Verkaufsschalter der Erfrischungshalle aufgeklappt hatte, war auch die neue Trinkkuranlage geöffnet worden. Eine adrette junge Angestellte mit frisch gestärkter weißer Schürze huschte emsig hinter den Glasscheiben hin und her und schenkte den Passanten Heilwasser aus, das, wie ein großes Schild an der Außenfassade verkündete, am ersten Tag der Neueröffnung kostenlos war. Der penetrante Gestank nach faulen Eiern, der dem schwefelhaltigen Grindbrunnen entstieg, drang zu Thekla herüber und wurde ihr immer lästiger. Von Zeit zu Zeit fächelte sie sich Luft zu, die selbst am frühen Morgen schon stickig und schwül war, und hielt sich die Nase zu, doch es half alles nichts, der faulige Geruch war einfach zu penetrant und ließ sich nicht bannen. Zu ihrem großen Unmut verlief sich kaum ein Fußgänger an ihren Erfrischungspavillon, die Leute eilten alle zu der schmucken neuen Trinkkuranlage, weil es dort etwas umsonst gab – auch wenn einige von ihnen nach den ersten Schlucken das Wasser mit angeekelter Miene wieder ausspieen.

Es hatte gerade zur neunten Stunde geschlagen, als der Amtmann Schaller plötzlich im Gefolge einer jungen Dame, die er der anderen Verkäuferin vorstellte, an der Trinkkuranlage auftauchte. Während sie von der Kollegin eingewiesen wurde, warf der hagere Beamte Thekla einen verstohlenen Blick zu und rang sich schließlich dazu durch, zu ihr hinüberzugehen.

»Einen schönen guten Morgen, Fräulein Müller!«, sagte er katzbuckelnd und konnte ihr, ebenso wie am vorgestrigen Abend, kaum in die Augen schauen.

»Guten Morgen, Herr Amtmann«, erwiderte Thekla bemüht höflich. Obgleich sie sich über die in Aussicht gestellte Schließung der Trinkhalle und Schallers merkwürdiges Anerbieten ziemlich geärgert hatte, wollte sie es sich doch mit dem für Trinkhallenangelegenheiten zuständigen Beamten nicht ganz verderben. Irgendetwas schien dem schüchternen jungen Mann auf dem Herzen zu liegen und er wand sich auf der Suche nach den passenden Worten wie ein Aal. Will mir der Kerl schon wieder so ein komisches Angebot machen, dachte Thekla bei sich und merkte, dass ihr sprichwörtlich der Kamm schwoll.

»Ich … ich wollte Euch nur sagen …, dass … dass es mir leidtut, Fräulein Müller!«, stieß der Beamte errötend hervor, »aber … aber ich musste mich leider den Anordnungen des Herrn Bürgermeisters beugen …«

»Was denn für Anordnungen?«, fragte Thekla begriffsstutzig, der die verstockte, umständliche Art des Amtmanns erheblich auf die Nerven ging. Während der junge Mann noch mit sich rang und ihr die Antwort schuldig blieb, gewahrte Thekla im Hintergrund unversehens die zierliche Gestalt Sidonies, die sich der Trinkhalle mit zügigen Schritten näherte.

»Guten Morgen«, grüßte sie atemlos, »ich muss unbedingt mit dir reden!«

»Darf ich vorstellen, Magistratsbeamter Theodor Schaller – die Inhaberin der Trinkhalle, Frau Sidonie Wilde«, machte Thekla die beiden miteinander bekannt und warf

Sidonie, die mit einem Mal um etliche Nuancen bleicher wurde und aus allen Wolken zu fallen schien, einen vielsagenden Blick zu. »Ist dir nicht wohl?«, konnte Thekla gerade noch fragen, als es schon im nächsten Augenblick aus Sidonie herausplatzte: »Sehr angenehm!«, sagte sie schneidend. »Ich habe gerade eben Eure Kündigung erhalten!«

Der Beamte fuhr zusammen und wich unwillkürlich vor ihr zurück.

»Kaum dass unsere Trinkhallenwärterin heimtückisch ermordet wurde, kündigt Ihr uns auch schon die Lizenz auf! Das ist ja geradezu menschenverachtend und ich werde mich dagegen zu wehren wissen, das kann ich Euch versichern!«, erklärte Sidonie aufgebracht.

Im ersten Moment begriff Thekla noch gar nicht, warum Sidonie so wütend war, und der verängstigte junge Mann tat ihr fast ein wenig leid, doch dann dämmerte es ihr allmählich. »So etwas Scheinheiliges wie Ihr ist mir selten über den Weg gelaufen!«, fuhr sie den Amtmann an. »Im Temperenzverein macht Ihr Euch immer stark für die Wasserbuden und dann kündigt Ihr denjenigen, die Euch nicht gelegen kommen, still und heimlich die Lizenzen! Und das Tollste ist, dass Ihr auch noch versucht habt, mich mit einer Anstellung in Eurer neueröffneten Trinkkuranlage abzuspeisen, damit ich hier treu und brav das Feld räume!«

»Was? Davon hast du mir ja gar nichts gesagt!«, rief Sidonie empört.

»An dem Abend, als er mir das angeboten hat, wollte ich dich so spät nicht mehr stören, und am nächsten Morgen ist das mit der Sussi passiert, da hatten wir ja ganz andere Sorgen und ich habe einfach nicht mehr daran gedacht«, erläuterte Thekla kleinlaut.

»Das ist ja ein starkes Stück!«, wandte sich Sidonie wieder an Herrn Schaller, der wie ein geprügelter Hund vor der Trinkhalle stand und außerstande war, etwas zu entgegnen. Seine hageren Gesichtszüge bebten. »Anstatt mir meine Leute abzuwerben und das Ansehen einer Verstorbenen durch den Dreck zu ziehen, solltet Ihr in Eurer Funktion als Magistratsbeamter, dem die Trinkhallen unterstehen, lieber dafür Sorge tragen, dass der Mörder der Trinkhallenwärterin Sussi Kesselheim so schnell wie möglich gefasst wird!«, äußerte die Dichterin erbittert.

»Ich hatte doch überhaupt keine Ahnung davon, dass Sussi Kesselheim ermordet wurde!«, begehrte der Amtmann plötzlich mit solcher Vehemenz auf, dass ihn Sidonie und Thekla überrascht anstarrten. Theodor Schallers unscheinbares Gesicht glühte vor Zornesröte und die hellen Augen hinter den dicken Brillengläsern sprühten Blitze. »Und überhaupt verbitte ich mir derartige Unterstellungen! Ich habe Euch die Anstellung in der städtischen Trinkkuranlage angeboten, weil ich Euch schätze und es gut mit Euch meine!«, schrie er Thekla ins Gesicht. Unversehens standen ihm Tränen in den Augen. »Und die Kündigung der Trinkhallenlizenzen war nicht meine Entscheidung, sondern wurde von oberster Stelle angeordnet.« Er seufzte tief und maß Thekla mit einem Blick, der ihr durch Mark und Bein ging. »Es widerstrebt mir zutiefst, einer Frau, die mir so am Herzen liegt wie Ihr, ein solches Ungemach zu bereiten, das könnt Ihr mir glauben! Und ich bin auch nicht scheinheilig, sondern einfach nur gehemmt, das ist mein Fluch, und deshalb mögt Ihr mich auch nicht und tut mir so unrecht, obwohl ich aufrichtige Gefühle für Euch hege. Was bin ich doch für ein gottverdammter Feigling!« Der junge Mann fing haltlos zu weinen an und hastete davon. Sowohl Sidonie als auch Thekla war schlagartig bewusst geworden, dass der Beamte in Thekla verliebt war. Während Thekla, die es noch nie erlebt hatte, dass ein Mann derartige Gefühle für sie hegte, vor schierer Erschütterung kein Wort herausbrachte, eilte Sidonie dem jungen Mann hinterher und legte ihm sachte die Hand auf die Schulter. »Bleibt doch bitte hier, Herr Amtmann!«, bat sie ihn eindringlich. »Ihr seid kein Feigling, sondern mutiger als die meisten Männer! Verzeiht mir, dass ich eben verbal so auf Euch eingeprügelt habe. Die Prügel verdienen andere und nicht Ihr, das habe ich inzwischen begriffen!« Die atemberaubende Offenheit des hageren jungen Mannes hatte Sidonie ebenso verblüfft wie entwaffnet. Sie hakte ihn unter und führte ihn zurück zu der Trinkhalle, wo ihnen Thekla mit großen, verwunderten Augen entgegenblickte.

»Du machst jetzt hier zu und wir gehen alle zusammen an einen ruhigen Ort, wo wir ungestört reden können«, wies Sidonie die Freundin an und streifte den Beamten mit einem milden Lächeln. »Herr Schaller ist nicht unser Feind und kann uns vielleicht behilflich sein, Sussis Mörder zu finden«, erklärte sie und klopfte ihm aufmunternd auf die Schulter.

»Das mache ich gerne!«, erwiderte Theodor Schaller heiser, nahm mit zitternden Händen seine Augengläser herunter und wischte sich die Tränen ab. In diesem Moment wirkte er so sensibel und verletzlich, dass Thekla plötzlich das starke Bedürfnis verspürte, ihn vor aller Unbill dieser Welt zu schützen – und sie hätte den hochaufgeschossenen jungen Mann am liebsten in die Arme genommen, was sie sich indessen aus Angst vor der eigenen Courage versagte. Während sie gedankenversunken von innen die Fensterläden verriegelte, fühlte sie sich eigentümlich berührt von Theodor Schallers Geständnis und gleichzeitig auch erhoben. Noch nie hatte ihr ein Mann seine Zuneigung bekundet, alle wollten immer nur ihren Trieb an ihr stillen, oder, wie im Falle ihrer früheren ›Beschützer‹, sie ausnehmen wie eine Weihnachtsgans. Versonnen musste sie sich eingestehen, dass die unerwartete Liebesbekundung des städtischen Beamten Balsam für ihre Seele war – auch wenn sie seine Gefühle nicht erwiderte.

Sidonie und Thekla saßen gemeinsam mit dem Magistratsbeamten Schaller auf einer Parkbank am Mainufer, sprachen über den Mord an Sussi Kesselheim und redeten sich alles, was sie schon seit Tagen bedrückte, von der Seele. Theodor Schaller war nicht nur ein guter Zuhörer, sondern auch ein kluger Kopf, wie anhand seiner gezielten Zwischenfragen deutlich wurde.

»Ich will offen sein«, sagte er nach einer Weile des Nachdenkens. »Dieses Triumvirat aus der Nachbarschaft der Trinkhalle, das Ihr eben erwähnt habt, überschüttet mich schon seit Wochen mit Eingaben und Beschwerden wegen der Trinkhalle in der Taunusanlage. Und am Dienstagnachmittag ist der Apotheker Willibald Künzel sogar persönlich bei Bürgermeister Thomas vorstellig geworden – mit dem er außerdem gut befreundet ist«, fügte er mit spöttischem Lächeln hinzu, »und hat regelrecht Gift und Galle gespuckt, weil Ihr Eure Trinkhallenwärterin trotz ihrer schlimmen Vergehen noch weiterbeschäftigt. Mir wurde nämlich die zweifelhafte Ehre zuteil, dem Spektakel beizuwohnen, weil der Bürgermeister mich dazugerufen hatte. Nachdem der

Apotheker seine Litanei beendet hatte, bekam der Bürgermeister einen Wutanfall und tobte, das ginge doch wirklich nicht, dass in der unmittelbaren Nachbarschaft des zukünftigen Taunusbahnhofs derartige Verhältnisse herrschten, und er befahl mir mit allem Nachdruck, ein entsprechendes Kündigungsschreiben aufzusetzen – was ich ja dann auch getan habe, obschon es mir nicht leichtgefallen ist«, murmelte der junge Beamte betreten. »Da kannte ich allerdings noch nicht die ganzen Hintergründe, über die Ihr mich eben informiert habt, und wusste auch noch nichts von dem heimtückischen Mord an der Trinkhallenwärterin. Zu meiner Entlastung darf ich vielleicht anmerken, dass ich später unter vier Augen versucht habe, den Bürgermeister umzustimmen, was die Kündigung der Trinkhallenlizenz anbetrifft.« Er errötete vor Verlegenheit. »Ich … ich schlug ihm stattdessen vor, Euch lediglich nahezulegen, die besagte Trinkhallenwärterin zu entlassen, und im Falle, dass Ihr Euch daran haltet, von einer Kündigung abzusehen. Aber er wollte nichts davon hören«, seufzte der junge Amtmann resigniert. »Obgleich ich ihm Eure großen Verdienste in der Frankfurter Armenpflege und Eure Mildtätigkeit vor Augen führte und Fräulein Müllers beispielhaftes Engagement in unserer hiesigen Temperenzbewegung …« Theodor Schaller streifte Thekla mit einem Blick, der bei aller Scheu doch seine ganze Zuneigung verriet, und verfiel unversehens wieder ins Grübeln. »Da will Euch jemand ganz, ganz übel, soviel steht fest«, murmelte er nach einer Weile düster. »Dieser schlimme Brief, die Schmähungen an der Fassade – das trägt doch ein und dieselbe Handschrift! Habt Ihr denn das Schriftbild aus dem Brief einmal mit den Fassadenschmierereien verglichen?«

Sidonie schüttelte verzagt den Kopf. »Leider nicht! Als der Brief kam, war die Fassade schon wieder geweißelt worden. Aber es könnte durchaus dieselbe Handschrift gewesen sein und der Schmähbrief und die hingeschmierten Worte ›Hurenabsteige‹ und ›Säuferklitsche‹ hatten noch etwas gemeinsam: Sie strotzten nur so vor Rechtschreibfehlern!«

»Demnach muss der Schreiber, obgleich er kein Analphabet ist, ein recht ungebildeter Mensch sein – was ist mit diesem August Fette, könnte er es nicht gewesen sein?«, sinnierte Theodor Schaller.

»Bei der Polizeibefragung hat er angegeben, dass er weder lesen noch schreiben kann«, erwiderte Sidonie unmutig und runzelte die Stirn. »Aber ich kann mir nicht helfen, irgendwie habe ich das Gefühl, dass er mehr auf dem Kerbholz hat, als er zugeben will.«

»Irgendwelche Zeugen aus der Nachbarschaft der Trinkhalle, die zur Tatzeit vielleicht jemanden in der Nähe des Wasserhäuschens gesehen haben, gibt es nicht?«, erkundigte sich der Amtmann ernst.

Sidonie zuckte entmutigt mit den Achseln. »Nicht, dass ich wüsste.«

Mit einem Mal schlug Theodor Schaller, ganz entgegen seiner zurückhaltenden Art, vernehmlich die Hände zusammen. »Mir kommt da eine Idee!«, äußerte er nachdrücklich. »Ich werde sogleich sämtliche Frankfurter Tageszeitungen über den Mordfall unterrichten und anordnen, dass die entsprechenden Zeitungsartikel, die so schnell wie möglich erscheinen sollen, mit Zeugenaufrufen versehen werden. Und ich denke, wir sollten für sachdienliche Hinweise auch eine kleine Belohnung aussetzen!« Theodor Schallers helle Augen blitzten hinter den dicken Augengläsern vor Tatendrang.

Sidonie schlug ihm vor Begeisterung auf die Schulter. »Eine fantastische Idee!«, rief sie aus. »Ich gebe aus meiner privaten Schatulle gerne etwas dazu!«

Theodor Schaller erhob sich und reichte den Damen zum Abschied zögernd seine schweißfeuchte Hand. »Halten Sie mich bitte über alles auf dem Laufenden!«, bat er und nahm die feste Zusicherung der beiden, verbunden mit aufrichtigen Dankesbezeugungen, mit freudigem Lächeln entgegen.

»Ein beeindruckender Mann!«, sagte Sidonie, nachdem Theodor Schaller sich entfernt hatte, bewundernd zu Thekla. »Und bei aller Schüchternheit und Verschrobenheit ist er doch eine Persönlichkeit mit Herz und Verstand – was man auf den ersten Blick nicht unbedingt vermutet.«

»Weiß Gott nicht«, entgegnete Thekla, der das Thema sichtlich unangenehm war, kurzangebunden.

»Er ist gewiss kein Adonis, das gebe ich ja zu«, insistierte Sidonie weiter. »Aber hinter manch unscheinbarer Fassade verbirgt sich zuweilen ein Juwel – man muss nur den Blick dafür haben. Wohingegen hinter manchem schönen Lärvchen nichts anderes als hohle Selbstverliebtheit schlummert.«

»Das brauchst du mir nicht zu sagen«, erwiderte Thekla schroffer als beabsichtigt. »Ich bin zwar erst 18 Jahre alt, aber von den Kerlen kann mir keiner mehr etwas vormachen. Ich kenne sie zur Genüge, um nicht zu sagen, bis zum Erbrechen. Und der Schaller ist schon nicht verkehrt«, räumte sie unwillig ein und musterte Sidonie eindringlich. »Aber glaub bloß nicht, dass ich mir irgendetwas aus ihm mache, auch wenn du noch so geschickt versuchst, ihn mir schmackhaft zu machen. Ich habe von Mannsbildern gestrichen die Schnauze voll und das wird sich auch nicht mehr ändern!«

»Ist ja gut«, murmelte die Dichterin eingeschnappt, besann sich aber sogleich eines Besseren und legte versöhnlich den Arm um Thekla. »Nach allem, was du hinter dir hast, ist das ja auch nur allzu verständlich«, erklärte sie einsichtig. »Und ich will dich auch ganz sicher nicht mit dem werten Herrn Schaller verkuppeln und wenn du diesen Eindruck hast, dann tut es mir leid. Der Mann ist auf unserer Seite und dir mehr als wohlgesonnen. Auch wenn du seine Gefühle nicht erwiderst, so kann doch daraus vielleicht eine wunderbare Freundschaft werden …«

»Darauf kann ich gerne verzichten«, raunzte Thekla abschätzig. »Und sowas klappt auch nicht. Das wird doch nur darauf hinauslaufen, dass er mich anschmachtet, und ich zeige ihm die kalte Schulter, weil ich mir nichts aus ihm mache. Verdammt nochmal, bei mir ist das ganz anders als bei dir! Ich kann für einen Mann nichts mehr empfinden – da, wo andere ihre Gefühle haben, ist bei mir nur Kälte und Leere. Das geht den meisten ehemaligen Huren so, das Anschaffen hat unsere Gefühle abgetötet, wir können nicht mehr lieben.« Unvermittelt traten Thekla Tränen in die Augen. »Du glaubst gar nicht, Sido, wie sehr ich dich und Max um eure Liebe beneide. Doch mir ist so etwas Wunderbares leider nicht beschieden …«

Sidonie schloss Thekla tröstend in die Arme. »Das stimmt doch gar nicht, mein Mädchen!«, sagte sie liebevoll. »In dir ist so viel Liebe und Wärme, die könnten das ganze Polareis zum Schmelzen bringen! Sie muss nur erst geweckt werden.«

Thekla schluckte ergriffen. »Lieb von dir, dass du so was Schönes sagst, und in Bezug auf dich stimmt das auch, auf dich würde ich nie etwas kommen lassen …« Sie streichelte sanft über Sidonies Wange. »Aber …«, krächzte sie gequält.

»Aber, aber – es gibt kein aber!«, begehrte Sidonie auf. »Du bist nicht gefühlskalt, auch wenn du das von dir glaubst! Gefühlskalte Menschen sind ganz anders gestrickt, da kenne ich mich hinlänglich aus. Die lächeln dich zuckersüß an und sobald du ihnen den Rücken kehrst, stechen sie dir ein Messer in den Rücken. Die eiskalten Bestien dieser Welt verbergen sich häufig hinter den schillerndsten Fassaden«, sagte die Dichterin nachdenklich und musste unwillkürlich an Claudia von Breuberg denken, die vornehme Dame aus der besten Frankfurter Gesellschaft, die ihrem Stiefsohn das Leben zur Hölle gemacht hatte – wofür er sie schlussendlich ja auch getötet hatte. Sidonie fuhr sich hektisch über die Stirn, als könne sie dadurch die düsteren Erinnerungen wegwischen, und stieß vernehmlich die Luft aus. »Wir haben ja noch gar nicht darüber gesprochen, was du gestern Abend auf dem Straßenstrich alles in Erfahrung gebracht hast«, stieß sie unvermittelt hervor und blickte Thekla angespannt an.

»Ach so«, sagte diese und nestelte nervös an ihren dichten, zu sogenannten ›Affenschaukeln‹ hochgesteckten Haarzöpfen. »In Bezug auf die Sussi konnte ich nicht viel herausfinden. Seit sie nicht mehr anschaffen ging, hatte sie die Kontakte zu ihren früheren Kolleginnen mehr oder weniger abgebrochen. Das gilt im Übrigen auch für den Herrn Apotheker. Auf dem Strich lässt er sich wohl schon seit geraumer Zeit nicht mehr blicken.« Thekla hielt inne und verzog höhnisch die Mundwinkel. »Der feine Herr hat halt ganz spezielle Wünsche, die die gewöhnlichen Gassendirnen nicht befriedigen können. Unter den Huren ist hinlänglich bekannt, dass er darauf stand, die Frauen zu demütigen und zu quälen. Aber seitdem die ›Miss‹ ihr neues Etablissement in der Brönnerstraße eröffnet hat, geht er wohl nur noch dorthin«, erklärte Thekla mit süffisantem Grinsen.

Bei der Erwähnung der ›Miss‹ war Sidonie plötzlich hellhörig geworden. »Die ›Miss‹, die hat doch früher als sogenannte Gouvernante im Etablissement der Madame Zink in der Großen Gallengasse gearbeitet, welches im Zuge der damaligen Ermittlungen geschlossen wurde. Das muss vor etwa zwei Jahren gewesen sein, ich erinnere mich noch gut daran.« Über Sidonies sommersprossiges Gesicht breitete sich ein amüsiertes Lächeln. »Mein alter Jugendfreund Johann Konrad Friedrich war seinerzeit inkognito dort und hat mir das ganze Spektakel anschaulich beschrieben. Diese ›Miss‹ war doch darauf spezialisiert, die wohlhabenden und angesehenen Herren der Stadt zu bestrafen und zu züchtigen, das ist doch aber gar nicht Künzels Metier«, entgegnete die Dichterin skeptisch.

Thekla musste unwillkürlich lachen. »Na klar geht ein Kerl, der selber ein Züchtiger ist, nicht zu einer gestrengen Gouvernante, um sich den Arsch versohlen zu lassen«, gab sie prustend von sich. »Aber die ›Miss‹ hat inzwischen ihr Betätigungsfeld erweitert. Sie hält sich ein Dutzend Sklavinnen, die die Freier, die auf Gewalt stehen, bei ihr mieten können. Sie selbst bedient nur noch ein paar wenige handverlesene Kunden – zu astronomischen Preisen. Ansonsten striezt sie ihre Mädels, damit sie spuren, und führt ein eisernes Regiment. Die armen Dinger können einem leidtun, die ›Miss‹ soll angeblich brutaler sein als jeder Zuhälter und macht mit ihrem Laden wohl das ganz dicke Geld.«

»In der Brönnerstraße ist das? Lass uns doch heute Abend dort hingehen!«, schlug Sidonie im Brustton der Überzeugung vor.

Thekla musterte sie entgeistert. »Von mir aus können wir das machen«, erklärte sie mit trockenem Auflachen. »Aber glaub bloß nicht, dass die ›Miss‹ uns gegenüber besonders auskunftsfreudig sein wird – wenn sie uns überhaupt reinlässt!«

»Wir geben uns einfach als zahlende Kundinnen aus – was sollte sie da schon dagegen haben!«, erwiderte Sidonie prompt.

Thekla schüttelte fassungslos den Kopf. Ehe sie jedoch dazu kam zu protestieren, erklärte Sidonie energisch: »Es soll ja durchaus vorkommen, dass auch Damen derartige Vorlieben haben!«

Nachdem solcherart sämtliche Zweifel aus dem Weg geräumt waren, verabredeten sich die beiden Freundinnen für acht Uhr abends an der unteren Einmündung der Brönnerstraße. Wenig später machte sich Sidonie auf den Weg, um den Kerchelmann zu suchen.

Es hatte bereits halb elf geschlagen, als Sidonie in die Zeil abbog. Die Suche nach dem Müllsammler gestaltete sich schwieriger, als sie gedacht hatte. Obwohl es noch Vormittag war, war es bereits unerträglich heiß und unter ihrem leichten Musselinkleid rann Sidonie der Schweiß herunter. Den halben Anlagegürtel hatte sie schon nach dem Mann abgesucht, doch er war unauffindbar. Wie die meisten Stadtbewohner, so kannte Sidonie das Frankfurter Original von Kindesbeinen an und wusste, dass er sich in der warmen Jahreszeit mit Betteln, Gelegenheitsarbeiten und der Suche nach Verwertbarem durchschlug und in den Promenaden auf irgendeiner Parkbank nächtigte. Im Winter siedelte der Kerchelmann dann ins Armenhaus am Klapperfeld über, wo er im angeschlossenen Arbeitshaus am Webstuhl arbeitete und andere Arbeiten verrichtete. Der hochaufgeschossene Mann mit dem eingefallenen, wettergegerbten Gesicht war zwar geistig ein wenig minderbemittelt, hatte aber einen knochentrockenen Frankfurter Humor und war überdies, da er viel in der Stadt umherschweifte, eine wandelnde Nachrichtenbörse. Obwohl Sidonie die ganze Zeit noch die Unterredung mit Thekla und dem Magistratsbeamten Schaller durch den Kopf ging, war sie doch hochgradig gespannt darauf, wer dem Kerchelmann das Kuvert mit dem Schmähbrief übergeben hatte. Als sie am Eiscafé Bütschli vorbeikam und schon drauf und dran war, sich an einem der Außentische unter den bunten, schattenspendenden Sonnenschirmen eine kleine Erfrischung zu gönnen, sah sie den Kerchelmann plötzlich aus einem der Hinterhöfe der feudalen Restaurants kommen, die die breite Einkaufs- und Prachtstraße säumten. Zielstrebig eilte sie zu ihm hin. »Guten Morgen, Hannes!«, begrüßte sie ihn atemlos. »Ich habe dich schon überall gesucht, denn ich muss dich unbedingt was fragen …«

»Morsche, Fräulein!«, erwiderte der Kerchelmann mit breitem Grinsen und entblößte dabei seine breiten Zahnlücken, zwischen denen nur noch ein paar wenige bräunliche Zahnstummel herausragten. »Was wollt er dann von mir wisse?«

Der Mann sowie sein mit Unrat gefüllter Tornister, den er auf dem Rücken trug, stanken zum Gotterbarmen und Sidonie rückte unwillkürlich ein Stück von ihm ab. »Du hast mir doch am Dienstag am späten Nachmittag einen Brief überbracht, kannst du mir bitte sagen, wer dich damit beauftragt hat?«, bat die Dichterin eindringlich. »Das ist sehr, sehr wichtig für mich!«

»Der blinde Willi war das!«, entgegnete der Müllsammler wie aus der Pistole geschossen. »Das muss so gegen fünf gewesen sein, ich bin gerade die Taunusanlage entlangmarschiert und da hat er laut nach mir gerufen. Er war noch ein ganzes Stück von mir weg in der Nähe der Taunusbahnbaustelle. Da stand er rum mit seinem Stock und hat die ganze Zeit nach mir gekräht. Ich bin dann gleich zu ihm hin und hab gefragt, was los ist. Da hat er mir ein Briefkuvert in die Hand gedrückt und gesagt, das soll ich auf dem schnellsten Weg zum Fräulein Sidonie in die Töngesgasse bringen. Ich sollt net schellen, sondern es einfach unter der Tür durchschieben. Dann hat er mir zwei Kreuzer gegeben und gesagt, ich soll ihm versprechen, dass ich das auch mache, sonst bekäm er Ärger mit dem, der wo ihm eben den Brief gegeben hat. Als ich wissen wollte, wer das war, hat er nur gesagt, das wüsste er net und außerdem ging mich das auch gar nix an. Da hab ich mich gleich auf den Weg gemacht und mehr kann ich Euch auch net sagen.« Der Kerchelmann blinzelte Sidonie neugierig an. »Von wem war dann der Brief?«, fragte er.

Sidonie, die ihm die ganze Zeit mit wachsender Anspannung zugehört hatte, schüttelte unwirsch den Kopf. »Wenn ich das wüsste, müsste ich dich ja jetzt nicht fragen, von wem du ihn bekommen hast«, grummelte sie ungehalten.

»Und was stand da so drin?«, wollte der Müllsammler wissen.

Sidonie gab einen tiefen Seufzer von sich und überlegte kurz, ob sie dem Klatschmaul die Wahrheit sagen sollte. »Die übelsten Beschimpfungen!«, stieß sie schließlich hervor und blickte den Kerchelmann forschend an.

Der kommt doch viel rum und nächtigt immer in den Promenaden, vielleicht ist ihm ja irgendetwas aufgefallen, ging es ihr mit einem Mal durch den Sinn, und sie beschloss, ihm weitere Einzelheiten zu nennen. »Gegen mich und meine Trinkhallenwärterin Sussi Kesselheim«, erläuterte sie und beobachtete den Müllsammler, dessen Augen sich vor Sensationsgier weiteten, aufmerksam.

»Ei, das ist doch die, die wo abgemurkst worden ist!«, lispelte der Kerchelmann erregt. »Die wo früher auf den Strich gegangen ist …«

Sidonie nickte ernst. »Die Polizei fahndet nach ihrem Mörder und ich unterstütze sie dabei. Deswegen ist es auch von größter Wichtigkeit, herauszufinden, wer der Adressant dieses Briefes war.«

Das dreckverschmierte Gesicht des Müllsammlers verzerrte sich vor Wissbegier. »Meint Ihr, dass der die auch umgebracht hat?«

»Das kann man noch nicht sagen«, erwiderte Sidonie ausweichend, »aber ausgeschlossen ist es nicht.« Sie musterte den Stadtstreicher eindringlich. »Hannes, warst du vielleicht am Dienstagabend zwischen zehn und elf Uhr in der Nähe des Wasserhäuschens in der Taunusanlage, und falls ja, so frage ich dich, ob dir möglicherweise etwas aufgefallen ist, das von Belang sein könnte?«

Dem Kerchelmann entrang sich ein ärgerliches Grunzen. »Verdammt nochmal, nein!«, maulte er ungehalten. »Ausgerechnet in der Nacht habe ich in der Bockenheimer Anlage kampiert! Aber ich kann mich mal ein bisschen umhören, ob da net jemand anderes gepennt hat und vielleicht was von dem Mord mitgekriegt hat.«

Sidonie nestelte aus ihrem Portemonnaie ein paar Groschen hervor und steckte sie dem Müllsammler zu. »Mach das bitte, Hannes, und melde dich bei mir, wenn du etwas in Erfahrung gebracht hast.«

Hannes nahm den Obolus dankbar entgegen. »Ei, des wär doch net nötig gewesen, Fräulein«, murmelte er verschämt und kratzte sich nachdenklich am Ohr. »Mir könnten auch grad mal gucken, ob net der blinde Willi da vorne an der Katharinenkirche rummacht, da geht der doch mittags immer hin, wenn's da die Armenspeisungen gibt, und vorher tut er da die Leut' anbetteln«, schlug der Kerchelmann plötzlich vor. Als Sidonie ihm zustimmte, erklärte er treuherzig: »Ich kann auch ein Stückchen hinter Euch gehen, wenn Ihr Euch wegen mir geniert.«

Sidonie musste unversehens lächeln. »Das ist nicht nötig, Hannes«, erwiderte sie wohlwollend. »Lass uns gemeinsam dort hingehen, und zwar zügig!«

Während Sidonie in Begleitung des Müllsammlers die Zeil entlangging, nahm sie die verächtlichen Blicke der Passanten gar nicht wahr, so vertieft war sie in ihre Gedanken. Auch wenn der Adressant des Schmähbriefes nur mangelhafte Rechtschreibkenntnisse besaß, so war er doch alles andere als dumm, sinnierte die Dichterin. Einem Blinden den Brief zu übergeben, mit der Anweisung, jemand anderen mit der Zustellung zu beauftragen, war wohldurchdacht – jemand, der nicht sehen konnte, war auch nicht in der Lage, genauere Angaben bezüglich seines Auftraggebers zu machen. Dennoch hegte Sidonie die Hoffnung, von dem blinden Bettler aufschlussreiche Einzelheiten zur Identität des Adressanten zu erfahren, denn bekanntlich verfügten blinde Menschen über ein feines Gehör und einen geschärften Geruchssinn. Vielleicht ergaben sich ja daraus einige Anhaltspunkte …

Als sie wenig später den Platz vor der Katharinenkirche erreichten, auf dem sich wie immer eine große Anzahl

Menschen tummelte, konnte Sidonie den blinden Mann im abgewetzten Soldatenrock auch schon an der Kirchenmauer ausmachen, wo er auf dem Boden kauerte. Vor ihm stand eine Blechbüchse mit ein paar wenigen Kupfermünzen, daneben ein Pappschild mit der Aufschrift: ›Eine milde Gabe für einen Kriegsversehrten, der für seine Heimatstadt Frankfurt am Main im tapferen Kampf gegen die Franzosen sein Augenlicht geopfert hat‹. Wie Sidonie durch ihren Jugendfreund Johann Konrad Friedrich, der selber im preußischen Heer gegen die Franzosen gekämpft hatte, wusste, hatte der blinde Willi tatsächlich den preußisch-hessischen Truppen angehört, die anno 1792 Frankfurt von den französischen Besatzern befreiten. Ein feindliches Bajonett hatte den jungen Soldaten seines Augenlichts beraubt, der sich seither, um sein karges Veteranensalär aufzubessern, mit Bettelei durchschlug.

»Morsche, Willi!«, begrüßte der Kerchelmann den blinden Kollegen, »ich hab dir hier das Fräulein Sidonie mitgebracht, die tät mit dir gern mal über was schwätzen …«

Der bejahrte Bettler fuhr zusammen, seine milchig trüben Augäpfel rollten hektisch hin und her. »Ei, was dann?«, fragte er bange. Sidonie beugte sich zu ihm herunter und berührte ihn sachte an der Schulter. »Guten Morgen, Willi«, sagte sie freundlich, »brauchst keine Angst zu haben, ich möchte dich nur etwas fragen, wenn es gestattet ist?«

»Ja, fragt nur«, erwiderte der Blinde beklommen.

»Du hast am Dienstagnachmittag doch einen Brief übergeben bekommen, der an mich weitergeleitet werden sollte. Es war ein anonymer Schmähbrief mit den übelsten Beschimpfungen. Daher möchte ich dich jetzt bitten, mir zu sagen, was dir in Bezug auf denjenigen, der dich angesprochen hat, alles aufgefallen ist. Selbst die kleinste, scheinbar noch so unbedeutende Einzelheit kann dabei von größter Wichtigkeit sein!«, bat Sidonie mit flehender Stimme.

Der Blinde stöhnte auf. »Das tut mir aber leid«, murmelte er. »Wenn ich das gewusst hätte, dass da so was Schlimmes drinsteht, hätte ich das nicht gemacht.« Er sog tief die Luft ein und sein faltiges Gesicht spannte sich vor Konzentration. »Weil es mir am Dienstagnachmittag in der Stadt zu heiß war, bin ich in die Promenaden gegangen. Ein Spezi von mir wollte auch dorthin und hat mich mitgenommen. Wir sind von der Zeil aus in die Eschenheimer Anlage marschiert und von da aus bin ich dann alleine in linker Richtung weitergegangen, durch die Bockenheimer Anlage bis runter in die Taunusanlage. Das muss gute zwei Stunden gedauert haben. Wenn ich gehört habe, dass mir auf dem gekiesten Parkweg jemand entgegen kommt, hab ich meine Blechbüchse geschüttelt und um eine milde Gabe gebeten. Das war ein ziemlich guter Tag, der Dienstag, viele Leute haben mir was in die Büchse geworfen und deshalb hab ich mir auch Zeit gelassen und mich zwischendurch mal auf eine Bank in den Schatten gesetzt. Und als ich dann in der Taunusanlage angekommen bin, hat es gerade fünf Uhr geschlagen. Ich habe noch ein paar Spaziergänger gefragt, wo ich genau bin, und die haben mir gesagt, rechter Hand käme gleich die Baustelle vom Taunusbahnhof, und während ich da lang lief, hat mich auf einmal jemand angesprochen und gefragt, ob ich mir nicht was dazuverdienen will. ›Ja‹, hab ich dann gesagt und gefragt, um was es ging. Der Mann ist dichter an mich herangetreten und hat mir mit gedämpfter Stimme zugeflüstert, er hätte hier einen Brief, der müsste umgehend zum Fräulein Sidonie in die Töngesgasse gebracht werden. Da vorne käme der Kerchelmann und ich sollte ihm den Auftrag geben, den Brief auf der Stelle dort hinzubringen. Er sollte nicht schellen, sondern ihn einfach unter der Haustür durchschieben und sich dann gleich wieder davonmachen. Dann hat er mir das Briefkuvert und fünf Kreuzer in die Hand gedrückt und gemeint, drei Kreuzer wären für mich und zwei sollte ich dem Kerchelmann als Entlohnung geben. Ich müsste aber unbedingt dafür Sorge tragen, dass dem Fräulein der Brief auch zugestellt würde, andernfalls würde er mich ausfindig machen und sich das Geld von mir zurückholen.« Der blinde Willi hielt kurz inne und zog die Brauen zusammen. »Seine Stimme wurde ziemlich drohend, als er das sagte, und ich bekam es ganz schön mit der Angst zu tun. ›Das wird gemacht‹, hab ich ihm versprochen. ›Das will ich auch schwer hoffen‹, hat er dann gesagt, mir kurz auf die Schulter geklopft und sich wieder davongemacht. Ich habe genau seine Schritte gehört und bin mir ziemlich sicher, dass er nach rechts abgebogen ist, wo die Baustelle ist. Mir kam es so vor, als hätte er es eilig gehabt, so schnell wie möglich wieder zu verschwinden. Wie er aussah, kann ich Euch natürlich nicht sagen. Ich weiß nur, dass er ganz schön verschwitzt gewesen sein muss, was bei der Bullenhitze zurzeit ja nichts Besonderes ist. Aber der hat so stark nach Schweiß gerochen wie einer, der sich heftig angestrengt hat.«

Sidonie, die die ganze Zeit förmlich an den Lippen des Blinden hing, räusperte sich vernehmlich. »Du meinst, wie jemand, der körperliche Arbeit verrichtet hat?«, stieß sie hervor. »Und er hat sich nach rechts entfernt, da, wo die Baustelle des Taunusbahnhofs ist. Es könnte also ein Gleisarbeiter oder Bauarbeiter gewesen sein?«

»Das könnte so gewesen sein«, stimmte ihr der blinde Bettler zu.

»Ist dir sonst noch etwas aufgefallen, Willi, vielleicht irgendetwas an seiner Stimme? Wie hat er denn gesprochen?«, fragte die Dichterin aufgeregt.

»Mir ist aufgefallen, dass er ziemlich durch die Nase gesprochen hat, wie einer, der den Stockschnupfen hat. Vielleicht hat er ja einen Zug gekriegt und sich verkühlt, das kann ja im Sommer schnell mal passieren, wenn man so verschwitzt ist – und es muss ein Einheimischer gewesen sein, er hat nämlich kein Hochdeutsch gesprochen, sondern geschwätzt wie ein Frankfurter. Sein ganzer Tonfall war ruppig und ungehobelt, ich meine, er hat nicht so gesprochen wie Ihr oder wie halt die besseren Leute so sprechen. Die haben immer so eine bestimmte Tonlage und drücken sich gewählt aus. Das war bei dem nicht so, der hat eher gepoltert wie jemand, der nicht viel Benimm und Bildung hat und aus eher einfachen Verhältnissen stammt.«

Nachdem der Blinde seinen Aussagen nichts mehr hinzuzufügen hatte, bedankte sich Sidonie bei ihm mit einer großzügigen Entlohnung, verabschiedete sich von ihm und dem Kerchelmann und entfernte sich in Richtung der nahegelegenen Hauptwache, um sogleich mit Max über die Neuigkeiten zu sprechen.

»Es tut mir leid, die Dame, aber der Chef ist gerade im Verhörraum und befragt einen Verdächtigen. Er hat ausdrücklich angeordnet, dass er keinesfalls gestört werden möchte!«, erklärte Obergendarm Haider, der an diesem Vormittag auf der Hauptwache den Wachstubendienst versah, Sidonie gewichtig. In seinem Blick lag eine Spur von Häme.

Sidonie war verblüfft, fühlte sich gleichzeitig aber auch von Haiders Abfuhr vor den Kopf gestoßen. Ausgerechnet an den muss ich geraten, dachte sie ungehalten. Am liebsten hätte sie den aufgeblasenen Wichtigtuer ignoriert und auf dem Absatz wieder kehrtgemacht. Doch dazu brannte es ihr viel zu sehr unter den Nägeln, in Erfahrung zu bringen, um *wen* es sich bei dem ominösen Verdächtigen handelte. Haider schien dies auch genau zu wissen und spannte die Dichterin entsprechend auf die Folter, indem er sich von ihr mit provokanter Zurückhaltung nach und nach alles herauskitzeln ließ. Sidonie, die ohnehin nicht besonders geduldig war, kochte innerlich vor Wut. Als sie jedoch vernahm, dass es sich bei dem Verdächtigen um das Faktotum August Fette handelte, der von einem jungen Liebespaar aus der Nachbarschaft in der Mordnacht dabei beobachtet worden war, wie er die Trinkhalle in der Taunusanlage mit Unrat beworfen hatte, bekam sie schlagartig wieder einen klaren Kopf. »Das ist ja ein Ding!«, rief sie verblüfft. »Da bin ich aber mal gespannt, was das Verhör alles an den Tag bringen wird!«, und ließ sich, ohne Haider um Erlaubnis zu fragen, demonstrativ auf der Wartebank neben der Eingangstür nieder, um auf das Ergebnis der Befragung zu warten. Mit reservierter Miene tupfte sich Sidonie den Schweiß von der Stirn, fächelte sich Luft zu und würdigte den Obergendarmen hinterm Schreibtisch keines Blickes. Dennoch mussten diesem Sidonies Anwesenheit und das angespannte Schweigen, das zwischen ihnen herrschte, einiges Unbehagen bereiten, denn mit einem Mal hüstelte er und unterbreitete Sidonie mit gönnerhaftem Lächeln den Vorschlag, sie könne auch gerne solange im Büro ihres Mannes warten und bräuchte nicht hier draußen auf der harten Holzbank zu sitzen. Die Dichterin, froh darüber, den blasierten Obergendarmen nicht länger vor Augen zu haben, nahm das Angebot mit sichtlicher Erleichterung an und ließ sich von ihm mit einem knappen Dank zum Arbeitszimmer ihres Gatten begleiten.

Kaum, dass sie sich dort auf einen Stuhl vor Max' Schreibtisch gesetzt hatte, vernahm sie auch schon vom angrenzenden Raum, der nur durch eine Schiebetür mit Milchglasscheiben vom Büro des Oberinspektors abgetrennt war, laute Stimmen. Sidonie lauschte mit angehaltenem Atem und konnte deutlich die Stimme ihres Gatten erkennen. Das Verhör, wurde es ihr freudig bewusst und sie hegte keinerlei Skrupel, sogleich aufzustehen und sich den Stuhl dicht vor die Schiebetür zu rücken, damit ihr auch kein einziges Wort entging.

»Ich frage Euch nun zum letzten Mal«, konnte sie den drohenden Tonfall Max Wildes hören, »und verschont mich gefälligst mit weiteren Ausflüchten! Die Zeugen haben eindeutig ausgesagt, Euch am Dienstagabend zwischen zehn und elf Uhr in der Taunusanlage beobachtet zu haben, wie Ihr Euch mit zwei Kübeln in den Händen der Trinkhalle genähert habt und anschließend damit angefangen habt, die Fassade mit Unrat zu bewerfen. Da die beiden jungen Leute in der Nachbarschaft wohnen, kennen sie Euch vom Sehen und sind auch bereit, ihre Aussagen zu beeiden«, erklärte der Oberinspektor auftrumpfend. »Also, was habt Ihr zu den Anschuldigungen zu sagen?«

Für geraume Zeit herrschte Stille, dann hörte sie Fette nuscheln: »Ja, das stimmt.«

»Und warum habt Ihr das getan? Hat man Euch vielleicht damit beauftragt?«, setzte Max Wilde sogleich nach.

»Nein … nicht direkt«, erklang es gepresst. »Ich habe es aus freien Stücken getan, weil … weil ich dieses Weibsbild nicht ausstehen kann und es eine Zumutung ist, so eine … in der Nachbarschaft zu haben.«

»Und weil das für Euch *so eine Zumutung ist,* habt Ihr sie auch gleich um die Ecke gebracht!«, platzte es aus dem Oberinspektor heraus.

»Nein, das stimmt nicht, damit habe ich nichts zu tun!«, beteuerte Fette verzweifelt. »Und ich habe auch nicht die Fassadenschmierereien an das Wasserhäuschen geschrieben oder einen Drohbrief an die Dichterin geschickt! Dazu bin ich gar nicht in der Lage, wo ich doch nicht lesen und schreiben kann …«

»Das wird sich noch herausstellen«, sagte der Oberinspektor ätzend. »Und bis das geklärt ist, bleibt Ihr hinter Gittern, das kann ich Euch versprechen!«

Sidonie vernahm ein gequältes Aufstöhnen. »Aber ich hab doch gar nichts Böses gemacht!«, lamentierte das Faktotum weinerlich. »Das war doch nur ein dummer Gassenbubenstreich und mehr nicht!« Ein Aufschluchzen war zu vernehmen. »Das hat auch der Herr Schwab gesagt!«, brach es mit heiserer Stimme aus dem Angeklagten heraus.

»*Was* hat der Herr Schwab gesagt?«, insistierte der Oberinspektor. »Das will ich jetzt aber ganz genau wissen! Und wagt jetzt bloß nicht, mir irgendwelche Lügengeschichten aufzutischen oder Euren ehrenwerten Chef zu decken. Der hilft Euch auch nicht weiter, wenn Ihr wegen dem Mord an der Trinkhallenwärterin am Galgen baumelt!«

»Neiiin!«, erklang es gellend. »Das war ich nicht! So glaubt mir doch bitte!«

Max Wilde ging nicht weiter darauf ein. »Ich will wissen, was Euer Chef zu Euch gesagt hat!«, fuhr er Fette an.

»Als ich an dem Abend die Teller gespült hatte und die Kübel mit den ganzen Essensresten und Küchenabfällen hinten auf den Hof zur Mülltonne tragen wollte – die Kübel waren voll bis an den Rand, denn wir hatten am Dienstag über 50 Essen – ist der Chef zu mir gekommen, hat sich die Abfalleimer angekuckt und dann hat er mich so komisch angegrinst und gesagt, er hätte eine bessere Idee, wo ich die hinkippen könnte als in unsere Mülltonne. ›Der blöden Nutte spielen wir jetzt einen Gassenbubenstreich‹, hat er gemeint und sich darüber so kaputtgelacht, dass ihm die Tränen über die Backen gerollt sind. Ich … ich hab genauso gelacht und die Chefin und die Frieda, unsere Bedienung, auch …«, murmelte August Fette, der das Ganze inzwischen längst nicht mehr so lustig zu finden schien, betreten.

»Na, so langsam kommen wir doch zu Potte!«, rief der Oberinspektor triumphierend und wies den Protokollführer an, Fettes Aussage wortgetreu zu vermerken. »Und wie ging es dann weiter?«, fragte er den Angeklagten barsch. »Auf, auf, ich will alles wissen, die genaue Uhrzeit und alles, was sich anschließend zugetragen hat!«

Sidonie presste sich schon die ganze Zeit die Hand an den Mund, um nicht vor Unmut laut aufzustöhnen.

»Das muss so zwischen zehn und elf gewesen sein – genauer weiß ich es nicht. Die Essenskundschaft war jedenfalls schon heimgegangen und wir hatten auch keinen Gartenbetrieb mehr, der geht nämlich nur bis zehn. Nach zehn darf kein Gast mehr im Biergarten sein, sonst kriegt mein Chef den größten Ärger.«

»Den kriegt er jetzt auch«, unterbrach Max das Faktotum grimmig und forderte Fette auf fortzufahren.

»Na ja, da hab ich die zwei Kübel genommen und bin

rüber zur Taunusanlage gegangen – mein Chef hat noch zu mir gesagt, ich soll in den Promenaden achtgeben, dass mich keiner sieht«, erläuterte der Mann fürs Grobe kleinlaut, »und ›wenn die Luft rein ist, dann kippste den ganzen Dreck an der ihre Bruchbude‹, hat der Herr Schwab gesagt, ›und du kannst der auch ruhig ein paar faule Eier und vergammeltes Obst an die frisch gestrichene Hütte werfen, da hat die morgen früh gleich was zu putzen.‹ Da hat er wieder so gelacht, dass er sich fast in die Hose gepisst hätt. Na ja, als ich dann da war, hab ich erst mal den Müll neben das Wasserhäuschen gestellt und mich umgesehen, ob sich da draußen noch irgendjemand rumdrückt. Es war ja fast Vollmond und man konnte alles ganz gut erkennen. Die Parkbänke waren leer und auf dem Rasen unter den Bäumen war auch niemand mehr. Also bin ich zu den Kübeln gegangen und hab losgelegt – als druff und dewidder, und das hat auch keine fünf Minuten gedauert, dann war ich schon fertig. Dann hab ich mir die leeren Kübel geschnappt und bin wieder heimgegangen …«

»Ist Euch vielleicht jemand aus dem Park entgegengekommen, als Ihr hineingegangen seid?«, fragte der Oberinspektor, »oder unterwegs, als Ihr wieder gegangen seid?«

»Nein, da ist mir niemand weiter aufgefallen«, erwiderte August Fette. »Sicher waren da noch Leute unterwegs an dem warmen Sommerabend. Aber das waren hauptsächlich Liebespaare, die sich in der Nähe der Promenaden rumgedrückt haben, und ein paar Besoffene, die noch um die Häuser gezogen sind. Aber direkt in der Taunusanlage habe ich niemanden gesehen.«

»Das glaub ich«, knarzte Max spöttisch, »Ihr habt ja auch das junge Pärchen nicht bemerkt, das unweit des Wasserhäuschens auf dem Gras gelegen und Eure Schandtaten beobachtet hat. Habt Ihr Euren Aussagen noch etwas hinzuzufügen?«

»Nein«, erwiderte der Angeklagte bedrückt. »Ich möchte nur noch einmal sagen, dass ich mit dem Mord an der Trinkhallenwärterin nichts zu tun habe. Das schwöre ich bei Gott!«

»Gott ist geduldig, ich bin es nicht!«, erwiderte Max Wilde trocken. »Unterzeichnet das Protokoll und dann geht's ab in die Zelle!«

Sidonie vernahm hinter den Michglasscheiben ein verzweifeltes Winseln. »Bitte sperrt mich nicht ein! Ich bin unschuldig!«, schrie Fette außer sich.

»Bis der Sachverhalt geklärt ist, bleibt Ihr in Gewahrsam!«, knurrte Max ungnädig. »Abführen!«

Gleich nachdem August Fette von den beiden Gendarmen abgeführt worden war, ließ Rudolf Schwab in seiner Gastwirtschaft alles stehen und liegen und stürzte mitten im Mittagsgeschäft davon, um Adelheid Witte und Willibald Künzel über die Festnahme seines Faktotums zu informieren. Stante pede wurde in dem engen, kleinen Hinterstübchen der Lebensmittel- und Kolonialwarenhandlung Witte eine Krisensitzung abgehalten, bei der sich die bestürzten Geschäftsleute rasch auf eine Lösung einigen konnten,welche sich der vierschrötige Gastwirt den halben Nachmittag gebetsmühlenartig, nachdem er sie gleich nach seiner Rückkehr mit derselben Penetranz auch seiner Frau und seinen Angestellten eingetrichtert hatte, im Gedächtnis aufsagte. Als dann jedoch der schon lange erwartete Oberinspektor Wilde in der Gastwirtschaft ›Zum Taunustor‹ vorstellig wurde und ihm ohne viel Federlesens das Vernehmungsprotokoll von August Fette vorlas, fehlten Rudolf Schwab die Worte. Sein feistes Gesicht glühte vor Aufregung und er schnaubte wie ein krankes Walross. »Karin, mein Laudanum!«, ächzte der übergewichtige Mann kurzatmig und war erst, nachdem ihm seine nicht minder aufgelöste Gattin ein ordentliches Quantum des Allheilmittels verabreicht hatte, in der Lage, die besagten eingepaukten Sätze von sich zu geben: »Ich verwehre mich mit allem Nachdruck dagegen, meinen Hausknecht August Fette zu den im Protokoll aufgeführten Missetaten angestiftet zu haben. Seine diesbezüglichen Behauptungen sind frei erfunden und erlogen. Als Ehrenmann und seriöser Geschäftsmann, der ich zweifellos bin, wäre es für mich undenkbar, einen meiner Untergebenen mit einer solchen Flegelei zu beauftragen. Als August Fette an besagtem Abend den Müll wegtrug, hatte ich keine Ahnung, was er damit vorhatte. Was er anschließend machte, tat er aus freien Stücken. Darauf gebe ich Euch mein Ehrenwort! Meine ehrenwerte Gattin und meine untadeligen Angestellten werden Euch das gerne bezeugen!«, beeilte sich der korpulente Wirt hinzuzufügen und stieß so vernehmlich die Luft aus, als habe man eine Nadel in einen Heißluftballon gestochen. Die Frau Gemahlin und die junge Kellnerin, die sich die ganze Zeit über mit betretenen Mienen hinter dem Schanktresen herumgedrückt hatten, warfen dem Oberinspektor scheue Blicke zu und nickten verhalten. Unversehens richtete sich Max Wilde vom Stuhl auf, trat ein paar Schritte vom Tisch zurück, an dem noch immer der Wirt saß und ihn aus blutunterlaufenen Augen anstierte, fixierte ihn und die beiden Frauen mit stechendem Blick und erklärte mit eisiger Ruhe: »Hiermit lade ich die Herrschaften zu einer Befragung und Gegenüberstellung mit August Fette in der Hauptwache vor – und zwar«, er blickte kurz auf seine Taschenuhr, »in genau einer Stunde, also um drei Uhr nachmittags. Ich möchte die Herrschaften außerdem darauf hinweisen, dass ihre Aussagen protokolliert, ihnen anschließend verlesen und zur Unterschrift vorgelegt werden. Den Befragten soll dadurch die Möglichkeit eingeräumt werden, ihre Angaben noch einmal zu überdenken, denn auf Falschaussage und Meineid steht Gefängnisstrafe!« Max Wilde deutete eine knappe Verbeugung an. »Ich darf mich einstweilen empfehlen und wünsche den Herrschaften noch einen guten Tag!«, sagte er kühl und strebte im Gefolge der Polizisten Kittel und Haider dem Ausgang zu.

Während Sidonie an diesem glühend heißen Nachmittag die Töngesgasse entlanglief, gelangte sie bald zu der Entscheidung, sich an der Einmündung zur Fahrgasse eine Droschke zu nehmen, anstatt den langen Weg ins Klapperfeld zu Fuß zurückzulegen. Der Fahrtwind tat ihr wohl und erfrischte sie ein wenig, was sie nach den dicht gedrängten, aufwühlenden Ereignissen, die ihr der Tag bislang beschert hatte, wahrlich gut gebrauchen konnte. Nachdem sie sich mit Max ausführlich über alles ausgetauscht hatte und dieser anschließend aufgebrochen war, um Fettes Chef einen Besuch abzustatten, war ihr plötzlich die Idee gekommen, das städtische Waisenhaus aufzusuchen, in dem August Fette aufgewachsen war. Sie kannte die Vorsteherin Charlotte Wohl, die nach dem Tod ihres Neffen Konrad von Breuberg vor nunmehr zwei Jahren ihr gesamtes Vermögen dem städtischen Waisenhaus überschrieben hatte und seither mit ganzem Einsatz für die Belange der Waisenkinder eintrat, schon recht lange. Da Charlotte Wohl schon seit Jahrzehnten ehrenamtlich für die Waisenpflege tätig war, erhoffte sie sich von ihr, aufschlussreiche Hintergrundinformationen über den früheren Heimzögling August Fette zu erhalten, die möglicherweise für die laufenden Ermittlungen von Bedeutung sein könnten.

Im Gegensatz zu früher, als die begüterte alte Dame noch eine weltfremde, verknöcherte Betschwester war, verstand sich Sidonie inzwischen gut mit ihr und schätzte sie. Nach dem tragischen Ende ihres geliebten Neffen, des mehrfachen Giftmörders Konrad von Breuberg, hatte Charlotte Wohl ihr gesamtes Leben in den Dienst der elternlosen Kinder gestellt – und das tat sie mit großer Fürsorge und Kompetenz, was ihr viele Frankfurter Bürger, Sidonie mitinbegriffen, am Anfang gar nicht zugetraut hätten.

Das 1679 in Verbindung mit dem Armen- und Arbeitshaus auf dem Klapperfeld errichtete Waisenhaus blickte auf eine lange, finstere Vergangenheit zurück, in der die Waisen- und Findelkinder ein freudloses Dasein fristeten. Neben harter körperlicher Arbeit in der angeschlossenen Tuchmanufaktur, von Sonnenaufgang bis Sonnenuntergang, bei karger, minderwertiger Ernährung, gehörte es außerdem zur traurigen Tagesordnung, die Zöglinge beim kleinsten Vergehen zu züchtigen. In das 1829 neuerrichtete kastenartige, mit zahlreichen Erkern und Türmen versehene Gebäude war erst im Jahre 1836, durch Charlotte Wohls Berufung als Heimleiterin, ein neuer Geist eingekehrt. Die alte Dame stellte nur Erzieherinnen und

Gouvernanten mit besten Referenzen ein, sorgte für die Abschaffung der Prügelstrafe, ließ ihren Zöglingen durch eine versierte Köchin gesunde, nahrhafte Kost zukommen und reduzierte die Arbeitsstunden in der Manufaktur zugunsten von halbtägigem Schulunterricht. Wie sehr sich ein Mensch zuweilen doch zum Guten verändern kann, wenn das Schicksal ihn entsprechend beutelt, ging es der Dichterin beim Gedanken an Charlotte wohl durch den Sinn und sie freute sich, die alte Dame wiederzusehen. Die Droschke fuhr die lang gezogene Friedbergergasse entlang, in der wie immer ein reger Verkehr von Kutschen, Droschken, Pferdefuhrwerken und Passanten herrschte, und der Droschkenkutscher drosselte das Tempo. Erst als sie rechts in die Kleine Friedbergergasse einbogen, wurde es ruhiger und die von großen Gärten und Obstwiesen durchsetzte Gegend wurde immer ländlicher. Das sogenannte Klapperfeld, umsäumt von der alten Stadtmauer und dem Wall über dem Friedberger Tor, war seit alters her eine verrufene, abgelegene Region. Hier ließ die Stadt Frankfurt im Mittelalter ein Pestilenzhaus errichten, an dessen Stelle später das berüchtigte Zuchthaus in der Hammelsgasse trat, dem das Armen- und Waisenhaus angegliedert war. Als die Droschke wenig später an den alten Wallanlagen entlangfuhr, konnte Sidonie das große, imposante Gebäude mit der Fahne des Frankfurter Stadtadlers auf dem hohen Dachgiebel schon ausmachen. Wenig später bat sie den Droschkenkutscher, unweit des Eingangs auf sie zu warten, stieg die breiten Stufen der Freitreppe hinauf und betätigte den eisernen Türklopfer an der massiven Eichentür. Es dauerte nicht lange, da näherten sich auch schon Schritte, eine junge Frau mit einer frischgestärkten weißen Schürze öffnete ihr die Tür und fragte sie höflich nach ihrem Begehr. Sidonie stellte sich vor und bat darum, der Direktorin zu bestellen, sie wünsche ein Gespräch mit ihr. Die junge Dame führte sie in die Halle, deren Stirnseite von einem Porträt Karl von Dalbergs geziert wurde, der während seiner achtjährigen Regentschaft das Armenwesen reformiert hatte und das Zuchthaus vom Waisenhaus trennen ließ, indem er den Neubau in Auftrag gab. Dort bot die Hausangestellte Sidonie einen Stuhl an und bat sie zu warten.

Es dauerte noch nicht einmal fünf Minuten, bis sie zurückkehrte und Sidonie mitteilte, Fräulein Wohl erwarte sie, sie möge ihr doch bitte folgen. Die Bedienstete führte Sidonie über eine blankgebohnerte Holztreppe in den ersten Stock, wo es einen langen Flur entlangging, dessen weißgetünchte Wände mit gerahmten Kinderzeichnungen und Stickereien dekoriert waren. Die farbigen Abbildungen von blühenden Blumen, Bäumen und Gärten wirkten frohgemut und gefielen der Dichterin. Die glänzenden Holzdielen rochen nach frischem Bohnerwachs und alles wirkte hell und sauber. Gar nicht so beklemmend und trostlos wie das frühere Waisenhaus, dachte Sidonie anerkennend, die sich mit Grauen daran erinnerte, welch heruntergekommenen, verwahrlosten Eindruck das alte Waisen- und Findelhaus immer auf sie gemacht hatte, wenn sie es in der Vergangenheit im Rahmen der Mildtätigkeit besucht hatte. Der Anblick der armen Fürsorgezöglinge hatte ihr jedes Mal das Herz bluten lassen und das ohnmächtige Gefühl in ihr hervorgerufen, die mitgebrachten Spenden und Geschenke seien doch nur ein winzig kleiner Hoffnungstropfen in diesem Meer an Bedürftigkeit. Die traurigen Augen der Kinder sprachen Bände. Worin es ihnen an diesem trostlosen Ort vor allem mangelte, waren

Liebe und Geborgenheit. Sidonie musste unwillkürlich schlucken. Sie erinnerte sich an einen kleinen Jungen, der seine Hände immer zu Fäusten geballt hatte und der ihr, als er darum gebeten wurde, der Wohltäterin ein Liedchen zu singen, ein Kirchenlied vorgesungen hatte. Andere Lieder kenne er nicht, hatte er geantwortet, als sie ihn später darauf ansprach. Auch dies schien sich inzwischen geändert zu haben, denn vom Garten her drangen Kinderlachen und Strophen eines Gassenhauers zu ihr hoch.

Als Sidonie wenig später ins Büro der Direktorin trat, begrüßte Charlotte Wohl sie mit aller Herzlichkeit, bot ihr Kuchen und Tee an und erkundigte sich, was sie für sie tun könne.

Kaum, dass die alte Dame den Namen August Fette vernommen hatte, schien sich ihre gute Stimmung schlagartig zu verflüchtigen und auf ihrem hageren Altjungferngesicht spiegelte sich Betroffenheit – was sich indessen noch steigerte, als ihr Sidonie die weiteren Zusammenhänge erläuterte. »Die ermordete Trinkhallenwärterin war eine ehemalige Prostituierte?«, erkundigte sie sich alarmiert und war kreidebleich geworden.

»Ja«, erwiderte Sidonie verstört, »was ist denn daran so schlimm?«

Die alte Dame gab einen tiefen Seufzer von sich. »Aus dem Grund, weil … weil August Fettes leibliche Mutter eine Prostituierte war«, erläuterte sie kurzatmig. »Das war damals ganz schrecklich! Ich werde den elenden Anblick der beiden verwahrlosten Kinder niemals vergessen!« Charlotte Wohl waren unwillkürlich die Tränen gekommen. »Der kleine August war zu dem Zeitpunkt, als die Gendarmerie die Kinder aus der Wohnung holte, gerade einmal vier Jahre alt, und sein Schwesterchen Lisbeth war fast noch ein Baby. Die Mutter hatte die Kinder tagelang in der Wohnung eingesperrt und war mit Freiern auf Sauftour gegangen. Die armen Kinder wären fast verhungert und verdurstet und haben in ihrer Verzweiflung schon den Kitt aus den Fensterscheiben gekratzt. Die Fensterläden waren verrammelt und dadurch konnten sie nicht einmal ein Fenster aufreißen und um Hilfe rufen. Erst nach Tagen hatte eine Nachbarin die Gendarmerie verständigt, weil sie aus der Wohnung immer so ein klägliches Wimmern gehört hatte. August, als der ältere und robustere der beiden, hatte die Höllenqualen überlebt, nachdem er wochenlang im Spital um sein Leben gerungen hatte, doch sein kleines Schwesterchen war schon zu schwach und leider auf dem Weg zum Krankenhaus verstorben.«

Sidonie schlug entsetzt die Hände vors Gesicht. »Ich habe damals davon gehört«, stieß sie hervor. »Es stand ja in allen Zeitungen, nur an den Namen konnte ich mich nicht mehr erinnern, es war immer nur die Rede von der bestialischen Rabenmutter, die ihre armen kleinen Kinder verhungern ließ, aber ich wusste nicht, dass eines dieser bedauernswerten Geschöpfe August Fette war.«

Charlotte Wohl nickte bedrückt. »Die Mutter ist damals zu zehn Jahren Zuchthaus verurteilt worden. Das Gericht hat es wohl als mildernden Umstand angesehen, dass sie hochgradige Alkoholikerin und kaum noch zurechnungsfähig war. Sie muss das unsägliche Leid, das sie ihren Kindern angetan hat, auch bitter bereut haben, denn es verging kaum eine Woche in all den Jahren, die sie im Zuchthaus zubrachte, dass nicht ein Brief an August im Waisenhaus eintraf. Darin versicherte sie ihm aufs Aufrichtigste, wie unsagbar sie es bedauere, ihn und seine kleine Schwester so schändlich im Stich gelassen zu haben, und obgleich es unentschuldbar sei, was sie ihnen zugefügt habe, flehte sie doch August an, er möge ihr verzeihen. Da sie selber nicht schreiben konnte, hatte sie die Briefe wohl von einer Mitgefangenen schreiben lassen. Sie schickte nicht nur Briefe, von Zeit zu Zeit kamen auch Päckchen mit selbstgestrickten Handschuhen, Socken oder Mützen. So knapp, wie die Gefangenen im Zuchthaus gehalten werden, musste sie sich die Kosten für die Wolle regelrecht vom Munde abgespart haben. Jedenfalls hat August, der ein sehr stilles, verschlossenes Kind war, jedesmal einen Tobsuchtsanfall bekommen, wenn man ihm die Briefe oder Handarbeiten seiner Mutter aushändigen wollte. Er war völlig außer sich vor Hass und wollte keine Silbe daraus vorgelesen kriegen, geschweige denn die Sachen annehmen. So haben wir sie halt anderen Kindern gegeben, die sie gut gebrauchen konnten, und die Briefe sind im Papierkorb gelandet.« Charlotte Wohl nahm einen tiefen Schluck Tee und warf der Dichterin, die ihr fassungslos zugehört hatte, einen unheilvollen Blick zu. »Das Schlimmste kommt ja noch!«, brach es aus der alten Frau heraus und sie rang keuchend nach Atem. Sidonies zierliche Hände umklammerten die Stuhllehnen, als könnten sie sie davor bewahren, ins Bodenlose zu stürzen – denn genauso fühlte sie sich seit geraumer Zeit. Die Dinge um sie herum schienen sich aufzulösen, ihre Konturen wurden immer undeutlicher und fingen an zu flirren. Auch das Gesicht von Charlotte Wohl nahm sie nur noch verschwommen wahr. Sidonie kannte dieses unselige Flimmern und wusste, dass es der Vorbote eines Migräneanfalls war. Das liegt bestimmt an der Hitze und der ganzen Aufregung – das kann ich jetzt gebrauchen wie einen Kropf!, dachte sie und schloss gequält die schmerzenden Augen. »Sprecht doch bitte weiter«, ächzte sie, denn trotz ihres Unwohlseins war Sidonie begierig darauf zu hören, was die Direktorin zu berichten hatte.

»Nun«, krächzte die alte Dame mit kehliger Stimme, »nach acht Jahren wurde August Fettes Mutter aus dem Zuchthaus entlassen. Wegen guter Führung hatte man ihr zwei Jahre erlassen. Sie kam sofort hierher, um ihren Jungen zu sehen. Ich sehe sie noch deutlich vor mir in ihrem schlichten dunklen Kleid und dem ungeschminkten Gesicht mit den streng zu einem Knoten hochgesteckten Haaren. Niemand wäre auf die Idee gekommen, dass sie eine ehemalige Prostituierte war. Sie trank nicht mehr und auch wenn ihr Gesicht vom harten Arbeiten ausgezehrt und hager wirkte, waren doch ihre Augen ganz klar und strahlten vor Freude, endlich ihren Sohn wiedersehen zu können. Sie schien voller guter Vorsätze zu sein, denn bevor man August Bescheid gab, dass seine Mutter ihn besuchen komme, hatte sie nämlich eine Unterredung mit der damaligen Leiterin und mir. Wir wollten sichergehen, dass sie dem Knaben durch ihren Besuch keinen zusätzlichen seelischen Schaden zufügen würde. In diesem Zusammenhang wiesen wir sie auch darauf hin, wie aggressiv und ablehnend August immer auf jedes Lebenszeichen seiner Mutter reagiert hatte. Die Frau weinte bittere Tränen, als sie das hörte, und zeigte großes Verständnis für Augusts Verhalten – denn immerhin habe sie sich ja an ihren Kindern aufs Schändlichste versündigt, was sie bis an ihr Lebensende bereuen werde. Nachdem sie uns mit großer Inbrunst versichert hatte, sie würde den Knaben gerne wieder zu sich nehmen und nichts unversucht lassen, das Verbrechen an ihren Kindern wenigstens an ihm ein Stückweit wiedergutzumachen – sie werde künftig in der Schnurgasse bei einer wohlhabenden frommen

Dame zur Untermiete wohnen, der sie im Gegenzug Haus und Garten in Ordnung halte, ihre Wäsche wasche und für sie koche. Ihre Wohltäterin, die sich schon seit Jahren im Rahmen der Gefangenenhilfe für sie eingesetzt habe und über sie Bescheid wisse, würde es ausdrücklich begrüßen, wenn sie August zu sich hole, denn ein Kind gehöre nun mal zu seiner leiblichen Mutter und müsste dadurch nicht länger der öffentlichen Wohlfahrt zur Last fallen. Kurzum, die reuige Mutter, die einen tiefen inneren Wandel erfahren hatte, überzeugte uns und wir hatten einem Wiedersehen von Mutter und Sohn nichts mehr entgegenzusetzen, legten ihr jedoch ans Herz, dem Jungen überaus behutsam zu begegnen, und bedingten uns außerdem aus, bei diesem ersten Treffen anwesend zu sein, wogegen die Frau auch nichts einzuwenden hatte.« Charlotte Wohl tupfte sich mit einem nach Kölnisch Wasser duftenden rosafarbenen Taschentuch die Schweißperlen von Stirn und Schläfen. »Wir ließen also den Jungen herbeirufen und dann kam es schließlich zu dieser unseligen Begegnung, die in einer einzigen Katastrophe mündete«, bemerkte die alte Dame niedergeschlagen und musste mit den Tränen kämpfen. »Nie werde ich das Gesicht des zwölfjährigen August vergessen, als er in das Zimmer trat und seine Mutter gewahrte. Er stand in der Tür, zur Salzsäule erstarrt. Es muss für ihn der reinste Schock gewesen sein, sie wiederzusehen. Er stand nur da und starrte sie an. Aus seinem Blick sprach jedoch ein solcher Hass, wie ich ihn noch bei keinem Menschen gesehen habe. Augusts Mutter musste es auch bemerkt haben, denn sie fing haltlos an zu weinen, warf sich dem Knaben vor die Füße und schlang verzweifelt die Arme um seine Beine. ›Bitte verzeih mir, was ich dir angetan habe!‹, flehte sie ein ums andere Mal in

tiefster Seelenpein. Ihr Flehen war so markerschütternd, dass der Vorsteherin und mir die Tränen kamen. Auch an August schien ihre Verzweiflung nicht spurlos vorüberzugehen, seine Erstarrung begann sich aufzulösen und seine Gesichtszüge fingen an zu beben. Mit einem Mal entrang sich ihm ein wilder, durchdringender Schrei, der kaum noch etwas Menschliches hatte. Mit einem jähen Ruck befreite er seine Beine aus der Umklammerung und trat seiner auf dem Boden kauernden Mutter mit voller Wucht ins Gesicht. ›Niemals werde ich dir das verzeihen, du gottverdammte Hure! Niemals! Du bist schuld, dass Lisbeth tot ist! Dafür werde ich dich bis an mein Lebensende hassen!‹, schrie er außer sich und spie ihr voller Verachtung ins blutige Gesicht. Wir stürzten sofort zu den beiden hin. Während ich mich um die verletzte Frau kümmerte, der das Blut aus der Nase strömte, versuchte die Direktorin, August zu bändigen, der sich gebärdete wie ein Berserker. ›Geh mir aus den Augen, du Dreckshure!‹, brüllte er hasserfüllt und versuchte immer wieder, auf die am Boden liegende Mutter einzutreten. ›Geh mir aus den Augen und lass dich hier nie wieder blicken! Ich hasse dich und will dich nie mehr wiedersehen! Hast du gehört? Nie mehr!‹«
Charlotte Wohl hielt inne und blickte besorgt zu Sidonie, die aschfahl geworden war und sich die Schläfen massierte. »Geht es Euch nicht gut? Kann ich etwas für Euch tun?«

»Es ist nur eine leichte Migräne, das vergeht schon wieder«, erwiderte Sidonie beschwichtigend und seufzte vernehmlich, »doch ich muss zugeben, dass mir das, was Ihr mir eben erzählt habt, schon ganz schön zusetzt.«

»Das kann ich gut nachvollziehen. Auch mich überkommt nach all den Jahren ein Schauder, wenn ich darüber spreche«, erklärte die alte Dame verständnisvoll und schenkte Sidonie mit zitternden Händen Tee nach. »Die Bedauernswerte musste ins Spital eingewiesen werden, ihr Nasenbein war gebrochen«, erläuterte sie mit brüchiger Stimme. »Und August musste für den restlichen Tag mit Lederriemen ans Bett gefesselt werden, so tobte er. Es dauerte Stunden, bis er aufhörte zu schreien. Wenige Tage später ertränkte sich seine Mutter im Main. Sie hat es wohl nicht verkraften können, dass ihr Sohn sie so sehr hasste. Als wir August über den Tod seiner Mutter unterrichteten, hat er nur gesagt ›Gut so‹ und keinerlei Gefühlsregungen gezeigt. Er ist in den nächsten Jahren nicht mehr auffällig geworden. Mit 15 wurde er aus dem Waisenhaus entlassen und fand eine Anstellung als Gassenkehrer. Beim Schneider Wippker in der Klingergasse hatte er eine Unterkunft als Schlafgänger. Alles in allem schien er sich ganz gut zu machen und ging fleißig seiner Arbeit nach – bis es dann zu einem hässlichen Vorfall kam. August wurde zu nachtschlafender Zeit dabei ertappt, wie er eine brennende Branntweinflasche in das Fenster einer Gastwirtschaft in der Breitegasse warf. Es handelte sich um eine übel beleumundete Beize namens ›Trudels Babbelstubb‹, in der hauptsächlich Gassendirnen und die Hefe der Frankfurter Halbwelt verkehrten. Wie sich im Nachhinein herausstellte, war dies früher auch die Stammkneipe seiner Mutter gewesen. Als August auf dem Polizeirevier befragt wurde, warum er das getan habe, gab er an, er habe den Huren doch nur einen Streich spielen wollen. Bei dem Verhör trat jedoch zutage, dass er einen geradezu unbändigen Hass gegen Prostituierte hegte. Er kam daraufhin für zwei Jahre in die Jugendstrafanstalt. Nach seiner Entlassung muss er sich dann wieder gefangen haben und fand in der Gastwirtschaft ›Zum Taunustor‹ eine Anstellung als

Hausknecht, wo er ja heute noch ist«, endete die Direktorin mit sinisterem Unterton und blickte Sidonie angstvoll an. »Glaubt Ihr etwa, dass er die Trinkhallenwärterin umgebracht hat?«, fragte sie Sidonie mit tiefer Besorgnis.

Die Dichterin seufzte. »Ich möchte mich keinesfalls auf den armen Teufel einschießen, das dürft Ihr mir glauben. Aber nach allem, was ich dank Eurer Hilfe über ihn in Erfahrung gebracht habe, muss man diese Möglichkeit leider in Betracht ziehen.« Sie kramte mit bebenden Händen in ihrer Handtasche, zog eine grüne Glasphiole hervor, aus der sie sich ein paar Tropfen auf die Fingerkuppen träufelte und sich damit die Stirn einrieb. »Eau de Cologne hilft gegen die Kopfschmerzen«, erklärte sie mit gequältem Lächeln und bedankte sich bei Charlotte Wohl für ihr Entgegenkommen.

»Das habe ich gerne getan, meine Liebe! Ich wünschte nur, ich hätte Euch Angenehmeres zu berichten gehabt. Aber wie auch immer, ich stehe Euch auch weiterhin jederzeit zu Diensten, wenn Ihr in der Angelegenheit meine Unterstützung benötigt«, erklärte sie mit großer Herzlichkeit, drückte Sidonies Hand und blinzelte gerührt. Die Dichterin, die wusste, dass Charlotte Wohl es ihr hoch anrechnete, dass sie sie zur Beisetzung ihres Neffen Konrad von Breuberg begleitet hatte, umarmte sie spontan. »Respekt, Fräulein Wohl, Ihr leistet hier ausgezeichnete Arbeit!«, äußerte sie trotz bohrender Kopfschmerzen bewundernd. Während die alte Dame sie zur Tür begleitete, hatte sie kurzzeitig sogar das ungute Gefühl, im nächsten Moment ohnmächtig zu werden, so heftig wütete der Schmerz in ihrem Schädel. Der Vorsteherin war ihr Zustand nicht verborgen geblieben. »Ach Gott, meine Arme«, murmelte sie besorgt. »Wollt Ihr Euch nicht ein Weilchen hinlegen, bis es Euch wieder bessergeht? Ihr kippt mir ja sonst noch um.«

»Nein danke, bis zur Kutsche werde ich es schon noch schaffen und dann geht's ab nach Hause und ins Bett«, entgegnete Sidonie tapfer.

»Dann bestehe ich aber darauf, Euch zur Kutsche zu begleiten«, erklärte die Direktorin resolut und hakte Sidonie unter. Während Sidonie, gestützt von der alten Dame, auf wackligen Beinen die Freitreppe hinabstieg, fiel ihr siedend heiß ein, dass sie unbedingt ihren Mann über alles in Kenntnis setzen musste, und sie murmelte bedrückt, dass sie noch zur Polizeiwache müsse. »Das sollen andere für Euch erledigen, Ihr fahrt umgehend nach Hause und legt Euch sofort ins Bett!«, äußerte Charlotte Wohl entschieden und entbot sich, mitzufahren und an ihrer Stelle mit dem Oberinspektor zu sprechen. Sidonie, die spürte, dass die alte Dame keinen Widerspruch duldete, ließ sich schließlich von ihr überzeugen.

Die Fahrt unter der sengenden Nachmittagssonne war für Sidonie die reinste Qual und sie war erleichtert, als die Droschke endlich die Töngesgasse erreichte, wo Charlotte Wohl und der Droschkenkutscher die indisponierte Dichterin gemeinsam zur Tür brachten. Sie ließen es sich auch nicht nehmen, solange zu warten, bis auf ihr Läuten hin die Tür geöffnet wurde und die Haushälterin die Herrin in Empfang nahm.

»Ich habe eine schlimme Migräne«, flüsterte Sidonie entkräftet und überließ sich willig Mathildes erfahrener Obhut, die die Kranke sogleich ins Bett verfrachtete, das Zimmer abdunkelte und ihr kalte Kamillen-Kompressen auf die Stirn- und Augenpartie legte. Tante Tilla, der Sidonies Migräne-Attacken nicht unbekannt waren, hatte die Dichterin doch schon seit Jahren darunter zu leiden, wusste genau, dass es das Beste war, sie in solchen Zuständen ganz in Ruhe zu lassen. »Ich geh dann jetzt, wenn Ihr etwas braucht, dann läutet Ihr«, erklärte sie im Flüsterton und wollte schon auf Zehenspitzen das Zimmer verlassen, als Sidonie sie zurückhielt.

»Eine Bitte habe ich noch«, murmelte sie ermattet. »Könntest du bitte Thekla Bescheid sagen, dass ich unpässlich bin, und ihr vorschlagen, dass wir unser Treffen auf morgen verschieben?«

»Meint Ihr denn, Euch geht es morgen schon wieder besser? Normalerweise seid Ihr doch zwei bis drei Tage aus dem Verkehr gezogen, wenn Ihr Migräne habt«, murrte Mathilde.

»Wenn ich mich heute schone, wird es mir morgen bestimmt schon besser gehen«, beharrte Sidonie eigensinnig.

»Und falls nicht, müsst Ihr es halt nochmal verschieben!«, konterte Tante Tilla mürrisch und versprach, Thekla entsprechend in Kenntnis zu setzen.

5

Freitag, 26. Juli 1838

Um neun Uhr vormittags näherte sich eine vollschlanke Dame mittleren Alters in einem geblümten Seidenkleid mit dazu passendem haubenartigem Hut, dessen fliederfarbene Seidenbänder unter dem Doppelkinn zu einer adretten Schleife gebunden waren, der Hauptwache und blickte sich verstohlen um, ehe sie die Klinke betätigte und eintrat.

»Frau Kommerzienrat Waltraud Sippel!«, näselte sie am Empfangstresen gewichtig. »Mein Gatte, Herr Kommerzienrat Sippel, und ich haben heute Morgen im Frankfurter Intelligenzblatt einen Artikel gelesen, in welchem über den heimtückischen Mord an einer Trinkhallenwärterin in der Taunusanlage berichtet wurde und die Bevölkerung um sachdienliche Hinweise gebeten wird. Nun, mein Gatte und ich sind dahingehend übereingekommen, dazu eine Aussage zu machen. Da mein Herr Gemahl jedoch beruflich unabkömmlich ist, bin ich alleine hier vorstellig geworden, ich spreche aber ganz in seinem Namen«, erklärte sie dem jungen Gendarmen Semmelweis, der ihr ungeduldig zuhörte und heimlich bereits entnervt mit den Augen rollte. Diese aufgeblasene Gans war heute schon die Fünfte, die den Artikel über den Mord in der Zeitung gelesen hatte und dazu eine Aussage machen wollte. Wahrscheinlich will sie nur die Belohnung kassieren wie alle anderen auch, dachte Semmelweis missmutig und war schon drauf und dran, die

Matrone, genauso wie die anderen Wichtigtuer, mit der Bemerkung, die Belohnung werde erst mit der Ergreifung des Täters ausgezahlt, gleich wieder fortzuschicken, als sein älterer Kollege Alfred Haider in die Wachstube gestürzt kam. »Haben sich bei dir schon Leute wegen dem Zeitungsartikel gemeldet?«, fragte er ihn herrisch.

Ludger Semmelweis, der erst seit Anfang des Jahres seine Ausbildung beendet und den Haider ein wenig unter seine Fittiche genommen hatte, runzelte irritiert die Stirn. »Nicht der Rede wert«, grummelte er abschätzig. »Lediglich ein paar Hungerleider, die sich irgendwelche Räuberpistolen ausgedacht haben, um die Belohnung zu kassieren!« Er streifte die Frau Kommerzienrat mit einem kecken Blick, die sich daraufhin empört in die Brust warf. »Ich muss doch sehr bitten!«, schnaubte sie entrüstet. »Solche Frechheiten muss ich mir nicht bieten lassen!« Die imposante Dame zog ein beleidigtes Gesicht, wandte sich brüsk ab und strebte dem Ausgang zu. Polizeigendarm Haider hastete hinter ihr her und hielt sie am Arm zurück. »Entschuldigt bitte vielmals, gnädige Frau, das hat der Kollege doch nicht so gemeint! Selbstverständlich legen wir größten Wert auf Eure Aussage und mein Vorgesetzter, Oberinspektor Wilde, möchte sie sogar persönlich entgegennehmen. Ich bitte, mir zu folgen, die Dame!« Haider schlug die Hacken zusammen und begleitete Frau Sippel zum Büro seines Chefs, wo er ihr katzbuckelnd die Tür aufhielt. Anschließend eilte er zurück in die Wachstube, um dem jungen Kollegen gehörig die Meinung zu geigen. »Hast du dir wenigstens den Namen und die Adresse der Leute notiert?«, fuhr er ihn an.

»Nein«, erwiderte Semmelweis kleinlaut und senkte betreten den Blick. »Aber Ihr habt doch selbst gesagt …«, grummelte er zerknirscht in Haiders Richtung.

»Was soll ich gesagt haben?«, bellte dieser erzürnt. »Ich habe nur gesagt, du sollst bei den Hinweisen aus der Bevölkerung ein bisschen die Spreu vom Weizen trennen. Mehr nicht! Und das heißt ja noch lange nicht, dass du gar nichts aufnehmen sollst, du Dämlack! Der Chef wird toben, wenn er das hört. Er muss schon so etwas geahnt haben, denn eben hat er mich gerufen und gesagt, dass er die Zeugen höchstpersönlich befragen will.« Der Obergendarm musterte den jungen Kollegen verdrossen. »Mensch, was hast du denn da nur wieder verbockt?«, raunzte er kopfschüttelnd. »Da kann man nur hoffen, dass uns durch deine Bummelei nichts Wichtiges durch die Lappen gegangen ist.«

»Bestimmt nicht, Herr Obergendarm«, suchte ihn Semmelweis zu beschwichtigen. »Das war lauter blödes Zeug, was die Leute so dahergeschwafelt haben, glaubt mir! Der eine will einen wilden, verwegenen Burschen mit Augenklappe und Narbengesicht in der Nähe des Wasserhäuschens gesehen haben. Der hat wohl zu viele Piratenbücher gelesen, kann ich da nur sagen! Ein anderer hat eine Personenbeschreibung abgegeben, die passt genau auf den irren Pitt – Ihr wisst doch, das ist der, der wo vor drei Jahren in Offenbach die beiden Schulmädchen aufgeschlitzt hat. Aber das kann ja gar nicht sein, weil dem Pitt doch schon längst die Rübe abgesäbelt worden ist.« Der junge Gendarm gab ein hämisches Lachen von sich, wurde aber sogleich wieder ernst, als er Haiders tadelnden Blick gewahrte. »Und da war noch so ein Wermutbruder, der gesagt hat, dass er ein Spezi vom Kerchelmann ist. Der hat doch glatt behauptet, er hätte einen Mann in Uniform gesehen, der sich zur Tatzeit um die Trinkhalle herumgedrückt hätte. Da hab ich ihn gefragt, warum nicht gleich ein Polizist und ob er manchmal auch schon weiße Mäuse sieht!«

»Na, auf solche Aussagen braucht man wirklich nichts zu geben!«, stimmte ihm Haider kopfschüttelnd zu. »Und – war das alles?«, fragte er brummig und musterte den Grünschnabel argwöhnisch.

»Nicht ganz«, entgegnete Semmelweis zerknirscht. »Gerade eben waren zwei Studenten da – das waren, glaube ich, noch die Seriösesten von allen«, räumte er mit unsicherer Miene ein. »Die wohnen in der Nähe vom alten Mainzertor, bei irgend so einer Witwe zur Untermiete. Jedenfalls kann die Tabakrauch nicht ausstehen und da sind die zwei Burschen noch am Dienstagabend gegen zehn Uhr in die Taunusanlage gegangen, um in Ruhe ein Pfeifchen zu schmauchen, und da hätten sie gesehen, wie direkt hinter der Trinkhalle die ganze Zeit ein Mann gestanden hätte. Er wäre ihnen gar nicht gleich aufgefallen, weil er so unbeweglich dastand und auf jemanden zu warten schien. Der Mann wäre groß und bullig gewesen und hätte eine Schiebermütze aufgehabt. Er hätte ausgesehen wie ein Arbeiter. Sie wüssten auch gar nicht, ob das wichtig wäre, aber das wäre ihnen an dem Abend aufgefallen – und gegen eine kleine Belohnung hätten sie auch nichts einzuwenden, haben sie noch gesagt. Und da hab ich mir gedacht, die sind auch nicht besser als die anderen, und habe sie wieder weggeschickt«, gestand der junge Polizeibeamte schuldbewusst und wagte gar nicht, den älteren Kollegen anzuschauen.

Alfred Haider seufzte resigniert. »Da hast du ja ganz schönen Murks gebaut, Ludger!«, rüffelte er ihn. »Und ich kann mir jetzt überlegen, wie du wieder aus dem Schlamassel rauskommst, ohne vom Chef eine Abmahnung zu kriegen.« Der Obergendarm zog seine sorgfältig gebürsteten buschigen Augenbrauen zusammen und schien angestrengt nachzudenken. »Du gehst jetzt zum Mainzertor und findest raus, wo diese Studenten wohnen. Dann befragst du sie noch mal, vermerkst Namen und Anschrift und lässt sie das Protokoll unterschreiben. Dann hast du wenigstens etwas, das du dem Chef vorweisen kannst. Was die anderen Zeugen anbetrifft, sagst du ihm halt, der eine wäre ein besoffener Tippelbruder gewesen, der nur scharf auf die Belohnung gewesen wäre, und die anderen beiden wären auch nicht viel besser gewesen. Ich kann ihm das im Vorfeld schon mal entsprechend verklickern, es ist nur, falls er dich nochmal darauf anspricht.« Haider fixierte den jungen Kollegen durchdringend. »Und von dem Mann in der Uniform, den dieser Penner am Wasserhäuschen gesehen haben will, sagst du am besten gar nichts, hast du mich verstanden? Das kann man eh nicht ernst nehmen und es sorgt nur für unnötige Verwirrung.«

»Darauf könnt Ihr Euch verlassen, Herr Obergendarm!«, versicherte Semmelweis nachdrücklich und lächelte den älteren Kollegen erleichtert an. »Und danke, dass Ihr mir helfen wollt«, fügte er mit gedämpfter Stimme hinzu und drückte ergriffen Haiders Hand. »Ihr seid ein echter Kamerad!«

Nachdem sich Oberinspektor Max Wilde und Frau Kommerzienrat Sippel miteinander bekannt gemacht hatten, bot Wilde der Dame höflich einen Stuhl an und nahm ihre Personalien auf. Gleich im Anschluss ließ die wuchtige Dame erstmal Dampf ab, indem sie sich über den wachhabenden Polizisten bitter beklagte. Wilde verzog verärgert das Gesicht. »Ich möchte mich für die Impertinenz des jungen Kollegen in aller Form bei Euch entschuldigen, gnädige Frau!«, erklärte er mit allem Nachdruck. »Er kommt aus dem Taunus und ist noch sehr jung und unerfahren«, fügte er entschuldigend hinzu und bat die Dame freundlich, nun ihre Aussage zu machen.

Waltraud Sippel nickte reserviert. Im Grunde genommen war sie aber schon längst versöhnt und streifte den gutaussehenden Oberinspektor mit den vortrefflichen Manieren mit einem verstohlenen Blick, aus dem eindeutiges Wohlwollen, aber auch eine Spur von Neid sprachen. Als Angehörige des Frankfurter Bildungsbürgertums war ihr durchaus bekannt, mit wem der schmucke junge Mann verheiratet war – und sie fragte sich mit einer gewissen Erbitterung, was er an dieser spindeldürren Dichterin fand, die zudem noch im gleichen Alter war wie Waltraud Sippel selbst. Nun gut, vielleicht braucht er ja einen Mutterersatz – so etwas soll es ja geben, dachte sie nicht ohne Häme und musste gegen ihren Willen grinsen, riss sich aber sogleich wieder zusammen. »Nun, Herr Oberinspektor, das war folgendermaßen«, begann sie wichtigtuerisch und schien die Aufmerksamkeit von Max Wilde sichtlich zu genießen. »Ihr müsst wissen, mein Herr Gatte und ich besitzen einen schwarzen Königspudel, dem wir, in Anlehnung an Herrn von Goethes Werk ›Faust‹, den Namen ›Mephisto‹ gegeben haben.« In ihre kleinen, tiefliegenden Augen trat unversehens ein warmer Glanz. »Unser Mephisto ist nicht nur ein wunderhübsches Tier, sondern auch besonders gutartig und folgsam. Er macht uns sehr viel Freude und wir möchten ihn nicht missen«, beteuerte Waltraud Sippel mit Rührung in der Stimme. »Jedenfalls haben der Herr Kommerzienrat und ich mit unserem Mephisto an besagtem Dienstagabend gegen zehn Uhr noch eine kleine Runde durch die Promenaden gedreht, wie wir das für gewöhnlich zu tun pflegen, damit sich das Tier vor der Nachtruhe noch ein wenig erleichtern kann. Wir sind also an der Baustelle vorbeiflaniert, um zu schauen, wie weit unser neuer Taunusbahnhof gediehen ist, und kamen schließlich auch an besagter Trinkhalle vorbei …« Sie hielt plötzlich inne, während ihr mächtiger Busen vor Erregung auf und ab wogte. »Und aus heiterem Himmel fing das gute Tier laut an zu bellen und lief aufgeregt zu dem Erfrischungspavillon. Dort stand ein Mann, der uns zuerst gar nicht aufgefallen war. Unser Mephisto stand vor ihm und bellte ihn an, was eigentlich gar nicht seine Art ist, denn normalerweise ist er die Gutmütigkeit in Person und deswegen können wir ihn auch im Park bedenkenlos von der Leine lassen.« Frau Kommerzienrat gab einen tiefen Seufzer von sich. »Und im nächsten Moment tritt doch dieser Grobian nach dem armen Tier!«, rief sie empört. »Mein Gatte und ich mochten unseren Augen nicht trauen und waren völlig außer uns! Obgleich der Herr Kommerzienrat Mephisto herbeirief, war das Tier kaum zu beruhigen und knurrte dieses Subjekt mit hochgezogenen Lefzen an. So aufgebracht habe ich unser liebes Pudelchen noch nie erlebt. Dann trat dieser Unhold wieder nach ihm und traf ihn schließlich am Hinterteil. Das arme Tier gab ein jämmerliches Jaulen von sich, das mir förmlich durch Mark und Bein ging, und flüchtete in wilder Panik zu uns zurück, wo mein Gatte es schließlich an die Leine nahm. Daraufhin kam es zwischen meinem Gatten, mir und dem Tierquäler zu einem erregten Wortgefecht, in welchem uns dieser gemeine Schuft sogar

Schläge androhte und uns empfahl, mit unserem ›Dreckskötere‹ schnellstens das Weite zu suchen!« Frau Kommerzienrat Sippel konnte vor Empörung kaum weitersprechen und gab pfeifende Atemgeräusche von sich. Max Wilde schenkte ihr besorgt ein Glas Wasser ein und öffnete den Fensterflügel, um Luft hereinzulassen. Frau Kommerzienrat Sippel atmete tief durch, trank einen Schluck Wasser und erholte sich ein Stück weit. »Das muss ein ganz, ganz böser Mensch gewesen sein!«, erklärte sie mit theatralisch erhobenem Zeigefinger, »denn sonst hätte ihn Mephisto nicht so angebellt. Ein Hund, der normalerweise …«

»Die Gutmütigkeit in Person ist!«, vervollständigte der Oberinspektor den Satz, mühte sich um einen neutralen Gesichtsausdruck und beschloss, endlich zur Sache zu kommen. »Wie sah er denn aus, dieser Mann?«, erkundigte er sich geduldig.

»Aus der Nähe haben wir ihn ja nicht gesehen, denn er war ein ganzes Stück von uns entfernt, und wir sind auch später, als wir den Streit mit ihm hatten, nicht näher an ihn herangetreten, sondern haben einen großen Bogen um ihn gemacht – was wahrscheinlich unser Glück war, sonst hätte uns womöglich das gleiche Schicksal ereilt wie die bedauerliche Trinkhallenwärterin!«, lamentierte Frau Sippel händeringend. »Außerdem hatte es ja auch schon angefangen zu dämmern und wir konnten das Gesicht des Mannes nicht so genau erkennen. Zudem trug er eine Schiebermütze, die er sich tief in die Stirn gezogen hatte. Wir können daher nur Angaben zu seiner Gestalt machen, wenn Euch das etwas hilft?« Die Matrone blickte den Oberinspektor fragend an, der daraufhin eifrig nickte. »Nur zu, meine Dame! Jeder Hinweis kann für uns von größter Wichtigkeit sein.«

Frau Kommerzienrat lächelte geschmeichelt. »Wir helfen doch gerne, wenn wir können«, erklärte sie gnädig, »und Ihr dürft mir glauben, Herr Oberinspektor, dass mein Gatte und ich unsere Eindrücke sorgfältig miteinander abgeglichen haben, denn wir möchten doch keine falschen Angaben machen!«

»Davon bin ich überzeugt, gnädige Frau!«, erwiderte Max Wilde, dem es zunehmend schwerfiel, die Geduld nicht zu verlieren, gepresst und musterte die übergewichtige Dame angespannt.

Frau Sippel kniff konzentriert die kleinen Augen zusammen. »Nun gut, wir sind dahingehend übereingekommen, dass der Mann recht groß war. Das heißt, er war mindestens 1,80 Meter, wenn nicht gar größer. Von seiner Statur her war er sehr kräftig und muskulös, eigentlich schon bullig. Alles in allem wirkte er äußerst wehrhaft und aggressiv, was uns ja auch davon abgehalten hat, uns weiter mit ihm anzulegen. Er mutete an wie ein Schläger, wie jemand, der darin geübt ist, andere zusammenzuschlagen oder auf sonstige Weise Gewalt anzuwenden. Den Beweis hat er uns ja auch geliefert, indem er ein wehrloses Tier getreten hat«, schnaubte Frau Kommerzienrat erbittert. »Außerdem hatte er Hände wie Grabschippen, einer, der gewohnt ist, zuzupacken, und er war auch gekleidet wie ein Arbeiter. Mein Gatte und ich sind uns beide nicht ganz sicher, weil man das in dem diffusen Licht nicht so genau erkennen konnte, aber mit hoher Wahrscheinlichkeit trug er einen sogenannten Blaumann, wie ihn Arbeiter auf Baustellen tragen. Es hätte also ohne Weiteres auch ein Arbeiter von der Baustelle des Taunusbahnhofs sein können, die ja nur einen Katzensprung von dem Wasserhäuschen entfernt ist.«

Max Wilde schrieb eifrig mit. Seine Miene wurde immer zufriedener. »Damit können wir doch etwas anfangen!«, sagte er anerkennend und erkundigte sich bei Frau Sippel, wie sich der Mann ausgedrückt habe und ob ihr in Bezug auf seine Stimme etwas aufgefallen sei.

Frau Kommerzienrat überlegte kurz. »Gesprochen hat er wie ein Flegel, aber das habe ich ja schon gesagt, dass er uns aufs Übelste beschimpft hat. Er hatte augenscheinlich keine gute Kinderstube genossen«, erklärte sie herablassend. »Ein Mensch ohne Anstand und Bildung, ein echter Prolet eben, mit dem anständige Leute wie wir keinen Umgang pflegen. Er drückte sich alles andere als gewählt aus und sein Frankfurter Dialekt war deutlich herauszuhören. Außerdem muss er eine verstopfte Nase gehabt haben oder er litt unter Polypen, denn er sprach wie jemand, der total verschnupft ist.«

Der Oberinspektor klatschte impulsiv in die Hände. »Ein Volltreffer!«, rief er erfreut und hätte die korpulente Dame umarmen können, was er indessen tunlichst vermied. »Ein anderer Zeuge hat genau das Gleiche gesagt – wenn auch in einem anderen Zusammenhang. Das ist für unsere Ermittlungen ein bedeutender Anhaltspunkt und ich danke Euch aufrichtig, gnädige Frau, für Eure detaillierte und exakte Zeugenaussage!« Max Wilde hatte sich hinter seinem Schreibtisch erhoben und schüttelte Frau Sippel enthusiastisch die Hand. Die Matrone errötete vor Freude und strahlte übers ganze Gesicht. »Das war meinem Gatten und mir eine Ehrensache!«, säuselte sie und kicherte verschämt wie ein Schulmädchen.

»Ich kann Euch versichern, verehrte Frau Kommerzienrat, im Falle, dass Eure Aussage zur Tätergreifung beiträgt, die ausgesetzte Belohnung an Euch ausgezahlt wird, dafür verbürge ich mich persönlich!«, versicherte der Oberinspektor Frau Sippel vollmundig und legte ihr anschließend das Protokoll zur Unterschrift vor. Frau Kommerzienrat überflog es und unterzeichnete schwungvoll.

Während Max Wilde die Dame zur Tür geleitete und sich formvollendet von ihr verabschiedete, ließ sich Waltraud Sippel in ihrem Überschwang gar dazu hinreißen, seiner werten Frau Gemahlin die herzlichsten Grüße zu übermitteln.

Als Frau Sippel gleich darauf hocherhobenen Hauptes durch die Wachstube rauschte, ohne den diensthabenden Polizisten Semmelweis auch nur eines Blickes zu würdigen, stürmte der Oberinspektor hinter ihr her und erklärte ihr atemlos, er habe noch ein Anliegen an sie.

Frau Kommerzienrat wandte sich erstaunt zu ihm um. »Bitte, gerne, Herr Oberinspektor!«, gurrte sie gönnerhaft.

»Wenn Ihr gestattet, würde ich Euch gerne einen Gefangenen vorführen. Schaut ihn Euch in Ruhe an und sagt mir anschließend, ob es sich bei ihm um den Mann handeln könnte, den Ihr am Dienstagabend in der Nähe der Trinkhalle gesehen habt«, erläuterte ihr Max Wilde und beauftragte die Polizisten Haider und Kittel, August Fette aus seiner Zelle zu holen, während er mit Frau Sippel in sein Büro zurückkehrte. Das pausbackige Gesicht der Dame hatte sich vor Aufregung gerötet, ihr war deutlich anzumerken, dass sie sich fürchtete.

»Ihr braucht keine Angst zu haben, der Mann ist mit Ketten fixiert und kann Euch nichts anhaben. Außerdem steht es ja auch keineswegs fest, dass er derjenige war, mit dem Ihr die Auseinandersetzung hattet«, suchte Wilde Frau Sippel zu beruhigen und erkundigte sich bei ihr, ob sie sich noch an den genauen Wortlaut seiner Beschimpfungen erinnere.

Waltraud Sippel wand sich vor Unbehagen. »Nun, es gebührt sich nicht für eine Dame, derlei Unflätigkeiten von sich zu geben …«

»Das verstehe ich gut, gnädige Frau, doch es dient möglicherweise der Wahrheitsfindung«, äußerte der Oberinspektor ernst.

Frau Sippel gab sich einen Ruck und stieß keuchend die Luft aus. »›Wenn ihr euren Dreckskӧter nicht sofort zurückpfeift, tret ich ihn zu Klump … Halt die Klappe, du Fettsack, und sieh zu, dass du Land gewinnst, sonst tret ich dir genauso in den Arsch wie deiner Töle!‹ – Das hat er, glaube ich, zu meinem Gatten gesagt, als er ihn wegen seiner Grobheit gegen Mephisto maßregelte.« Frau Kommerzienrat schüttelte sich vor Abscheu. »Ich bin es nicht gewohnt, solche Worte in den Mund zu nehmen«, murmelte sie betreten und fächelte sich Luft zu.

Im nächsten Moment wurde die Tür geöffnet und die Polizisten führten den Gefangenen herein. Frau Sippel fuhr erschrocken zusammen und warf dem Oberinspektor einen angstvollen Blick zu. Dieser bat sie höflich, sich umzudrehen und den Verdächtigen in Augenschein zu nehmen.

August Fette zog ein mürrisches Gesicht. Sein rechtes Augenlid zuckte nervös und er trat unbehaglich von einem Fuß auf den andern. Waltraud Sippel musterte den großen, bulligen Mann in der blauen Arbeitskleidung eingehend und für geraume Zeit herrschte in der Amtsstube bleierne Stille, während sich die Miene der Matrone zusehends verfinsterte. Sie zog angewidert die Mundwinkel nach unten und nickte dem Oberinspektor zu. »Vom Aussehen und der Kleidung her könnte er es durchaus gewesen sein!«, raunte sie verschwörerisch in Wildes Richtung.

»Vielen Dank, gnädige Frau«, erwiderte der Oberinspektor, dem sehr wohl bewusst war, dass viele Arbeiter eine ähnliche Statur hatten und genauso gekleidet waren wie August Fette, zurückhaltend und beschied Fette in amtlichem Tonfall, die beiden Sätze, welche er ihm anschließend vorspreche, laut und deutlich zu wiederholen.

»Warum denn das?«, murrte das Faktotum ärgerlich. »Ich habe diese Frau noch nie gesehen!«

Doch Wilde ließ sich auf keine Diskussionen ein. »Schluss jetzt!«, herrschte er ihn an. »Ihr tut jetzt gefälligst, was ich Euch sage!« Max Wilde holte tief Luft und mühte sich um einen neutralen Tonfall, als er die Beschimpfungen wiedergab. August Fette sah ihn begriffsstutzig an und musste unwillkürlich grinsen. »Wenn ihr euren Drecksköter nicht sofort zurückpfeift, tret ich ihn zu Klump«, leierte er herunter. »Halt die Klappe, du Fettsack, und sieh zu, dass du Land gewinnst, sonst tret ich dir genauso in den Arsch wie deiner Töle.«

Der Oberinspektor blickte fragend zu Frau Kommerzienrat Sippel, die unsicher die Brauen hochzog. »Ich bin mir nicht sicher …«, murmelte sie angespannt. Obgleich es sich bereits klar abgezeichnet hatte, dass Fettes tiefer Bass keinerlei nasale Laute aufwies, ersuchte ihn der Inspektor, die Sätze noch einmal aufzusagen. »Und wenn's geht, mit ein bisschen mehr Betonung«, fügte er hinzu. Der Gefangene grummelte mürrisch und tat, wie ihm geheißen. Auch wenn Waltraud Sippel es sichtlich zu bedauern schien, den groben Klotz, der bestimmt genug auf dem Kerbholz hatte, um hinter sicheren Gefängnismauern verwahrt zu bleiben, mit ihrer Aussage nicht zu belasten, so schüttelte sie doch unwirsch den Kopf und äußerte: »Nein, ich glaube nicht! Der andere Mann sprach mehr durch die Nase.«

Nachdem auch der blinde Willi, den Max Wilde von einem seiner Leute von seinem Stammplatz vor der Katharinenkirche holen ließ, bekundet hatte, dass die Stimme von August Fette ganz anders klinge als die des Mannes, der ihm den Schmähbrief an die Dichterin übergeben hatte, entschied der Oberinspektor, Fette wieder auf freien Fuß zu setzen. Denn sowohl der Wirt Rudolf Schwab, der im gestrigen Verhör zugegeben hatte, August Fette zu der Verunreinigung des Wasserhäuschens angestiftet zu haben, als auch seine Ehefrau und seine Angestellte hatten übereinstimmend bezeugt, dass der Hausknecht erst gegen elf Uhr nachts zur Taunusanlage aufgebrochen sei. Einem Zeitpunkt, zu dem Sussi Kesselheim bereits nicht mehr lebte. Trotz alledem war dem Oberinspektor die Entscheidung, Fette aus der Haft zu entlassen, nicht leichtgefallen, und wenn er an Sidonie dachte, beschlich ihn dabei fast ein schlechtes Gewissen. Der Bericht der Vorsteherin des städtischen Waisenhauses war mehr als schockierend und hatte Fette zunächst auch schwer belastet. Als der Oberinspektor ihn jedoch im Beisein von Charlotte Wohl damit konfrontiert hatte, war August Fette weinend zusammengebrochen und hatte bei allem, was ihm heilig war, geschworen, den Mord an der Trinkhallenwärterin nicht begangen zu haben – was Wilde ihm sogar geglaubt hatte.

»Ich behalte Euch im Auge!«, ließ er Fette wissen, ehe der den Raum verließ, und beauftragte die Polizisten Haider und Kittel, sich sogleich die Gleis- und Bauarbeiter des Taunusbahnhofs vorzuknöpfen. »Und legt ein Augenmerk darauf, ob einer von ihnen durch die Nase spricht«, ermahnte er sie abschließend.

Als sich die Polizeigendarmen Alfred Haider und Franz Kittel am frühen Nachmittag der Baustelle des Taunusbahnhofs näherten und die zahllosen Arbeiter gewahrten, die in der Gluthitze Gleisschwellen verlegten oder Steine schleppten, seufzten sie resigniert und sahen sich ermattet nach einem schattigen Plätzchen um, welches indessen im Bereich der Baustelle nur schwerlich zu finden war.

Obgleich sie keine anstrengende Arbeit zu verrichten hatten wie jene, schwitzten sie in ihren schweren dunkelgrünen Uniformen doch erheblich und selbst dem wie aus dem Ei gepellten Alfred Haider rann der Schweiß in Strömen übers Gesicht. Er zückte ein säuberlich gefaltetes Taschentuch aus der Hosentasche und wischte sich die Stirn ab. »Da haben wir ja ganz schön was vor uns!«, ächzte er mit Blick auf die Baustelle, die in ihrer regen Geschäftigkeit einem staubigen Ameisenhaufen glich.

»Wenn wir die alle befragen wollen, sind wir morgen Mittag noch hier!«, maulte sein Kollege verdrossen.

Haider schwieg und dachte nach. Auch er verspürte wenig Lust, sich in das Gewimmel zu stürzen, mochte jedoch keineswegs als pflichtvergessen erscheinen. Der Befehl seines Chefs war eindeutig gewesen. Da er sich seinen jüngeren, im Dienstgrad unter ihm stehenden Kollegen gegenüber zwar gerne jovial gab, obschon er sich stets das Vorrecht einräumte, anstehende Entscheidungen zu treffen, die selbstredend untadelig zu sein hatten, so besann er sich auch jetzt auf eine integere Lösung. »Ich denke, wir sollten zuerst einmal mit dem Vorarbeiter sprechen!«, erklärte er entschieden und strebte zur Baustelle hin.

Nachdem die Polizisten einige Arbeiter angesprochen hatten, erwies es sich, dass es gleich mehrere Vorarbeiter gab. Einer war für die Maurer zuständig, ein anderer für die Schreiner und Zimmerleute verantwortlich, ein dritter für die Maler und Verputzer und selbst die Hilfsarbeiter, die deutlich in der Überzahl waren, hatten ihren eigenen Vorarbeiter. Haider schlug vor, dass sie sich aufteilten. Er erklärte sich bereit, mit dem Vorarbeiter der Hilfskräfte zu sprechen, und Kittel sollte mit dem Maurerpolier reden. Bevor sich ihre Wege trennten, ließ Haider durchblicken, dass sie sich möglicherweise später auf der Hauptwache Verstärkung holen müssten, um eine sorgfältige Befragung zu gewährleisten.

Josef Sutter, der für die Einteilung und Unterbringung der Hilfsarbeiter zuständig war, war ein baumlanger Kerl mit einem Kreuz wie ein Kleiderschrank. Als Obergendarm Haider ihm erklärte, er ermittle in dem Mordfall an der Trinkhallenwärterin aus dem benachbarten Erfrischungspavillon, zu dessen Kundenkreis ja auch die Arbeiter der Baustelle gehörten, verzog Sutter sein sonnenverbranntes, verwittertes Gesicht zu einem breiten Grinsen.

»Was gibt es denn da zu lachen?«, blaffte Haider, den es schon die ganze Zeit ärgerte, wie despektierlich der Hüne auf den um mindestens zwei Köpfe kleineren Polizisten herabblickte.

»Na ja, meine Leute saufen zum Feierabend lieber Branntwein als Wasser, was aber nicht heißen soll, dass sie nicht doch manchmal die Dienste dieser *Dame* in

Anspruch genommen haben«, erwiderte er und schlug anzüglich mit der rechten Handfläche auf die zur hohlen Faust geformte Linke.

»Mehrere Zeugen haben ausgesagt, dass sich ein Arbeiter zur Tatzeit in der Nähe der Trinkhalle aufgehalten hat«, erklärte Haider scharf und fixierte den Vorarbeiter mit stechendem Blick. »Daher richten sich unsere polizeilichen Ermittlungen jetzt auch auf die Arbeiter der Baustelle in der Taunusanlage, um zu erfragen, wo genau sie sich am Dienstagabend um zehn Uhr abends aufgehalten haben.«

»Das kann ich Euch sagen«, erwiderte der Vorarbeiter trocken. »Um diese Zeit lagen sie alle schon in ihren Betten und waren am Pennen.«

»Wie könnt Ihr Euch da so sicher sein?«, erkundigte sich Haider skeptisch.

»Wenn Ihr 14 Stunden bei dieser Affenhitze Steine geschleppt oder schwere Eichenschwellen durch die Gegend gewuchtet habt, fallt Ihr anschließend auch auf Eure Pritsche und gebt keinen Muckser mehr von Euch«, höhnte Josef Sutter. »Erst recht, wenn Ihr zum Feierabend noch einen ordentlichen Schoppen Branntwein gesoffen habt …«

Der Obergendarm blinzelte irritiert. »Wieso denn Branntwein?«, fragte er tadelnd.

Der Vorarbeiter, der breitbeinig vor ihm stand und herausfordernd die muskulösen Arme in die Hüften stemmte, musterte ihn ungerührt. »Die Arbeiter haben die Möglichkeit, sich von der Taunusbahngesellschaft einen Teil ihres Lohns in Form von Branntwein auszahlen zu lassen. Und die meisten machen eifrig davon Gebrauch – was man den armen Schweinen auch nicht verdenken kann.« Die hellen Augen des Vorarbeiters blitzten aufmüpfig.

»Wieso denn das?«, schnarrte der Obergendarm vorwurfsvoll. »Unsereinem wird auch nichts geschenkt und man säuft sich trotzdem nicht jeden Abend die Hucke voll …«

»Ihr seid aber Beamter und habt ein geregeltes Einkommen«, konterte Sutter barsch, »und lebt zu Hause bei Eurer Familie, wo Eure Frau Euch umsorgt und bekocht. Die armen Teufel, die hier auf der Baustelle schuften, kommen aus dem Hunsrück, dem Westerwald oder dem Vogelsberg, wir haben sogar etliche aus dem Rheinland bei uns. Das sind meistenteils arme Bauern oder kleine Handwerker, denen es daheim so dreckig geht, dass sie und ihre Leute fast am Verhungern sind. Die schinden sich von früh bis spät für einen Hungerlohn, damit ihre Blagen zu Hause was zu fressen haben.«

Der Obergendarm schüttelte indigniert den Kopf. »Dann verstehe ich aber erst recht nicht, warum sie dann noch einen Gutteil ihres knappen Salärs versaufen.«

»Weil das das einzige bisschen Freude ist, das sie hier in der Fremde haben!«, blaffte der Vorarbeiter. Haider zog unwillig die gepflegten Brauen nach oben und enthielt sich eines weiteren Kommentars. »Wie viele Arbeiter schlafen denn in der Baracke?«, fragte er stattdessen.

»So um die 80.«

»Und Ihr, schlaft Ihr auch dort oder habt Ihr eine Extra-Unterkunft?«, fragte Haider mit einer gewissen Häme.

»Dazu verdiene ich nicht genug, um mir eine *Extra-Unterkunft* leisten zu können«, erwiderte der Vorarbeiter forsch. »Außerdem bin ich aus dem Saarland und das ist nicht gerade um die Ecke.«

Haider fixierte den Hünen lauernd. »Und Ihr könnt Euch also für Eure Leute verbürgen, dass sie am Dienstagabend allesamt um die besagte Uhrzeit in ihren Betten gelegen sind und geschlafen haben?«

Josef Sutter nickte verhalten. »Zumindest für diejenigen, die von auswärts kommen und in der Wohnbaracke untergebracht sind«, bestätigte er merklich zurückhaltender. »Wir haben aber auch noch etliche Hilfsarbeiter, die aus Frankfurt oder der näheren Umgebung kommen. Die haben ihre eigenen Wohnungen und gehen nach Feierabend nach Hause. Für die kann ich natürlich nicht sprechen.«

Haider lächelte triumphierend. »Ich benötige umgehend die Namenslisten der Arbeiter, die in der Baracke untergebracht sind, und die der ortsansässigen Männer, die in ihren eigenen Wohnungen schlafen«, verlangte er mit Blick auf Sutter, dem unwillkürlich die Kinnlade herunterklappte, gewichtig.

»Dann müssen wir in die Baracke gehen«, entgegnete der Vorarbeiter missmutig. »Das passt mir jetzt gar nicht, wo wir so unter Druck stehen«, knurrte er ungehalten. »Kann ich Euch das nicht nachreichen?«

»Auf gar keinen Fall!«, beschied ihn Haider schadenfroh und warf sich in die Brust. »Wir ermitteln hier schließlich in einem Mordfall und nicht, weil einer auf der Baustelle ein paar rostige Nägel geklaut hat!«

Der Vorarbeiter gab ein enerviertes Aufseufzen von sich. »Gut, dann wartet hier solange, ich gehe sie holen.«

»Ich glaube, es ist besser, wenn ich Euch begleite«, insistierte der Obergendarm und sah sein Gegenüber durchdringend an. »Ich muss nämlich Eure vollständigen Personalien aufnehmen und Eure Aussage schriftlich festhalten, für die Ihr mir anschließend mit Eurer Unterschrift geradestehen müsst«, erklärte er in belehrendem Tonfall. »Dazu wäre es schon besser, wenn ich mich setzen könnte und eine feste Schreibunterlage hätte.«

»Ein Schreibkontor kann ich Euch leider nicht bieten, aber das müsste schon irgendwie zu machen sein«, erwiderte der Vorarbeiter spitz.

»Darum möchte ich auch sehr bitten!«, bemerkte Haider schneidend und folgte dem Mann zu den langgezogenen Holzbaracken, die den Rand der Taunusanlage säumten.

War der stets auf Reinlichkeit bedachte Obergendarm schon reichlich angewidert, als er hinter dem Vorarbeiter die Baustelle überquerte und die unangenehmen Ausdünstungen der Arbeiter roch, so hielt er sich beim Passieren der hölzernen Abortbuden in schon fast panischer Abscheu die Nase zu. Mit der anderen Hand suchte er hektisch die dicken schwarzen Fliegen abzuwehren, die sich in Heerscharen um die schäbigen Provisorien tummelten.

»Ist was?«, fragte der Vorarbeiter hohntriefend, der sich augenscheinlich sehr zusammennehmen musste, um beim Anblick des wild gestikulierenden Obergendarmen nicht lauthals loszuprusten.

»Ich habe keine Lust, mich noch mit irgendeiner heimtückischen Krankheit anzustecken«, zeterte Haider aufgebracht.

»Die einzige Krankheit, unter der die Leute hier leiden, heißt ›Armut‹ – aber die ist, soweit ich weiß, nicht ansteckend«, sagte der Vorarbeiter sarkastisch.

»Euch wird Euer freches Mundwerk schon noch vergehen, das kann ich Euch versprechen!«, platzte Haider der Kragen und der bereits vorhin gefasste Vorsatz, dem anmaßenden Burschen gehörig das Leben schwer zu machen, verstärkte sich noch.

In der Baracke war es derart heiß und stickig, dass dem Obergendarmen der Schweiß in Strömen die Brust und den Rücken herunterlief, und es roch ähnlich penetrant nach menschlichen Ausdünstungen wie auf der Baustelle. Das Mobiliar war mehr als karg und bestand im Wesentlichen aus einer langen Reihe hölzerner Spinde, die sich an den beiden Längsseiten der Baracke langzogen, und vier Reihen von einfachen Holzpritschen, die in drei Etagen aufeinandergestapelt waren. Die wenigen Kissen und Laken, die auf den Pritschen zu sehen waren, waren zerknüllt und schmuddelig. Die meisten Arbeiter schienen auf den blanken Holzbrettern zu schlafen.

»Das ist vielleicht ein Saustall hier!«, keifte der Obergendarm ungehalten. »Beim Kommiss hätte es sowas nicht gegeben!«

»Beim Kommiss muss sich auch keiner so schinden wie die Arbeiter hier. Wenn die von der Baustelle kommen, sind die so erledigt, dass sie keine Kraft mehr zum Aufräumen haben«, konterte der Vorarbeiter.

»Trotzdem – Ordnung muss sein!«, polterte Haider unnachsichtig und sah sich erschöpft nach einer Sitzgelegenheit um. Sutter wies auf mehrere Holzbänke und Tische an der Stirnseite. »Dort könnt Ihr Euch hinsetzen«, erklärte er knapp und ging zu seinem Schrank, um die Namenslisten zu holen.

Als er sie dem Polizeibeamten wenig später anreichte, studierte Haider sie konzentriert. Dann zog er aus der Innentasche seiner Uniformjacke seine Schreibutensilien hervor und machte sich sorgfältig Notizen. Anschließend verlas er dem Vorarbeiter seine Aussage und ließ sie sich von ihm unterschreiben. »Fürs Erste genügt das«, grummelte er missmutig. »Es kann aber durchaus sein, dass mein

Vorgesetzter Euch vorladen lässt und anordnet, unter den Arbeitern Verhöre durchzuführen – was ich als Einzelner im Moment nicht leisten kann.« Mit Ingrimm gewahrte er, wie sich Sutters Miene verdüsterte. Er besah sich die andere Namensliste und setzte genüsslich noch einen drauf: »Das sind ein gutes Dutzend Namen, ein Pensum, das ich durchaus bewältigen kann«, bemerkte er zufrieden. »Holt mir also die Männer herbei, die nicht in der Baracke kampieren – und zwar *umgehend*!«

»Soll ich sie jetzt mitten aus der Arbeit reißen?«, fragte der Vorarbeiter entrüstet.

»Genau das!«, raunzte Haider mit Nachdruck. »Und je eher sie hier sind, umso eher können sie auch wieder gehen!«

Der große, bullige Mann mit dem kahlrasierten Schädel und den groben Gesichtszügen schwitzte wie ein Stier, als er gemeinsam mit den anderen Hilfsarbeitern in der Baracke herumstand und ebenso wie sie darauf wartete, von dem am Tisch sitzenden Polizeibeamten aufgerufen zu werden. Drei von ihnen waren bereits befragt worden und waren mit sichtlich erleichterten Mienen wieder hinausgeeilt.

Je länger es dauerte, desto unbehaglicher fühlte er sich. Mehr und mehr kam er sich vor wie ein Delinquent, der zum Schafott geführt wurde. Seine Atemzüge wurden immer hektischer und hörten sich an wie ein Grunzen – was ihm ja auch seinen Spitznamen eingetragen hatte: Auf der Baustelle nannten ihn alle die ›Pottsau‹. In der Tat hatte sein feistes Gesicht etwas Schweineartiges. Die blauen Augen mit den hellen Wimpern, die rosafarbene Haut, die von der Sonne immer nur röter wurde, anstatt in Bräune überzugehen, und die rüsselartige Sattelnase, die nach etlichen Brüchen schief zusammengewachsen war. Unter den Männern auf der Baustelle hatte er keinen Kumpel. Sie mochten ihn nicht und er sie auch nicht. Das war nun einmal so, wenn man bessere Tage gesehen hatte wie er. Und mit diesen armen Schluckern hier mochte er sich nicht gemeinmachen. Wirklich nicht, da blieb er lieber für sich. Außerdem hatte er ja einen Kumpan aus alten Zeiten, als es ihm noch besser ging, und der genügte ihm.

Einer nach dem anderen wurde aufgerufen, trat nach vorne, stand dem Polizisten Rede und Antwort und durfte wieder gehen. Nur er kam immer noch nicht an die Reihe, obwohl er, wenn der Polizist alphabetisch vorgehen würde, schon längst dran gewesen wäre. Aber das tat er offensichtlich nicht – und er hatte bestimmt seine Gründe dafür! Inzwischen schwitzte er schon regelrecht Blut vor lauter Bangigkeit. Was hatte der Kerl nur mit ihm vor?

Dann war er plötzlich der Letzte. Er blickte sich gehetzt um – und der Einzige, denn auch der Vorarbeiter war nicht mehr da! Ehe er noch einen klaren Gedanken fassen konnte, rief der Mann in der Uniform auch schon seinen Namen. Es klang fast hämisch. Am liebsten hätte er seine Beine in die Hand genommen und wäre Hals über Kopf geflüchtet. Doch er war vor Panik wie gelähmt und schaffte es kaum noch, sich auf den Obergendarmen zuzubewegen, der hinter seinem Tisch auf ihn lauerte wie der Henker persönlich.

»Na, komm endlich her, ich tu dir schon nichts!«, erklang die Stimme des Polizisten tückisch – und er hätte sich vor Angst fast in die Hose gemacht.

Am späten Nachmittag hielt es Sidonie nicht mehr länger auf ihrem Krankenlager. Obwohl der Kopfschmerz noch gewaltig hinter ihrer Stirn tobte, richtete sie sich langsam auf und schob mühsam die Beine aus dem Bett. Für kurze Zeit herrschte vor ihren Augen rabenschwarze Nacht und ihr wurde es speiübel. Bitte nicht wieder brechen, dachte sie flehentlich und tastete in dem abgedunkelten Raum, durch dessen geschlossene Fensterläden nur spärliche Lichtstrahlen drangen, auf der Nachtkonsole nach ihrem Kamillentee. Sie trank in kleinen Schlucken den abgekühlten Pflanzensud und spürte, dass ihr Magen sich wieder etwas beruhigte – was allerdings nicht für den Kopfschmerz galt. Diese verfluchten Schmerzen hinderten sie am klaren Denken, von sonstigen Aktivitäten ganz zu schweigen. Ergrimmt zog sie die Nachttischschublade auf und tat etwas, das sie nur in äußersten Notfällen tat: Sie ergriff das kleine Fläschchen Laudanum und träufelte sich ein ordentliches Quantum in den Tee. Denn das ist eine Art von Notfall, beschied sie sich trotzig und leerte den Becher in einem Zug. Während sie zum Waschtisch wankte, um sich ein wenig frisch zu machen, spürte sie eine angenehme Wärme in der Magengrube. Sie fühlte sich zwar etwas schläfrig und benommen, doch die Schmerzen erschienen gedämpfter. Nach dem Waschen tupfte sie sich Eau de Cologne auf Stirn und Schläfen, kämmte sich behutsam die zerzausten roten Haare, wand sie zu einem Knoten und steckte sie hoch. Dann trat sie ans Fenster und öffnete vorsichtig den Laden. Die grellen Sonnenstrahlen schmerzten in ihren Augen wie Peitschenhiebe. Rasch schob sie den Laden wieder zusammen, gerade soweit, dass er nur noch einen Spaltbreit geöffnet war, damit sie besser sehen konnte. Sie würde dunkle Augengläser tragen müssen, für ihre lichtempfindlichen Augen war das gleißende Sonnenlicht eine Qual. Auf wackligen Beinen stakste sie zum Schrank, um sich anzukleiden. Sie entschied sich für ein schlichtes schilfgrünes Seidenkleid, setzte einen dazu passenden haubenartigen Strohhut mit pastellgrünen Seidenbändern auf und warf einen Blick in den Spiegel. Erschrocken wich sie zurück. Mit den dunklen Augenrändern unter den geröteten Augen und der wachsbleichen Gesichtsfarbe sah sie aus wie ein Geist! Max würde einen Schreck kriegen, wenn er sie so sah. Hastig kramte sie in ihrer Handtasche nach dem karmesinroten Lippenbalsam und strich sich etwas davon auf die Lippen. In der Tasche fand sie auch ihr Etui mit den getönten Augengläsern. Jetzt musste sie nur noch Schuhe anziehen, ihren Sonnenschirm nehmen und los ging es, suchte sie sich zu motivieren. Ein kleiner Spaziergang zur Hauptwache würde ihr guttun – auch wenn es ihr schwerfiel, sich auf den Beinen zu halten. Das wird schon wieder, lass dich nicht so gehen, ermahnte sie sich selber. Schließlich musste sie wissen, was die neusten Polizeiermittlungen ergeben hatten, und außerdem war sie heute Abend mit Thekla verabredet und das wollte sie nicht schon wieder absagen. Sussis Mörder war noch immer nicht überführt und da konnte sie doch nicht länger im Bett liegen bleiben und den Dingen ihren Lauf lassen. Kurzentschlossen packte sie das Laudanum in die Handtasche. Das wird gegen die Schmerzen helfen, wenn sie gar zu schlimm werden …

Tante Tilla mochte ihren Augen nicht trauen, als Sidonie wenig später ausgehfertig die Treppe herunterkam. »Ihr seid doch nicht ganz gescheit!«, rief sie empört. »Wollt Ihr unterwegs irgendwo zusammenklappen, so blass und hinfällig, wie Ihr seid! Ihr gehört unbedingt ins Bett und braucht Ruhe!«, zeterte sie und stellte sich Sidonie in den Weg. »Das kann ich nicht verantworten, der gnädige Herr macht mir die ärgsten Vorwürfe, wenn ich Euch in so einem Zustand gehen lasse – und das zu Recht!«

Sidonie, die merkte, dass sie mit Starrsinn nicht gegen ihre Haushälterin ankam – außerdem musste sie sich eingestehen, dass Tante Tilla gar nicht so unrecht hatte, denn sie fühlte sich tatsächlich noch sehr mitgenommen, versuchte, einen Kompromiss rauszuschlagen. »Und wenn du mitkommst?«, fragte sie entwaffnend. »Mit dir an meiner Seite kann mir doch nichts passieren.«

»Wo wollt Ihr denn eigentlich hin?«, fragte Mathilde bärbeißig, »und was gibt es denn so Wichtiges, das sich nicht noch ein paar Tage aufschieben lässt?«

Sidonie tätschelte ihrer alten Haushälterin beschwichtigend die Schulter. »Ich will zur Hauptwache, um Max zu fragen, ob sich in dem Mordfall etwas Neues ergeben hat – und ich denke, das ist wichtig genug«, setzte sie bestimmt hinzu.

Tante Tilla blickte skeptisch. »Schon – aber hat das nicht Zeit bis heute Abend, wenn der gnädige Herr von der Arbeit nach Hause kommt?«

»Solange will und kann ich nicht warten!«, entgegnete Sidonie entschieden. »Momentan hat er so viel zu tun, dass er meistens nicht vor acht Uhr heimkommt.«

»Na und, das würde doch auch noch reichen«, murmelte Mathilde unwillig und seufzte. »Dann schlaft Ihr noch ein bisschen und später esst Ihr ein gutes Hühnersüppchen, das wird Euch stärken, und Ihr werdet sehen, dass es Euch dann schon ein ganzes Stück besser geht, wenn der Herr Max nach Hause kommt«, versuchte sie, ihre Herrin umzustimmen, obgleich sie wusste, dass dies ein schwieriges, wenn nicht gar unmögliches Unterfangen war. Die Widerworte ließen auch nicht lange auf sich warten: »Das geht nicht!«, erwiderte Sidonie prompt. »Wie du ja weißt, bin ich um acht Uhr mit Thekla verabredet.«

»Falls es Euch bis dahin wieder besser geht und das sieht nicht unbedingt danach aus! Das habe ich auch zu Thekla gesagt und sie hat großes Verständnis gezeigt und gemeint, Ihr sollt Euch bloß richtig auskurieren!«

»Ich habe mich genug geschont!«, sagte Sidonie barsch und massierte sich die Schläfen.

»Seht Ihr, das habt Ihr jetzt davon, weil Ihr nur wieder mit dem Kopf durch die Wand wollt, anstatt ausnahmsweise mal vernünftig zu sein!«, schimpfte Mathilde erbittert.

»Das ist dein lautes Rummeckern, das mir Kopfschmerzen bereitet«, schnaubte Sidonie gereizt und war schon drauf und dran, sich an der kräftigen Mathilde vorbeizuzwängen, als die alte Aufwartefrau unversehens in Tränen ausbrach. »Da meint man es nur gut mit Euch und dann muss man sich sowas sagen lassen …«, presste sie unter Tränen hervor. Sidonie musterte Mathilde betroffen und legte tröstend die Arme um sie. »Das weiß ich doch, dass du es gut mit mir meinst, Tante Tilla, nur – du bist halt manchmal auch eine ganz schöne Nervensäge.«

»Das kann ich nur zurückgeben«, knurrte die Haushälterin und musste trotz der Tränen grinsen.

Sidonie lächelte gleichfalls. »Wir zwei sind wie ein altes Ehepaar. Nach mehr als 30 Jahren, die wir schon gemeinsam verbracht haben, werden wir uns immer ähnlicher«, bemerkte sie spitzbübisch und streichelte Mathilde über die Wange. »Was ist – kommst du jetzt mit oder soll ich alleine gehen?«

»Gehen tut keine von uns – wir fahren! Wofür haben wir denn die teure Kalesche und den Schimmel hinten im Stall stehen?«, verkündete Tante Tilla resolut und eilte geschäftig zur Haustür. »Ich spann rasch das Pferd an und dann kann's losgehen!«

Sidonie, die gar nicht auf die Idee gekommen wäre, die elegante Halbchaise, die sie Max im Februar von ihren Büchertantiemen zum Geburtstag geschenkt hatte, für eigene Ausflüge zu verwenden, war indessen von Mathildes Vorschlag durchaus angetan. Auf diese Art könnte sie sich noch ein wenig schonen und der Fahrtwind würde ihr guttun.

Obgleich Ludger Semmelweis mit seinen 21 Jahren noch nie ein Buch in den Händen gehalten hatte, so erfüllte es ihn doch mit einiger Ehrfurcht, der Frau seines Chefs am Empfangstresen der Hauptwache Auge in Auge zu begegnen, von der er wusste, dass sie eine berühmte Dichterin war. Auch wenn man ihr das auf den ersten Blick weder ansah noch anmerkte, so unprätentiös, wie sie sich gab und kleidete. Die wenigen bedeutenden Menschen, die er schon aus der Nähe gesehen hatte, machten alle weitaus mehr Aufhebens um sich. Mit ihrem klugen, vergeistigten Gesicht und den hochgesteckten roten Haaren erinnerte sie ihn eher an eine einfache Schullehrerin. Wenn auch nicht von jener sauertöpfischen, verknöcherten Sorte, die keinen Mann abgekriegt hatten und dafür die Kinder triezten, dazu hatte sie viel zu viel Herz und Humor.

»Guten Tag, junger Mann!«, begrüßte Sidonie ihn freundlich und erkundigte sich, ob sie denn ihren Gatten sprechen könne.

»Das tut mir leid, Frau ... Wilde«, lispelte er verschämt und spürte, dass er errötete, »aber der Herr Oberinspektor hat vorhin alle verfügbaren Leute zusammengetrommelt und ist mit ihnen zur Taunusbahnbaustelle, um die Arbeiter zu befragen. Die Kollegen Kittel und Haider, die damit beauftragt waren, schaffen das nämlich nicht alleine und haben um Verstärkung gebeten.«

»Ach so«, sagte Sidonie verwundert und musterte den milchbärtigen jungen Polizisten angespannt. »Hat sich denn in Bezug auf die Mordermittlungen etwas Neues ergeben?«

Ludger Semmelweis zögerte kurz mit seiner Antwort, besann sich aber darauf, dass sein Chef vor ein paar Tagen bei der Versammlung angeordnet hatte, seine Frau und ihre Freundin in die Mordermittlungen mit einzubeziehen, da sie das Opfer persönlich gekannt hatten. »Da war einiges ...«, erklärte er schließlich und erläuterte Sidonie, am Anfang noch mit sichtlicher Befangenheit, späterhin jedoch immer mitteilsamer, was sich im Lauf des Vormittags auf der Polizeiwache alles zugetragen hatte. Gewichtig berichtete er vom regen Zulauf an Zeugen, die dem Aufruf des Zeitungsartikels gefolgt seien, und hob nicht ganz ohne Stolz hervor, dass die Aussagen der beiden Studenten, die er befragt habe, mit den Angaben der Frau Kommerzienrat dahingehend übereinstimmten, dass sich zur Tatzeit ein großer, bulliger Mann in Arbeitskleidung in der Nähe der Trinkhalle aufgehalten habe. »Der Chef hat daraufhin den Fette aus der Zelle holen lassen und ihn der Sippel, äh, der Frau Kommerzienrat, vorführen lassen. Und er musste auch was nachschwätzen, was der Herr Oberinspektor ihm vorgesagt hat. Jedenfalls hat die Frau dann gesagt, der wäre das nicht gewesen und der Mann, den wo die und ihr Mann gesehen haben, hätt auch viel mehr durch die Nase geredet als der Fette. Da musste ihn der Chef dann gehen lassen, weil der ja auch für die Tatzeit ein Alibi hatte. Dann hat der Chef den Haider und den Kittel auf die Baustelle geschickt, doch das haben die alleine nicht gepackt, weil's ja mehr als 100 Arbeiter sind, die befragt werden müssen, und da ist der Chef mit den anderen Kollegen zu ihnen gestoßen, damit die Verstärkung haben. Aber das habe ich Euch ja alles schon gesagt«, berichtete der junge Polizist eifrig.

Sidonie, die ihm gebannt zugehört hatte, dankte ihm höflich und stakste wieder hinaus.

»Na, das ging aber schnell«, sagte Tante Tilla, als Sidonie neben sie auf den Kutschbock kletterte. »Warum setzt Ihr Euch denn nicht wieder hinten in die Kutsche, da habt Ihr es doch viel bequemer und das ruckelt auch nicht so wie hier vorne?«, fragte die Haushälterin stirnrunzelnd. Doch Sidonie, die angestrengt am Nachdenken war, blieb ihr die Antwort schuldig – welche vor allem darauf gründete, dass es der Dichterin unangenehm war, wie eine Gräfin auf der weichgepolsterten Rückbank zu thronen und sich von ihrer Dienerin kutschieren zu lassen. »Ein großer, bulliger Mann mit Frankfurter Dialekt, der Arbeitskleidung trägt und auffällig durch die Nase spricht. Wer kann das nur sein?«, murmelte sie gedankenversunken und starrte abwesend vor sich hin.

»Entweder ein Arbeiter, der Schnupfen hat, oder einer vom Militär, der einen Hieb oder ein Geschoss auf die Nase gekriegt hat. Ich kannte früher einen Kriegsveteranen, dem hat ein französisches Schrapnell das Nasenbein zertrümmert«, entgegnete Mathilde.

»Ein ehemaliger Soldat oder Kriegsversehrter?«, überlegte Sidonie leise und blickte immer noch ins Weite. »Aber der würde dann doch eher eine alte Uniform tragen als einen Blaumann?«

Tante Tilla zuckte ratlos mit den Achseln. »Und – fahren wir wieder heim?«, erkundigte sie sich pragmatisch.

»Nein, nein!«, platzte es aus Sidonie heraus. »Wir fahren zur Taunusbahnbaustelle. Ich muss unbedingt mit Max reden. Und vielleicht kann ich die Polizei ja ein wenig unterstützen, wenn sie so viel zu tun haben …«

»Na, darauf haben die garantiert nur gewartet!«, knurrte Tante Tilla verdrossen und ergriff die Zügel. »Was kann denn das schon für eine Unterstützung sein, so malad, wie Ihr seid.«

»Das ist ja ganz lieb von dir, mein Mädchen, dass du uns helfen willst«, sagte Max Wilde zu Sidonie, mit der er am Rande der Baustelle stand, und drückte liebevoll ihre kleine behandschuhte Hand, »aber erstens gehörst du zurück ins Bett, um dich ordentlich auszukurieren«, erklärte er mit einer Spur von Strenge, »und zweitens ist es, glaube ich, besser, wenn die Polizei die Ermittlungen führt. Denn ich kann mir schwerlich vorstellen, dass die raubeinigen Arbeiter bereit sind, einer Zivilistin Rede und Antwort zu stehen. Vor einer Frau haben die doch keinen Respekt, geschweige denn den nötigen Anstand gegenüber einer so reizenden Dame wie dir.« Er lächelte Sidonie verliebt an. »Es ist ja auch nicht damit getan, die Arbeiter zu befragen, sondern wir müssen zusätzlich noch ihre Ehefrauen und Angehörigen aufsuchen, um die Alibis zu überprüfen«, erläuterte er sachlich, »und die werden sich zu Recht sperren, einer wildfremden Frau Erklärungen abzugeben. Einem Polizeibeamten gegenüber sind sie jedoch verpflichtet, wahrheitsgemäße Angaben zu machen.«

Sidonie nickte zerknirscht. »Damit hast du gewiss recht«, stimmte sie ihm bedrückt zu, »soweit habe ich gar nicht gedacht. Ich wollte einfach nur helfen, verzeih mir meine Blauäugigkeit.«

»Ich weiß doch, dass du es nur gut gemeint hast, meine Liebe, aber ich glaube, es ist besser, wenn du dich wieder auf nach Hause machst und dich noch ein wenig schonst. Bei mir kann es heute spät werden, bis ich heimkomme, aber dann machen wir uns noch einen gemütlichen Abend und ich werde dir alles berichten, was wir bis dahin herausgefunden haben. Bis jetzt ist es leider nicht mehr als ein Fischen im Trüben«, seufzte der Oberinspektor verzagt. »Und es tut mir auch dir gegenüber ein wenig leid, dass ich Fette entlassen musste, wo du dir wegen ihm so viel Mühe gemacht hast und extra ins Waisenhaus gegangen bist, um mehr über ihn herauszufinden. Das waren ja auch ganz gravierende Verdachtsmomente, die dank deiner Hilfe ans Licht gekommen sind, nur die übrigen Fakten sprechen leider dagegen, dass Fette Sussi ermordet hat«, Max runzelte bedauernd die Stirn.

»Ich weiß, ich weiß, Semmelweis hat mich eben auf der Wache darüber informiert«, sagte Sidonie nachdenklich, »was natürlich bedeutet, dass Sussis Mörder immer noch frei herumläuft. Ein Mann mit einem ausgeprägten Frankfurter Akzent, der auffällig durch die Nase spricht, hat dem blinden Willi den Schmähbrief an mich ausgehändigt und es war vermutlich auch derselbe Mann, den das Ehepaar Sippel zur Tatzeit in der Nähe der Trinkhalle beobachtet hat. Von daher handelt es sich bei dem Mann mit hoher Wahrscheinlichkeit um einen Einheimischen. Das solltet ihr bei der Befragung der Arbeiter unbedingt berücksichtigen.«

»Das tun wir bereits, meine Liebe. Ich befrage gerade die einheimischen Handwerker und Obergendarm Haider hat bereits die ortsansässigen Hilfsarbeiter vernommen. Er ist augenblicklich in der Stadt unterwegs, um sich von ihren Ehefrauen und Freundinnen die Angaben bestätigen zu lassen.«

Bei der Erwähnung von Haiders Namen hatte Sidonie vernehmlich die Luft ausgestoßen. Max warf ihr einen ärgerlichen Seitenblick zu und sagte: »Ich weiß, dass du Haider nicht ausstehen kannst, aber ich kann nur noch einmal betonen, dass er ein gewissenhafter Polizist ist, der seinen Aufgaben mit der angemessenen Sorgfalt nachkommt. Auch wenn wir in dieser Hinsicht ausnahmsweise nicht einer Meinung sind, mein Herz.« Er blickte sich kurz um und streichelte Sidonie, der die Enttäuschung ins Gesicht geschrieben stand, aufmunternd über die Wange. »Sei mir nicht böse, mein Mädchen, aber ich mach mich wieder an die Arbeit«, erklärte Max entschuldigend, »und drück uns die Daumen, dass wir ein Stück weiterkommen!«

»Das mache ich«, erwiderte die Dichterin mit belegter Stimme und hielt kurz inne. Eigentlich wollte sie Max davon erzählen, dass sie am Abend gemeinsam mit Thekla die Miss in ihrem Kabinett aufsuchen wollte, wo der Apotheker Künzel als Stammgast verkehrte. Doch sie hielt sich zurück und murmelte stattdessen: »Und was ist mit Künzel? Ich kann nur sagen, dass ich diesem Biedermann nach wie vor misstraue und es keineswegs für abwegig halte, dass er etwas mit dem Mord an Sussi zu tun hat.«

»Er hat aber für die Tatzeit ein wasserdichtes Alibi, das weißt du doch sehr gut«, unterbrach Max sie ungeduldig.

»Ich behaupte ja auch gar nicht, dass er es selber getan hat«, widersprach Sidonie erbittert, »mit so etwas macht sich der feine Herr bestimmt nicht die Hände dreckig. Aber es könnte doch sein, dass er sich dafür jemanden gedungen hat. Irgendeinen armen Teufel von der Baustelle, der niederträchtig und verzweifelt genug ist, für ein paar Kröten einen Mord zu begehen.«

»Du versteigst dich da in etwas, meine Liebe«, bemerkte Max kühl, »und ich kann dir versichern, wenn es auch nur den kleinsten Hinweis gegen Künzel gibt oder irgendeine Spur, und sei sie noch so vage, werden wir dem nachgehen!«

»Dann wünsche ich dir viel Erfolg!«, verabschiedete sich Sidonie förmlich und entzog Max brüsk ihre Hand.

»Sei mir doch nicht gram!«, rief Max hinter ihr her, als sie auf dem Weg zur Droschke war, doch Sidonie reagierte nicht.

Die Römeruhr schlug gerade die sechste Abendstunde, als Sidonie sich neben Mathilde auf den Kutschbock sinken ließ. Sie hatte plötzlich wieder rasende Kopfschmerzen und überdies war ihr zum Weinen zumute. Während sie mit fahrigen Händen in ihrer Handtasche nach dem Laudanum kramte, musterte Tante Tilla sie forschend. »Das habe ich doch gewusst, dass Euch der gnädige Herr wieder nach Hause schickt«, grummelte sie triumphierend. »Wenigstens einer, der vernünftig ist.«

Sidonie nahm mit angewiderter Miene einen Schluck von der bitteren Flüssigkeit und holte tief Luft.

»Gell, Euch geht es nicht gut?«, fragte Mathilde wie aus der Pistole geschossen und ergriff entschlossen die Zügel, um mit ihrer unpässlichen Herrin auf dem schnellsten Wege wieder nach Hause zu fahren, als Sidonie sie bat, den Weg zum Westhafen einzuschlagen.

»Ich dachte, Ihr seid mit Thekla erst um acht verabredet«, murrte Mathilde und fügte sich widerwillig.

»Das sind wir, aber das kann man ja vielleicht vorverlegen …«, entgegnete Sidonie zerstreut.

»Dann muss Thekla ja die Trinkhalle schon viel früher schließen. Wir haben jetzt erst sechs und bis zehn hat sie doch normalerweise geöffnet«, gab Tante Tilla zu bedenken und verzog unwirsch die Mundwinkel. »Das ist nicht gerade geschäftsfördernd, aber das geht mich ja nichts an«, erklärte sie verschnupft.

Sidonie musterte sie verstohlen. »Und was wäre, wenn jemand anderes sie vertritt?«, fragte sie listig.

Tante Tilla fiel aus allen Wolken. »Ihr meint doch nicht etwa, dass ich mich da hinstelle?«

»Du musst ja nicht stehen, da gibt es einen Hocker, auf den du dich setzen kannst, dann trinkst du eine Himbeerbrause, guckst aus dem Schalter und genießt die schöne Aussicht. Und wenn Kundschaft kommt, schenkst du den Leuten das Wasser aus und hältst mit ihnen ein Schwätzchen! Bitte, Tante Tilla, tue mir doch den Gefallen, wir sind auch bestimmt bald wieder zurück und dann wirst du abgelöst und wir zwei fahren nach Hause!«, suchte Sidonie ihre Haushälterin nach Kräften zu überreden. Doch diese zeigte sich störrisch: »Das ist doch nichts für mich«, maulte sie missmutig, »sowas habe ich noch nie gemacht, den Leuten was verkauft, und mit dem Geldkassieren und Rechnen kenn ich mich überhaupt nicht aus. Ich hab Euch wahrlich schon genug Gefälligkeiten erwiesen, aber mich auf meine alten Tage noch als Trinkhallenwärterin zu verdingen, nein, das mach ich nicht mit!«

»Ist schon in Ordnung, Tante Tilla, es war ja nur so eine Idee«, unterbrach sie Sidonie leicht unterkühlt. »Aber wenn du es nicht machen willst, dann lassen wir es eben. Ich hole Thekla ab und dann kutschieren wir dich anschließend nach Hause und fahren weiter.«

»Wo wollt Ihr denn eigentlich hin?«, fragte die alte Frau argwöhnisch.

»Wir müssen in die Brönnerstraße«, erwiderte Sidonie, die genau wusste, wie neugierig Mathilde war, bemüht zurückhaltend.

Mathilde, der Sidonies Reserviertheit nicht entgangen war, schlug plötzlich versöhnliche Töne an: »Na, und wenn *ich* mit Euch komme?«, stieß sie hervor. »Dann bräuchtet Ihr doch die Thekla nicht mitzunehmen und alles wär viel einfacher.«

Sidonie musste unwillkürlich lachen. Die Vorstellung, das zwar bodenständige, aber auch hoffnungslos verschrobene und weltfremde alte Mädchen in das Folterkabinett der Miss mitzunehmen, war einfach zu schräg. Tante Tilla starrte sie mit einer Mischung aus Begriffsstutzigkeit und Verärgerung an. »Und jetzt macht Ihr Euch auch noch lustig über mich!«, schnappte sie gekränkt.

Sidonie, die die treue Seele nicht noch weiter brüskieren mochte, nahm sich zusammen und beschloss, Mathilde, zumindest andeutungsweise, die Wahrheit zu sagen. »Nun, wir wollten ein gewisses Etablissement aufsuchen, in welchem der Apotheker Willibald Künzel regelmäßig verkehrt«, erklärte sie vorsichtig.

Ganz so weltfremd schien ihre Haushälterin indessen

doch nicht zu sein, denn sie begriff sofort, dass es sich um ein Bordell handeln musste. »In sowas setz ich keinen Fuß!«, rief sie entrüstet. »Und Ihr solltet das auch nicht. Das gehört sich nicht für eine anständige Frau!« Mathilde bedachte Sidonie mit einem tadelnden Bick. »Weiß der gnädige Herr eigentlich, was Ihr vorhabt?«, fragte sie misstrauisch.

»Es ist Teil der Ermittlungen – was also sollte er dagegen haben?«, befand Sidonie ausweichend und unterdrückte ein Gähnen. Das Laudanum half zwar gegen die Kopfschmerzen, machte sie aber auch schläfrig. Sie hätte auf der Stelle ein kleines Nickerchen halten können, wären die Umstände nicht so dringlich gewesen. Später, wenn sie die alte Nervensäge zu Hause abgeliefert hätten, würde sie mit Thekla erst mal einen Mokka trinken gehen, ehe sie die Miss aufsuchten.

Der muskelbepackte Hüne, der Sidonie und Thekla bereits nach dem ersten Läuten die Tür öffnete und sie mit der Arroganz eines englischen Butlers fragte, ob sie einen Termin hätten, sah aus wie ein Gorilla, den man in die Livree eines Dieners gezwängt hatte. Sidonie verneinte die Frage, bat jedoch mit ausgesuchter Höflichkeit darum, die Miss zu sprechen, und fügte hinzu, es handle sich um eine sehr dringliche Angelegenheit. Der Stiernacken erkundigte sich nach ihren Namen und bedeutete ihnen zu warten, er werde seine Herrin fragen, ob sie bereit sei, die Damen zu empfangen. Dann schlug er ihnen die Tür vor der Nase zu und entfernte sich. Sidonie und Thekla standen auf der imposanten marmornen Freitreppe der in zartem Pastellgelb gestrichenen zweistöckigen Villa und beäugten fassungslos das glänzende Messingschild an der Hauswand, auf dem in schwungvollen Buchstaben die Worte ›Privat-Lyzeum‹ eingraviert waren. Tatsächlich mutete die mondäne und gefällige Fassade eher wie ein exklusives Mädchenpensionat an, als dass sie auch nur den Hauch eines Verdachts aufkommen ließ, dahinter verberge sich ein Folterkabinett.

»Perfekte Tarnung«, mokierte sich Sidonie und ließ ihre Augen über die Fensterfront wandern, deren blickdichte blütenweiße Chiffongardinen nicht mehr erkennen ließen als einen makellosen Faltenwurf. An das Gebäude schloss sich zu beiden Seiten ein weitläufiger, parkähnlicher Garten an, der von einer hohen Backsteinmauer begrenzt wurde, die sich in großzügiger Distanz zu den Nachbargrundstücken befand, in deren optische Gestaltung sich das Anwesen perfekt einfügte. Die Brönnerstraße galt in Frankfurt allgemein als feudale, gutbürgerliche Wohngegend. Zwei elegant gekleidete Damen, die ihre possierlichen weißen Zwergpudel ausführten, flanierten hocherhobenen Hauptes an Sidonie und Thekla vorbei. »Ob denn die Nachbarn ahnen, welche Abgründe sich hier auftun?«, fragte Sidonie mit feinem Spott.

»Wohl kaum!«, entgegnete Thekla abschätzig. »Hauptsache, die Fassade stimmt – mehr will man gar nicht wissen.«

»Traurig, aber wahr«, stimmte ihr Sidonie zu, die einmal mehr verblüfft war, wie lebensklug Thekla mit ihren 18 Jahren schon war.

»Ach, ich muss dir übrigens etwas sagen!«, brach es mit einem Mal aus Thekla heraus, während sich über ihr hübsches Gesicht ein verschmitztes Lächeln breitete.

»Was denn?«, konnte Sidonie gerade noch fragen, als im nächsten Augenblick schon die Tür geöffnet wurde und der muskulöse Hüne ihnen mit öligem Lächeln bedeutete, die gnädige Frau sei bereit, die Damen zu empfangen.

Sidonie und Thekla folgten ihm durch eine weitläufige Halle, die vom Boden bis zur Decke aus kalter weißer Marmorpracht bestand und in deren Mitte sich ein kunstvoller Springbrunnen mit einer Statue der badenden Venus befand. Der Diener führte die Besucherinnen einen langen Flur entlang, dessen Wände mit kostbaren Seidentapeten drapiert waren, bis sie am Ende einen gläsernen Anbau erreichten, der an den Garten grenzte und über und über mit exotischen Pflanzen angefüllt war. Aus der geöffneten Glastür drangen der Geruch von Erde und süßer, schwerer Blütenduft, der durchsetzt war von Zigarrenrauch.

Der Hüne blieb vor der Tür stehen und vollführte mit den langen, muskulösen Armen eine schwungvolle Bewegung. »Madame erwartet Euch im Wintergarten! Bitte einzutreten, die Damen!«, sagte er und trat devot zur Seite.

In der Masse der üppigen Grünpflanzen, deren breite gefächerte Blätter sich bis unters Glasdach rankten oder als lange Lianen durch den Raum schwebten, bemerkten sie die hagere Gestalt im schwarzen Kimono aus schwerer chinesischer Seide erst gar nicht, die lässig auf einer Ottomane thronte und den Eintretenden aus trägen, unbeweglichen Reptilienaugen entgegenblickte. Beim Nähertreten gewahrte Sidonie zu ihrem Schrecken, dass die Miss eine dicke elfenbeinfarbene Schlange um ihre Schultern gelegt hatte, die von der Länge her ihre eigene Körpergröße bei Weitem übertraf.

Die Miss, die ihre Scheu bemerkte, verzog den schmallippigen Mund zu einem süffisanten Grinsen. »Keine

Angst, die ist schon satt!«, knarzte sie spöttisch und bot den Damen an, auf den Rohrstühlen ihr gegenüber Platz zu nehmen. Lediglich ein ovaler Glastisch trennte sie noch von der Riesenschlange und ihrer unheimlichen Besitzerin. Beklommen ließ sich Sidonie auf dem Stuhl nieder und fächelte sich Luft zu. In dem Wintergarten herrschten Temperaturen wie in einem Treibhaus und der schwere Blütenduft der zahllosen Orchideen wirkte betäubend und lastete auf den Atemwegen.

»Darf ich den Damen vielleicht eine Erfrischung reichen lassen?«, erkundigte sich die alterslose Frau mit den herben Gesichtszügen und den hohen Wangenknochen mit tiefer Männerstimme und ließ die Besucherinnen keinen Moment aus den Augen. »Oder darf es ein Gläschen Cognac sein?« Sie wies mit ihren dünnen, langen Fingern, deren manikürte, spitzgefeilte Nägel von kurioser Länge waren, auf eine Kristallkaraffe, die neben einem gefüllten Cognacschwenker auf dem Glastisch stand.

»Vielen Dank, vielleicht bitte ein Wasser …?«, krächzte Sidonie.

»Für mich bitte auch!«, murmelte Thekla neben ihr.

Die Miss klatschte daraufhin gebieterisch in die Hände. »Zwei Gläser Sodawasser, Oskar, und Feuer!«, bellte sie dem an der Tür wartenden Diener im Befehlston zu, fingerte aus einem kostbar verzierten Etui aus poliertem Tropenholz eine Zigarre und ließ sie sich von dem herbeieilenden Hünen anzünden. Nachdem die Miss ein paar Züge gepafft und Thekla und Sidonie abwechselnd mit ihren starren gelben Augen fixiert hatte – Sidonie kam es so vor, als könne sie bis auf den Grund ihrer Seele spähen – erkundigte sie sich lauernd, was sie für sie tun könne.

»Wir ermitteln in dem Mordfall an unserer Trinkhallenwärterin Sussi Kesselheim, die …«, erläuterte Sidonie mit staubtrockenem Mund.

»Danke, ich bin im Bilde«, unterbrach sie die Miss und deutete auf einen Stapel Zeitungen, der neben der Ottomane auf dem Boden lag. »Es stand ja heute in sämtlichen Frankfurter Tageszeitungen. Ich lese sie immer zum Morgenkaffee. – Und was habe ich damit zu schaffen?«

Sidonie blickte wie hypnotisiert in ihre starren, wimpernlosen Augen mit den kleinen, stechenden Pupillen, die nie zu blinzeln schienen, und kam sich fast vor wie das Kaninchen vor der Schlange. Trotzig ermahnte sie sich jedoch, sich von der furchterregenden Staffage der gestrengen Gouvernante nicht den Schneid abkaufen zu lassen. Sie ist doch nichts anderes als eine geldgierige, ausbeuterische Bordellwirtin, die sich diesen ganzen Zinnober hier nur leisten kann, weil sie ihre Mädels dafür arbeiten lässt!, dachte die Dichterin grimmig, nannte ohne Umschweife den Namen des Apothekers, der als ehemaliger Freier von Sussi Kesselheim in den Kreis der Verdächtigen gehöre, und hielt dem Blick der Miss, ohne mit der Wimper zu zucken, stand. Jetzt hingegen war es die Miss, die bei der Erwähnung von Willibald Künzel blinzeln musste – *zum ersten Mal*, konstatierte Sidonie mit Genugtuung. »… und wie wir inzwischen herausgefunden haben, besucht er regelmäßig Euer Etablissement«, erläuterte sie ungerührt.

»Das ist nicht zutreffend!«, erklang die rauchige Stimme der Miss und sie leerte in einem Zug ihr Cognacglas.

Die Frau mit den straff nach hinten gekämmten dunklen Haaren, die im Nacken zu einem Knoten zusammengesteckt waren, presste die schmalen Lippen zusammen und enthielt sich einer weiteren Äußerung. Stattdessen streichelte sie gelassen ihre Schlange, die ihren großen, schuppigen Kopf träge auf ihren Schoß gebettet hatte.

»Sussi Kesselheim hatte frisch vernarbte Striemen auf dem Rücken und dem Gesäß, sie ist bis kurz vor ihrem Tode wieder heimlich anschaffen gegangen und es ist durchaus nicht abwegig, dass Willibald Künzel zu ihren Freiern gehörte und ihr diese Blessuren zugefügt hat«, setzte Sidonie nach.

Die Miss machte eine ungeduldige Handbewegung. »Was interessiert mich das denn!«, blaffte sie. »Ich führe ein Mädchenpensionat und einen Herrn Künzel kenne ich nicht!«

»Da ist uns aber etwas ganz anderes zu Ohren gekommen!«, erklärte Sidonie unverblümt. »Es ist hinlänglich bekannt, dass Ihr in Eurem vornehmen *Privat-Lyzeum* junge Frauen als Sklavinnen haltet, die Ihr an abartige Herren vermietet!« Sie musterte die Miss voller Häme.

»Was für eine infame Behauptung!«, empörte sich die Miss und drückte die angerauchte Zigarre so rigoros im Aschenbecher aus, dass sie zerbröselte. »Ich tue den jungen Damen etwas Gutes, indem ich den entwurzelten, vielfach gestrauchelten Geschöpfen ein komfortables Heim biete und für ihren Unterhalt sorge. – Und eine gewisse Zucht kann dabei auch nicht schaden!«, fügte sie mit unverhohlenem Zynismus hinzu.

»Ihr solltet Euch schämen, meine Dame!«, schnaubte Sidonie verächtlich und erhob sich von ihrem Stuhl.

»Lass uns gehen«, sagte sie zu Thekla, die ebenfalls erbost aufgestanden war, »bei dieser menschenverachtenden Harpyie halte ich es keinen Moment länger aus!«

Thekla stimmte ihr hitzig zu. »Ihr seid ja schlimmer als jeder Zuhälter!«, warf sie der Miss an den Kopf.

»Hiergeblieben!«, keifte die Miss mit schriller Stimme, »ich bestimme, wer hier wann geht!«

Ehe sichs die beiden versahen, war wie aus dem Nichts der Hüne aufgetaucht und stellte sich ihnen breitbeinig in den Weg.

»Hinsetzen!«, bellte die Miss und wies gebieterisch auf die beiden Rohrstühle.

»Ihr habt mir gar nichts zu befehlen!«, entgegnete Sidonie schneidend und traf keinerlei Anstalten, dem Befehl zu folgen. »So könnt Ihr vielleicht mit Euren Sklavinnen reden, aber nicht mit mir. Ich lasse mir von Euch nichts befehlen und wenn ich gehen will, dann gehe ich, und da kann mich auch Euer Halbaffe nicht davon abhalten!« Die Dichterin stemmte trotzig die Arme in die Hüften und ihre grünen Augen sprühten Funken.

Die Miss verzog den schmallippigen Mund zu einem amüsierten Lächeln. »Nehmt bitte Platz – ich habe Euch einen Vorschlag zu unterbreiten!«, bat sie plötzlich mit erstaunlicher Sanftmut und musterte Sidonie eindringlich. »Ich würde Euch gerne unter vier Augen sprechen, Fräulein Weiß«, erklärte sie unumwunden und schlug vor, dass Sidonies Begleiterin vielleicht die Güte haben möge, solange im Salon Platz zu nehmen. Sidonie und Thekla wechselten argwöhnische Blicke miteinander und erklärten sich schließlich dazu bereit, auf das Ansinnen der Miss einzugehen.

Nachdem Thekla dem Diener hinausgefolgt und die Miss mit Sidonie alleine war, gab die Frau mit den herben Gesichtszügen ein vernehmliches Seufzen von sich. »Also gut, ich sag Euch jetzt mal was – und das mache ich auch nur, weil ich Euch sehr schätze und verehre, Fräulein Weiß. Ich liebe nämlich Eure blutrünstigen Kriminalgeschichten und habe alle Eure Bücher gelesen!« In die kalten Schlangenaugen der Miss war unversehens ein warmer Glanz getreten. »Das ist auch der Grund, warum ich Euch überhaupt empfangen habe. Und ich bin bereit, soweit es mir möglich ist, Euch bei Euren Ermittlungen zu unterstützen. Daher möchte ich Euch, nun sagen wir mal, einen kleinen Wink geben. Ich muss Euch jedoch um absolute Diskretion bitten. Das heißt, ich habe Euch nichts gesagt – wenn Ihr versteht, was ich meine?« Die Miss zwinkerte Sidonie zu und diese verstand und nickte. »Darauf könnt Ihr Euch verlassen«, sicherte sie ihr zu. »Nur, ich will ehrlich zu Euch sein. Ich habe weder vor meinem Mann noch vor meiner Freundin Geheimnisse. Ich kann Euch jedoch fest zusichern, dass das für Euch keine Konsequenzen haben wird.«

»Darauf kommt es mir an und ich nehme Euch beim Wort!«, stieß die Miss zwischen den Zähnen hervor. »Also gut, mir ist da unlängst etwas zu Ohren gekommen, das möglicherweise für Euch von Interesse sein könnte«, murmelte sie mit gesenkter Stimme und musterte die Dichterin finster. »Es hat sich nicht bei uns ereignet, sondern in einem anderen Etablissement. Name und Ort spielen indessen keine Rolle. Jedenfalls wurde mir von dieser Stelle zugetragen, dass Herr Künzel dort ein Mädchen so übel zugerichtet haben soll, dass der Arzt gerufen werden musste. Und am nächsten Tag hat sich die Kleine, angeblich aus lauter Verzweiflung, die Pulsadern aufgeschlitzt.«

»Wie entsetzlich!«, stieß Sidonie hervor und umklammerte unwillkürlich die Stuhllehne. »Was hat dieser Unmensch dem Mädel denn angetan?«, fragte sie alarmiert.

»Das willst du gar nicht wissen, Schatz!«, zischte die Miss verächtlich und blaffte dem Hünen, der gerade mit einem silbernen Tablett und dem Wasserglas zurückgekehrt war, entgegen: »Ich brauche meine Pfeife, Oskar, und zwar flugs!«

»Danke für Eure Offenheit, Madame!«, erklärte Sidonie mit bebender Stimme und sah die Miss nachdenklich an. »In den Artikeln war ja zu lesen, wie die Trinkhallenwärterin zu Tode gekommen ist. Daher frage ich Euch nun, würdet Ihr Herrn Künzel zutrauen, den Mord begangen zu haben?«

»Diesem Irren würde ich alles zutrauen!«, erwiderte die Miss im Brustton der Überzeugung und verzog angewidert die Mundwinkel, »und mit Flaschen hat er es ja«, murmelte sie leise und senkte betreten den Blick.

»Wie meint Ihr das?«, fragte Sidonie angespannt.

»Ich habe doch schon gesagt, das willst du lieber nicht wissen!« Die hagere Frau im knöchellangen schwarzen Kimono strich sich fahrig über die straff nach hinten gekämmten Haare. In ihren kalten, starren Augen spiegelte sich eine tiefe Melancholie, was sie mit einem Mal menschlich wirken ließ. »Ich habe in meinem Gewerbe schon in sämtliche Abgründe der menschlichen Seele geblickt, das dürft Ihr mir glauben«, seufzte sie. »Und trotzdem muss ich immer wieder feststellen, dass die menschliche Niedertracht keine Grenzen kennt …« Sie unterbrach ihre Ausführungen, da der Diener mit einer exotisch aussehenden Pfeife, die aus einem langen, dünnen Bambusrohr mit einem runden Pfeifenkopf bestand, und einer Öllampe in den Wintergarten zurückkehrte. Er reichte seiner Herrin die Pfeife an und platzierte die Lampe vor ihr auf dem Tisch. Demonstrativ hob die Miss die Arme und ließ sich von dem Diener mit geübtem Griff die Schlange abnehmen, der das sich windende Reptil, dessen Umfang nicht geringer war als die muskulösen Arme des Hünen, zu einem großen Glaskasten am Ende des Wintergartens trug. »Danke, Oskar«, hauchte die Miss, die sich zum ersten Mal, seit sie da war, bei ihrem Diener bedankte, wie es Sidonie bewusst wurde. Ihre langen, spinnenartigen Finger zitterten, als sie den Pfeifenkopf umkehrte und mit der Öffnung direkt über die Flamme hielt. Dann machte sie drei, vier tiefe Züge und hielt die Luft an. Sidonie, die das eigentümliche Prozedere gleichfalls mit angehaltenem Atem beobachtete, erschien es wie eine kleine Ewigkeit, bis die Miss endlich aus Mund und Nase dichte dunkle Rauchwolken ausstieß. Die exaltierte Dame gemahnte in diesem Moment an einen Drachen, der sie im übertragenen Sinne ja zweifellos war. Ein süßer, narkotischer Duft breitete sich sogleich im Wintergarten aus, und obgleich Sidonie noch nie etwas Vergleichbares gerochen hatte, ahnte sie doch, um was es sich bei der geheimnisvollen Substanz im Pfeifenkopf handelte. In die trägen Augen der Miss war ein glückseliger Glanz getreten. Mit einem wohligen Seufzer ließ sie sich an die Rückenlehne der Ottomane sinken. »Opium – die Droge der Entrückung«, murmelte sie mit schwerer Zunge.

Sidonie, die plötzlich wieder höllische Kopfschmerzen hatte, massierte sich die Schläfen und nestelte das Laudanumfläschchen aus der Handtasche. Trotz des Opiumrauschs schien dies der Miss nicht entgangen zu sein. »Lass stecken, Schatz«, lispelte sie schläfrig, »gegen Kopfschmerzen habe ich was Besseres.« Sie schnippte gebieterisch mit den Fingern, was für den Diener ein untrügliches Zeichen war, dienstbeflissen zu seiner Herrin zurückzukehren. »Die Köchin soll für meine geschätzte Dichterin rasch einen traditionellen kolumbianischen Tee zubereiten!«, befahl sie zwar deutlich gedämpfter, aber nicht minder herrisch wie zuvor. Die gibt das Zepter nie aus der Hand und ihr entgeht nicht das Geringste, da kann sie noch soviel Opium rauchen, dachte Sidonie und war gegen ihren Willen beeindruckt von der eisernen Despotin.

»Auch wenn es Euch offensichtlich nicht leichtfällt, meine Liebe, über gewisse mit Sicherheit sehr hässliche Einzelheiten zu sprechen, so möchte ich Euch doch bitten, mir genauer zu berichten, was es mit Eurer Bemerkung von eben, von wegen ›mit Flaschen hat er es ja‹, auf sich hat. Denn das könnte für unsere Ermittlungen von größter Wichtigkeit sein«, richtete Sidonie plötzlich mit großer Eindringlichkeit das Wort an die Miss.

Die schwarzgewandete Dame stöhnte auf. »Gut, wenn Ihr Euch und mir unbedingt den Abend verderben wollt, dann sag ich es halt«, raunzte sie verdrossen. »Ihr müsst mir aber noch einmal hoch und heilig versprechen, dass das, was ich Euch jetzt anvertraue, für mich keine Folgen haben wird!« Die Miss musterte Sidonie ernst. Erst nachdem die Dichterin der Miss erneut ihr Wort gegeben hatte, fuhr diese fort: »Der Drecksack hat sich in besagtem Etablissement immer eine Flasche Wein aufs Zimmer bringen lassen, wenn er bei der jungen Dame zu Besuch war. Da denkt man sich ja erst mal nichts Böses dabei – und die junge Frau hat auch nie etwas erzählt. Sie war halt ein sehr tapferes und duldsames Mädchen«, erläuterte die Miss leise und ihre Augen wurden noch eine Spur glasiger. »Jedenfalls hat sich im Nachhinein herausgestellt, welche Abscheulichkeiten er damit immer veranstaltet hat. Das Mädel musste auf allen Vieren den Wein aus einem Blechnapf saufen, der auf dem Boden stand, und währenddessen hat dieser Drecksack sie mit der Flasche penetriert – und an besagtem Abend muss er dabei so grob gewesen sein, dass die Flasche kaputtgegangen ist …« Sie ächzte gequält. »Der Doktor musste dem armen Ding die Glasscherben entfernen. Sie wäre fast daran verblutet.«

Sidonies Gesicht war verzerrt vor Abscheu und über ihre bleichen Wangen strömten Tränen. »Was für eine Bestie!«, stammelte sie außer sich.

»Der Ansicht bin ich auch«, erklärte die Miss sinister und über ihr hageres Gesicht breitete sich ein grausames Lächeln. »Aus zuverlässiger Quelle weiß ich aber, dass sich die … Herrschaften den werten Herrn Künzel in besagter Nacht noch einmal vorgeknöpft haben.« Sie kicherte bösartig. »Man hat ihn wohl in den Keller geschleift und an die Wand gekettet.« Sie leckte sich genüsslich über die schmalen Lippen. »Dort haben sie ihn so verdroschen, dass ihm die eigene Scheiße um die Ohren geflogen ist, und waren wohl schon drauf und dran, ihn kaltzumachen – doch im letzten Moment haben sie aufgehört.« Die Miss seufzte bedauernd. »Wer will denn schon wegen so einem Drecksack ins Kittchen wandern?«, fragte sie abgeklärt. Sie hielt erneut die Öffnung des Pfeifenkopfs mit dem aufgespießten Opiumkügelchen über die Öllampe und inhalierte tief. Diesmal behielt sie den Rauch so lange bei sich, dass Sidonie schon glaubte, sie sei ohnmächtig geworden und habe aufgehört zu atmen. Das hagere Gesicht der Miss mit den hohen Wangenknochen mutete an wie ein Totenschädel. Als ihr schließlich die dichten grauen Rauchwolken aus Mund und Nase quollen, war Sidonie fast ein wenig erleichtert.

»Ich kann Euch nur ans Herz legen: Bringt diesen Drecksack an den Galgen, bevor ihm noch ein Unglück widerfährt«, raunte die Miss bösartig, »denn seitdem das passiert ist, habe ich ganz schlechte Träume, wenn ich an ihn denke!«, erklärte sie mit drohendem Unterton und senkte berauscht die schweren Lider. Sidonie verstand nur zu gut, was sie meinte, und trotz der Treibhaustemperaturen überkam sie ein eisiger Schauder. »Dieser widerwärtige Menschenschinder gehört angezeigt, damit er für seine Vergehen im Gefängnis schmoren darf! Das wäre angemessen!«, bemerkte sie vorwurfsvoll.

»Ihr wisst genau, dass ich das nicht machen kann!«, erwiderte die Miss scharf. »Und ich möchte Euch auch noch einmal an Euer Versprechen gemahnen!«

»Ich habe Euch mein Wort gegeben und damit ist es mir auch ernst – selbst wenn ich es außerordentlich bedaure, dass man diesen Unhold für seine bestialischen Taten nicht vor den Kadi zerren kann«, bekundete Sidonie ernsthaft. »Trotzdem möchte ich Euch noch einmal danken, gnädige Frau, denn nach allem, was Ihr mir gesagt habt, könnte Künzel sehr wohl auch der Mörder von Sussi Kesselheim gewesen sein. Die Tat trägt zumindest, wie soll ich sagen, gewissermaßen seine Handschrift. Leider hat er für die Tatzeit ein Alibi, was jedoch gefälscht sein könnte, oder, und das mutmaße ich schon länger, er hat sich für die Tat jemanden gedungen …«, sinnierte die Dichterin angespannt.

Währenddessen trug der Diener auf einem Silbertablett den Tee herein. »Du kannst die junge Dame wieder zu uns bitten«, trug die Miss ihrem Domestiken auf, »und bring noch eine zweite Tasse mit. Dann gehst du in die Bibliothek und holst mir die Bücher von Fräulein Weiß. Und vergiss auch Feder und Tinte nicht, ich möchte meine Lieblingsdichterin nämlich um eine Widmung bitten! Wann habe ich denn sonst schon die Gelegenheit dazu?« Die Miss lächelte Sidonie fragend an.

»Selbstverständlich, gerne«, erklärte Sidonie höflich. Der Diener schenkte ihr Tee in die hauchdünne Tasse aus chinesischem Porzellan und entfernte sich. Der bräunlich-grüne Kräutertee verströmte einen scharfen Geruch, der Sidonie an Katzenurin gemahnte. Zaghaft hob sie die Teetasse zum Mund und konnte sich kaum überwinden, davon zu trinken. Natürlich war der Miss ihre Scheu vor dem streng riechenden Gebräu nicht entgangen. »Trinkt nur, es wird Euch guttun, meine Liebe, das versichere ich Euch!«, ermunterte sie Sidonie freundlich. »Die Indios in Peru und Bolivien trinken diesen traditionellen Tee schon seit Jahrhunderten und schätzen ihn wegen seiner gesundheitsfördernden Wirkung in den vielfältigsten Bereichen.«

Sidonie mochte nicht unhöflich sein, überwand sich schließlich und nippte an ihrer Teetasse. Der exotische Pflanzensud schmeckte leicht bitter, hinterließ jedoch ein Prickeln auf der Zunge und im Rachen, das durchaus nicht unangenehm war. Dadurch ein Stück weit mutiger geworden, versuchte sie einen weiteren Schluck und musste zu ihrem grenzenlosen Erstaunen feststellen, dass der Kopfschmerz plötzlich wie weggeblasen war. Sie nahm noch einen Schluck und noch einen – und fühlte sich mit einem Mal wie neugeboren. Nichts tat ihr mehr weh und auch die Übelkeit und der bleierne Gliederschmerz waren verschwunden! Sie fühlte sich seltsam erquickt und beschwingt – und war erstaunlich guter Dinge, obschon sie deswegen, in Anbetracht der tieftraurigen Umstände, ein mächtig schlechtes Gewissen bekam. »Was ist denn das für ein Wundermittel?«, erkundigte sie sich verblüfft.

»Die Indios nennen den Strauch, aus dessen getrockneten Blättern der Tee bereitet wird, ›Mama Coca‹«, erläuterte die Miss mit mildem Lächeln. »Ich kann ihn dir nachher zeigen, Schatz, er steht hinten im Wintergarten und ist ein Geschenk des südamerikanischen Konsuls«, raunte sie mit kehligem Lachen.

Gleich darauf führte der mit Büchern und Schreibutensilien beladene Diener Thekla in den Wintergarten. Die beiden Freundinnen tauschten vielsagende Blicke und Thekla ließ sich neben Sidonie nieder. Der Diener legte die Bücher vor die Dichterin auf den Tisch und schenkte Thekla Tee ein, die den streng riechenden Kräutersud misstrauisch beäugte. »Trink nur, meine Liebe, das ist der reinste Gesundbrunnen!«, schwärmte Sidonie begeistert und bat den Diener, ihr gleichfalls noch einmal nachzuschenken.

Nachdem Sidonie die Bücher signiert und mit der Miss einen kurzen Plausch über ihre Romane und Gedichte gehalten hatte, welche die Miss allesamt, wie sie betonte, mit großer Begeisterung gelesen hatte, lenkte die Dichterin das Thema auf das bizarre Gewerbe der Dame. Vehement sprach sie sich dagegen aus, dass die Miss in ihrem Etablissement junge Frauen als Sklavinnen halte. Die zwar blitzgescheite, aber auch hoffnungslos zynische Miss hielt dagegen, dass ihr die Mädchen allesamt sehr ergeben seien und keine von ihren Zöglingen auch nur einmal ein böses Wort über sie verlautbaren ließe. »Im Gegenteil, die armen Dinger sind oft in den schlimmsten Verhältnissen aufgewachsen und wissen das komfortable Leben in meinem Lyzeum sehr zu schätzen. Die meisten von ihnen sind mit Schlägen und Züchtigungen groß geworden und sozusagen daran gewöhnt. Mit dem Unterschied, dass sie hier ein gutes Auskommen haben und nicht mehr länger hungern müssen. Kommt mich doch gelegentlich einmal wieder besuchen, dann stelle ich Euch meine Schützlinge vor und Ihr könnt Euch selber davon überzeugen, wie gut es ihnen bei mir geht«, schlug die Miss, die fatalerweise an ihren eigenen Worten nicht im Geringsten zu zweifeln schien, mit aller Ernsthaftigkeit vor.

Sidonie musterte sie eindringlich. Der hat das Opium das Gehirn vernebelt, dachte sie grimmig und erklärte mit fester Stimme: »Das werde ich machen!« Und dann kannst du deinen Laden dichtmachen, das verspreche ich dir, gelobte sie sich im Stillen, denn sie hatte nicht vor, einer Sklavenhalterin Schonung zukommen zu lassen, obgleich sie sich schweren Herzens eingestehen musste, dass ihr die Miss nicht generell zuwider war. Irgendwie mochte sie sie sogar und konnte sich einer gewissen Faszination, die von der schillernden Persönlichkeit zweifellos ausging, nicht ganz entziehen. Denn immerhin hatte sie mit ihrem Verhalten Mut und Charakter bewiesen, diese Anerkennung musste Sidonie ihr zollen.

Wenig später verabschiedeten sich die Dichterin und Thekla von der Miss und Sidonie dankte ihr noch einmal für ihr Entgegenkommen.

»Wie arm wäre diese Welt, wenn es nicht auch Menschen wie Euch gäbe!«, murmelte die Miss, als sie Sidonie zum Abschied die Hand drückte, und streifte die Dichterin mit einem melancholischen Blick.

6

Samstag, 27. Juli 1838

Die Rathausuhr schlug bereits Mitternacht, als Sidonie und Thekla allmählich daran dachten, ins Bett zu gehen – obwohl sie beide, selbst zu dieser späten Stunde, noch putzmunter waren. Der Kräutertee der Miss hatte nicht nur dazu beigetragen, ihre Lebensgeister zu aktivieren und das Wohlbefinden zu stärken, sondern er hatte auch ihren Geist angeregt, sodass sie sich seit nunmehr drei Stunden, nachdem Tante Tilla sich schlafen gelegt hatte, unablässig die Köpfe heißredeten. Das Hauptthema war natürlich das schreckliche Vorkommnis, von dem ihr die Miss berichtet hatte, welches Sidonie ihrer Freundin und Verbündeten offenbart hatte. Sie überlegten hin und her, welche Möglichkeit es gab, den Apotheker für seine bestialische Tat büßen zu lassen. Doch ihnen fiel bei allem Scharfsinn nichts ein, was ein Strafgericht akzeptiert hätte, zumal es ihnen an Beweisen mangelte und die Miss aus Gründen des Selbstschutzes nicht bereit war, gegen ihren ehemaligen Stammkunden auszusagen. Das Gleiche galt im Übrigen auch für die Mordtat, da sich sämtliche Verdachtsmomente gegen den Biedermann durch nichts erhärten ließen. »Wenn Künzel tatsächlich einen Arbeiter gedungen hat, die unliebsame Mitwisserin unschädlich zu machen, so ist das die einzige Möglichkeit, ihn dingfest zu machen«, sinnierte Sidonie nachdenklich.

»Du meinst, wenn der Mann, den die Zeugen zur Tatzeit in der Nähe der Trinkhalle beobachtet haben, der möglicherweise auch derjenige war, der dir den Schmähbrief hat zustellen lassen, ausfindig gemacht werden kann, wird er so mir nichts, dir nichts seinen Auftraggeber preisgeben und den Mord gestehen?«, fragte Thekla skeptisch.

»Solange man ihm nichts Derartiges beweisen kann, wohl kaum«, erwiderte Sidonie resigniert. »Aber vielleicht hat es ja irgendwelche Zeugen gegeben, andere Arbeiter von der Baustelle oder auch einen Vorarbeiter, die gesehen haben, wie Künzel mit dem Mann gesprochen hat, oder die vielleicht sogar von dem Gespräch etwas mitgekriegt haben.«

Just in diesem Moment ging die Stubentür auf und Oberinspektor Wilde trat ein. Er wirkte erschöpft und übermüdet nach dem langen Arbeitstag und hauchte seiner Frau ermattet einen Kuss auf die Wange, ehe er Thekla die Hand schüttelte. »Na, ihr zwei habt es ja heute lange ausgehalten«, murmelte er erstaunt und musterte Sidonie, in deren bleiches Gesicht wieder Farbe zurückgekehrt war und deren Augen vor Energie blitzten, einigermaßen irritiert. »Nun, dir scheint es auch wieder besser zu gehen, meine Liebe«, konstatierte er ein wenig befremdet und ließ sich entkräftet auf einen Stuhl sinken. Sidonie eilte zu ihm hin und herzte ihn. »Mein armer Liebling, soll ich dir ein kühles Bier und eine Kleinigkeit zu essen bringen?«, erkundigte sie sich fürsorglich und streichelte Max mitfühlend die Wange. »Du hast ja heute gute 16 Stunden gearbeitet und bist bestimmt total erledigt.« Max legte den Arm um sie. »Das kann man wohl sagen«, ächzte er, »ich will auch nur noch ein Stück Brot essen und dann lege ich mich sofort ins Bett. In ein paar Stunden muss ich ja schon wieder aufstehen, unsere Ermittlungen laufen immer noch auf Hochtouren.«

»Hat sich denn inzwischen etwas Neues ergeben?«, fragte Sidonie auf dem Weg zur Speisekammer.

»Nichts Bahnbrechendes«, grummelte Max verdrossen und gähnte vernehmlich.

»Ich mache mich dann mal auf den Heimweg«, erklärte Thekla mit betretener Miene und erhob sich. »Es wird ja höchste Zeit, um sechs Uhr ist die Nacht zu Ende.«

»Willst du nicht hier schlafen, Kind?«, fragte Sidonie besorgt. »Zu so einer späten Stunde musst du doch nicht noch alleine durch die Gassen laufen! Das Mädchenzimmer steht dir wie immer zur Verfügung!«

Bei der Erinnerung an die wohnliche Mansardenkammer, die Sidonie und Mathilde seinerzeit so hübsch für sie hergerichtet hatten, als Thekla das Angebot der Dichterin angenommen und sie aufgesucht hatte, um sich vom Schnaps zu entwöhnen, trat ein Anflug von Rührung in Theklas dunkle Augen. Sie hatte eine schwere, aber auch glückliche Zeit in dem sogenannten ›Mädchenzimmer‹ verbracht, die ihr im Nachhinein als die wichtigste ihres Lebens erschien. In jenem freundlichen Jungmädchenzimmer war die neue Thekla geboren worden, und sie, die in ihrem bettelarmen Elternhaus nie ein eigenes Zimmer besessen hatte, geschweige denn, dass sie überhaupt so etwas wie eine Kindheit gehabt hätte, hatte zum ersten Mal echte Zuneigung erfahren und durfte endlich das sein, was sie bis dato niemals war: ein unbeschwertes junges Mädchen. Spontan ging sie zu Sidonie hin und umarmte sie herzlich. »Danke«, murmelte sie mit einem Kloß im Hals, »ein anderes Mal gerne, aber ich muss noch meine Blümchen gießen, sonst vertrocknen sie mir bei der Hitze.«

Nachdem Max schweigend einen Happen gegessen hatte, begaben sich die Eheleute zu Bett. Max legte den Arm um Sidonie und schlief sofort ein. Sidonie, die es aus Rücksicht vermieden hatte, ihren überarbeiteten Gatten mit Fragen zu bestürmen oder ihm von ihrem Besuch bei der Miss zu berichten, lag die ganze Nacht wach und konnte keinen Schlaf finden. Unentwegt kreisten ihre Gedanken um den unaufgeklärten Mordfall und es raubte ihr fast den Verstand, dass Sussis Mörder noch immer frei herumlief.

Als Sidonie Max beim Frühstück von ihrem Besuch bei der Miss berichtete, wurde der Oberinspektor, ganz entgegen seiner sonstigen Ausgeglichenheit, fuchsteufelswild und überhäufte Sidonie mit Vorwürfen. Tante Tilla, die mit am Frühstückstisch saß, verfolgte das Spektakel mit grimmiger Genugtuung und es fiel ihr schwer, ihr Mundwerk im Zaum zu halten und keine harschen Zustimmungsbekundungen von sich zu geben. Sie hatte sich gestern Abend, als Sidonie und Thekla sie gegen neun Uhr von der Trinkhalle abholten, schon genug geärgert – von wegen ›wir sind bald wieder zurück und dann fahren wir nach Hause‹. Ganze drei Stunden hatte sie in dem Erfrischungspavillon ausharren müssen! Und dann war ihre Herrin auch noch so aufgedreht und hatte mit Thekla in der Kutsche um die Wette geschnattert. Als Tante Tilla es gewagt hatte, Sidonie zu fragen, ob der Besuch im Bordell etwas gebracht hatte, hatte ihr das Fräulein an den Kopf geworfen, darüber könne sie nicht reden. Auch jetzt tat Sidonie wieder so geheimnisvoll und druckste herum, bis sie dem gnädigen Herrn schließlich vorschlug, sich doch mit ihr in den Innenhof zu setzen, sie benötige frische Luft.

»Danke, ich habe schon verstanden!«, platzte es aus Mathilde heraus, sie knallte erbost ihr angebissenes Marmeladenbrot auf den Teller und stürzte beleidigt hinaus.

»Musste das denn sein?«, fragte Max konsterniert. »Was hast du denn auf einmal vor der armen Tante Tilla zu verbergen?«

»Erstens habe ich der Miss mein Wort gegeben, das Ganze nicht an die große Glocke zu hängen, und zweitens möchte ich das alte Mädchen nicht schon am frühen Morgen mit solchen Abscheulichkeiten brüskieren. Denn das, was ich dir zu sagen habe, ist so brutal, dass es einem regelrecht den Magen umdreht«, erläuterte Sidonie beklommen und setzte Max stockend über das, was ihr die Miss verklausuliert berichtet hatte, in Kenntnis. Selbst dem wenig zimperlichen Polizeiinspektor stockte bei Sidonies Bericht der Atem. »Wenn sich das wirklich alles so zugetragen hat, dann muss Künzel dafür zur Rechenschaft gezogen werden!«, entgegnete er erzürnt. »Doch das geht nur, wenn diese Bordellwirtin bereit ist, gegen ihn auszusagen – und das wird sie auch vor Gericht beeiden müssen.«

»Und genau das will sie nicht!«, fiel ihm Sidonie ins Wort, »aber das habe ich dir doch alles schon gesagt …«

Max musterte sie finster. »Ich könnte natürlich in ihrem feinen Mädchenpensionat eine Razzia durchführen lassen und diese Miss und ihre Sklavinnen so lange verhören, bis eine von ihnen schwach wird«, erklärte er aufgebracht und bedachte seine Frau mit einem unwirschen Blick, »aber du hast ihr ja dein Wort gegeben, dass das alles für sie keine Konsequenzen hat.« Er schüttelte fassungslos den Kopf.

»Und jetzt kann ich dir natürlich nicht in den Rücken fallen. Es sei denn, dass dir die Wahrheitsfindung wichtiger ist als dein Versprechen, das du dieser Kanaille gegeben hast?« Max sah Sidonie, die schwer mit sich zu ringen schien, eindringlich an.

»Das habe ich ja selber schon in Erwägung gezogen!«, murmelte sie und barg verzweifelt ihr Gesicht in den Händen.

»Aber …?«, vervollständigte Max sarkastisch.

»Ich weiß auch nicht, was ich machen soll! Ich bin hin- und hergerissen!«, stammelte Sidonie zerknirscht.

»Du kannst es dir ja noch überlegen. Momentan haben wir sowieso keine Zeit für eine Razzia, wir müssen noch die Alibis der Arbeiter überprüfen und da brauche ich jeden verfügbaren Mann«, erklärte Max verdrossen.

»Und ein großer, bulliger Mann mit Frankfurter Akzent, der auffällig durch die Nase spricht, ist euch auf der Baustelle bislang noch nicht aufgefallen?«, fragte Sidonie nachdenklich.

Der Oberinspektor zuckte die Achseln. »Nicht, dass ich wüsste«, grummelte er unzufrieden. »Unter den Bauarbeitern gibt es viele, die groß und bullig sind, aber weder mir noch meinen Leuten ist jemand untergekommen, der stark durch die Nase spricht. Ich habe die Gendarmen extra angewiesen, darauf zu achten, und wenn da jemand gewesen wäre, auf den das zutrifft, hätte ich es erfahren.«

Sidonie zog missmutig die Stirn in Falten. »Solange dieser Mann nicht ausfindig gemacht wird, kommt ihr in der Angelegenheit kein Stück weiter!«, ereiferte sie sich. »Ob er nun den Mord aus freien Stücken begangen hat oder von einem Herrn Künzel dafür bezahlt wurde, die unliebsame Mitwisserin Sussi Kesselheim unschädlich zu machen – es ist und bleibt die einzige Möglichkeit, den Fall aufzuklären, das wird mir mehr denn je bewusst!«

»Wir können diesen ominösen Mann leider nicht herbeizaubern«, erwiderte Max ungewohnt mürrisch. »Wegen dem Frankfurter Akzent, den sowohl der Aufgeber des Schmähbriefs als auch der Mann an der Trinkhalle gesprochen hat, haben wir unser Augenmerk verstärkt auf die einheimischen Arbeiter gerichtet. Wir haben alle Vorarbeiter der ortsansässigen Handwerker und Hilfsarbeiter darauf angesprochen, ob unter ihren Leuten ein Mann mit Frankfurter Dialekt ist, der stark durch die Nase spricht – aber da ist ihnen keiner eingefallen, was sich in den anschließenden Befragungen der Arbeiter auch bestätigt hat. Heute müssen wir noch ein paar Alibis überprüfen und die wenigen, die keine vorzuweisen haben, werden auf die Wache zu einer eingehenden Überprüfung vorgeladen. Mehr kann ich im Augenblick nicht machen«, seufzte der Oberinspektor ratlos.

Sidonie blickte in das überarbeitete Gesicht von Max mit den tiefen Augenringen und Sorgenfalten und fühlte eine Woge des Mitleids. Sie umarmte ihren Mann und küsste ihn zärtlich. »Mein Armer, ich will dir doch gar nicht an den Karren fahren, ich weiß sehr wohl, wie viel Arbeit ihr euch macht«, raunte Sidonie ihm zu. »Aber vielleicht hat es ja irgendwelche Zeugen gegeben, andere Arbeiter von der Baustelle oder auch einen Vorarbeiter, die gesehen haben, wie Künzel mit dem Mann gesprochen hat, oder die vielleicht sogar etwas von dem Gespräch mitgekriegt haben.«

»Ich werde die Vorarbeiter nachher noch einmal darauf ansprechen«, sicherte Max ihr zu, zog Sidonie auf seinen Schoß und küsste sie innig. »Du musst mir aber versprechen, dass du in Zukunft erst mit mir sprichst, bevor du solche gewagten Aktionen wie gestern Abend unternimmst!«, bemerkte er streng. »So etwas kann nämlich auch ins Auge gehen. Ich darf gar nicht daran denken, in was für eine Gefahr du dich begeben hast. Spaziert blauäugig in ein Folterkabinett! Du kannst noch von Glück sagen, dass du so unbeschadet davongekommen bist.« Er drückte Sidonie, die gelobte, in Zukunft vorsichtiger zu sein, fest an sich. »Ich liebe dich unsagbar, mein Max«, hauchte sie ihm ins Ohr und ihre Lippen vereinten sich zu einem leidenschaftlichen Kuss.

Nachdem Sidonie den ganzen Vormittag am Schreibtisch gesessen und keinen vernünftigen Satz zustande gebracht hatte, weil sie unentwegt an den realen Mordfall denken musste, der sie nachhaltig daran hinderte, ins Fiktionale abzugleiten, schob sie um die Mittagszeit ihre Schreibsachen beiseite und erhob sich. Obgleich sich die Migräne gelegt hatte, fühlte sie sich dennoch wie gerädert, gleichzeitig aber auch erfüllt von einer tiefen inneren Unruhe. Eine ganze Weile lief sie im Zimmer auf und ab wie ein Raubtier im Käfig und entschloss sich schließlich, aus dem Haus zu gehen. Zwar hatte sie keinen genauen Plan, doch zog es sie magisch an den Ort des Verbrechens. Als sie dann das verwaiste Wasserhäuschen erblickte, versetzte es ihr einen Stich ins Herz. Seit jenem unglückseligen Morgen, an dem Sussi tot in der Trinkhalle gefunden worden war, war sie nicht mehr hier gewesen. Unversehens spürte sie einen Kloß im Hals und eine niederschmetternde Traurigkeit drohte sie zu überwältigen. Da fiel ihr Blick auf den Verkaufstresen mit den zugeklappten Fensterläden.

Die weißgestrichene Holzplanke war übersät von Veilchen und Gänseblümchen. Die Dichterin war zu Tränen gerührt. Welch schöne Geste für die Verstorbene! Sussi war bei ihren Kunden sehr beliebt, vor allem die Kinder mochten sie. Sie hat ihnen immer Bonbons geschenkt … Womöglich haben auch die Kinder die Blumen hingelegt. Vor ihrem geistigen Auge sah Sidonie die drei Gassenkinder vor sich, denen sie vor ein paar Tagen Limonade spendiert hatte. Versonnen strich sie über die bereits verwelkten Blümchen und hielt mit Sussi stumme Zwiesprache. Wer hat dir das nur angetan, mein armes Mädchen? Wenn du es mir nur sagen könntest! Aber wir werden deinen Mörder finden, das verspreche ich dir!

Sidonie schluckte tapfer ihre Wehmut hinunter und umrundete gedankenvoll den kleinen Holzpavillon. Erst jetzt fiel ihr auf, dass der ganze Unrat und Abfall, den das Faktotum August Fette, angestachelt von seinem Chef Rudolf Schwab, an die Trinkhalle gekippt hatte, inzwischen säuberlich entfernt worden war. Am Ende noch von den Verursachern selber, dachte Sidonie grimmig, jetzt, wo das Ganze ruchbar geworden ist, versuchen sie, einen auf Schönwetter zu machen! Ihr Blick wanderte erbost zu dem eleganten Erfrischungspavillon des Apothekers Willibald Künzel, vor dessen Verkaufsschalter sich eine Gruppe vornehmer Spaziergänger tummelte. Mit einem Mal spürte Sidonie eine unglaubliche Wut gegen den als Biedermann getarnten Frauenschänder in sich aufsteigen, sodass sie am liebsten dort hingestürzt wäre, um dem Schurken seine verlogene Maske von der Fratze zu reißen. Doch sie zügelte ihren Zorn. Dieses blasierte Ungeheuer muss man mit den eigenen Waffen schlagen! Es wird mir schon noch gelingen, dir einen Strick zu drehen, du heimtückischer Mistkerl! Und wenn es endlich soweit ist, dass ich dir die Schlinge um den Hals legen kann, werde ich dich freundlich anlächeln, ehe ich sie zuziehe – und das wird der größte Triumph meines Lebens sein! Sidonie bemerkte, dass ihr vor Wut die Tränen aus den Augenwinkeln rannen. Hastig wischte sie sie ab und ging zielstrebig auf das mondäne Wasserhäuschen zu. Ich werde dir ein wenig Verdruss bereiten – alleine durch meine Anwesenheit, sinnierte sie boshaft und bestellte wenig später bei der adretten jungen Dame am Verkaufsschalter eine Limonade gazeuse. Währenddessen gewahrte sie mit einiger Befriedigung, dass der Herr Apotheker, der im Inneren des Glaspavillons damit befasst war, mit seiner illustren Kundschaft Konversation zu führen, sie ebenfalls bemerkt hatte. Als die Verkäuferin ihr gleich darauf das perlende Getränk in einem feingeschliffenen Gläschen, das kaum größer war als ein Schnapsglas, auf den Schanktresen stellte und ganze zehn Kreuzer dafür verlangte, war Sidonie längst zu der Entscheidung gelangt, ihre Limonade an einem der zierlichen Marmortische im Gastraum des Erfrischungspavillons zu genießen.

Kaum dass sie durch die Tür getreten war, erklang auch schon der ölige Gruß des Inhabers: »Einen wunderschönen guten Tag, verehrte Frau Wilde! Welche Freude, dass Ihr uns mit Eurem Besuch beehrt! Bitte Platz zu nehmen, die Dame!« Servil rückte ihr der Herr im perfekt geschnittenen grauen Gehrock aus feinem englischem Tuch einen der stilvollen kleinen Stühle zurecht.

»Vielen Dank, mein Herr, sehr freundlich von Euch!«, flötete Sidonie und verzog die dezent geschminkten Lippen zu einem betörenden Katzenlächeln. Unversehens musste sie an ihre Entgleisung mit dem Sonnenschirm denken und gelobte sich voller Häme, den aalglatten Biedermann mit tadellosem Betragen zu verblüffen und ihn an gezierter Manieriertheit noch bei Weitem zu übertreffen. Dieser erging sich indessen weiter in netten Plaudereien mit den anderen, reichlich überkandidelten Gästen. Sidonie vernahm hier und da aus dem Hintergrund ein gekünsteltes Lachen oder ein schöngeistiges Bonmot. Obgleich die Dichterin selber dieser Kaste entstammte, waren ihr doch das künstliche Gehabe und all diese unechten glockenhellen Töne zutiefst zuwider. Falsches Pack, fluchte sie im Stillen und spürte, wie ihr, dicht an dicht mit dieser geballten Schöntuerei, sprichwörtlich der Kamm schwoll. Nichtsdestotrotz ließ sie ihre Blicke durch den Raum schweifen und setzte ein liebenswürdiges Lächeln auf. Da sie einen trockenen Mund hatte, leerte sie das Gläschen in einem Zug, doch das Rinnsal hatte bei Weitem nicht ihren Durst gestillt. Willibald Künzel, der seine Augen überall zu haben schien, eilte sogleich auf sie zu und erkundigte sich geschäftstüchtig bei Sidonie, ob sie noch einen Wunsch habe. Dass du falscher Fünfziger bald im Kittchen schmorst!, ging es Sidonie durch den Sinn und sie griente in sich hinein. »Nein danke, mein Herr, es ist alles bestens!«, säuselte sie stattdessen in Künzels Richtung, und ehe sie sichs versah, beugte er sich zu ihr herunter und säuselte mit gesenkter Stimme: »Es tut mir übrigens sehr leid, verehrte Frau Wilde, was Eurer Angestellten widerfahren ist! Gerade als Nachbar macht mich das außerordentlich betroffen!«

»Danke für Euer Mitgefühl!«, erwiderte Sidonie mit kühler Höflichkeit und mühte sich um eine neutrale Miene, als sie hinzufügte: »Wo Ihr sie ja so gut kanntet …«

Über Künzels Gesicht breitete sich eine leichte Röte. »Nun, wie man sich so in der Nachbarschaft halt kennt …«, murmelte er hüstelnd.

»Eben«, entgegnete Sidonie spitz und ließ ihn nicht aus den Augen.

»Gibt es denn schon einen Verdächtigen?«, fragte der Apotheker verschwörerisch. »Ich beobachte nämlich schon seit Tagen, dass Euer Herr Gemahl mit einem ganzen Trupp Gendarmen die Arbeiter auf der Baustelle verhört. Hat denn am Ende einer von denen den Mord begangen? Das wäre ja schrecklich!«

Sidonie musterte ihn durchdringend. »Soweit mir bekannt ist, ermittelt die Polizei auch noch in andere Richtungen!«, stieß sie zwischen den Zähnen hervor und lächelte vielsagend.

Auf Künzels Stirn glitzerten Schweißperlen. »Was Ihr nicht sagt!«, murmelte er in gespielter Verblüffung. »Da bleibt mir nur, Eurem werten Herrn Gemahl und seinen tüchtigen Polizeibeamten weiterhin viel Erfolg zu wünschen!«

Sidonie maß den Apotheker mit einem unergründlichen Lächeln. »Vielen Dank, Herr Künzel, ich werde es gerne an ihn weitergeben!«, bedankte sie sich förmlich, wünschte Willibald Künzel noch einen schönen Tag und empfahl sich.

Als Sidonie wenig später die Wohnbaracken am Rande der Baustelle passierte, an denen zur Mittagspause ein reges Kommen und Gehen herrschte, fasste sie sich schließlich ein Herz und erkundigte sich bei einem der Arbeiter höflich nach dem Vorsteher der Hilfsarbeiter.

»Die Baracke der Hilfsarbeiter ist da vorne«, erklärte ihr der Arbeiter und deutete auf eine große Holzbaracke am Rande des Anlagegürtels. »Fragt doch dort noch mal, die können es Euch bestimmt besser sagen als ich, denn ich gehöre zu den Maurern.«

Sidonie bedankte sich und ging zielstrebig auf die Baracke zu. Es waren nicht nur die unverhohlenen Blicke der Arbeiter, welche sie mit Spott und Erstaunen anstarrten, die Sidonie mit Unbehagen erfüllten. Es war ihr auch unangenehm, die Arbeit der Polizei durch ihr Nachhaken gewissermaßen zu überprüfen, und sie hatte Max gegenüber ein denkbar schlechtes Gewissen. Die ganze Zeit schon hatte sie die Luft angehalten und sich verstohlen nach dem Oberinspektor oder etwaigen Gendarmen umgesehen, denen sie, im Falle dass sie entdeckt würde, erzählt hätte, sie sei zufällig in der Nähe gewesen und habe nur nach ihrem Gatten schauen wollen. Was sie indessen, und das wusste sie genau, nach ihrem Gespräch mit dem Vorarbeiter nicht mehr behaupten konnte. Wie auch immer, dachte sie trotzig, dann muss ich halt Max reinen Wein einschenken und ihm klipp und klar sagen, dass ich mich mit dem bisherigen Ermittlungsergebnis einfach nicht abfinden kann! Natürlich mochte sie die Befragungen der Polizei nicht gänzlich infrage stellen – nur möglicherweise hatte der eine oder andere Beamte aus Gründen der Überforderung vergessen, die richtigen Fragen zu stellen. Und so hatte sie schließlich, nicht ganz ohne Hintergedanken, den Entschluss gefasst, mit den ortsansässigen Hilfsarbeitern den Anfang zu machen. Da sie, verdammt nochmal, es ist, wie es ist!, diesem Vorzeigepolizisten Alfred Haider, warum auch immer, nicht ganz über den Weg traute!

Der vierschrötige Josef Sutter musterte die zierliche Dame mit dem freundlichen sommersprossigen Gesicht und den roten Haaren erstaunt, als sie sich ihm entgegenkommend als die Inhaberin der benachbarten Trinkhalle vorstellte.

Zerknirscht entschuldigte sie sich dafür, dass sie ihn bei der Mittagspause störe, und bat ihn um eine kurze Unterredung.

»Von mir aus – wenn's schnell geht«, grummelte Sutter wenig begeistert und fügte mürrisch hinzu, dass die Befragungen durch die Polizei die Arbeiter ohnehin schon genug von der Arbeit abgehalten hätten.

»Das weiß ich, mein Herr«, sagte Sidonie verständnisvoll. »Mich interessieren in erster Linie zwei Dinge. Zum einen möchte ich Euch fragen, ob Euch vielleicht in letzter Zeit ein gut gekleideter Herr auf der Baustelle aufgefallen ist, der mit einem der Arbeiter gesprochen oder ihm ein Briefkuvert übergeben hat?«

»Mit Sicherheit nicht!«, entgegnete der Vorarbeiter prompt und blickte ungeduldig auf sein angebissenes Butterbrot, welches er sich aus Gründen des Taktgefühls nicht traute zu essen.

»Bitte esst doch weiter!«, bat Sidonie betreten. »Ihr müsst Euch doch ordentlich stärken, so anstrengend, wie Eure Arbeit ist. Und es tut mir auch sehr leid, dass ich Euch vom Essen abhalte!«

»Schon gut, das macht nichts«, entgegnete Sutter mit schiefem Grinsen, »ich kann doch einer Dame nicht noch was vorkauen! – Und was wollt Ihr sonst noch wissen?«

»Das hat Euch zwar der Polizeibeamte bestimmt gestern auch schon gefragt, aber ich möchte nur noch einmal sichergehen, ob es nicht vielleicht doch unter Euren Arbeitern jemanden gibt, der Frankfurter Dialekt redet und auffällig durch die Nase spricht?«, fragte Sidonie angespannt und blickte den Vorarbeiter, der sie irritiert anblinzelte, eindringlich an.

»Das kann doch nur der Klein sein, den nennen sie alle

die ›Pottsau‹!«, brach es aus Sutter heraus. »Der hat sich aber heute krankgemeldet.«

Jetzt war es Sidonie, die ihn mit großen Augen anschaute. »Die Pottsau?«, wiederholte sie verstört.

»Den Spitznamen hat er wegen seinem eingedellten Zinken, der sieht ein bisschen aus wie ein Schweinerüssel. Jedenfalls spricht der Kerl so schlimm durch die Nase, dass man ihn manchmal kaum verstehen kann. Alfons Klein heißt er richtig und wohnt in Offenbach. Das muss aber die Polizei schon längst wissen, denn der ist doch gestern von diesem – diesem Polizeibeamten verhört worden. Ich habe dem Polizisten die Liste der ortsansässigen Männer aus Frankfurt gegeben, die in der Stadt ihre eigenen Wohnungen haben und nicht in der Baracke untergebracht sind. Das sind ein gutes Dutzend Leute und ich hab die ja alle herbeirufen müssen, damit der Gendarm sie in der Baracke verhören konnte, und da war auch der Klein dabei, da bin ich mir ganz sicher«, erläuterte der Vorarbeiter mit beunruhigtem Blick auf Sidonie, die kreidebleich geworden war und leicht ins Wanken geriet. »Alfons Klein«, stammelte sie außer sich, »das kann doch nicht wahr sein!« Sie blickte durch den baumlangen Vorarbeiter hindurch, als wäre er Luft.

»Kennt Ihr den etwa?«, fragte Sutter verdutzt.

»Und ob ich den kenne!«, stieß die Dichterin, der förmlich die Haare zu Berge standen, hervor. »Er war früher Polizist und … meine Ermittlungen im Fall von Breuberg hatten ihn und seinen Vorgesetzten damals den Kopf gekostet …«, murmelte Sidonie mit brüchiger Stimme. Mit einem Mal sah sie den grobschlächtigen Mann deutlich vor sich. Er hatte früher geboxt und die für Boxer typische, durch diverse Nasenbrüche verursachte Sattelnase gab deutlich Auskunft über seinen seinerzeit ausgeübten Sport. Sie erinnerte sich plötzlich auch an die undeutliche nasale Aussprache des ehemaligen Polizisten.

»Warum nur hat Haider nichts davon gesagt, das kann ihm doch nicht entgangen sein?«, fragte sie aufgebracht und klatschte empört in die Hände.

»Wollt Ihr Euch vielleicht ein bisschen hinsetzen, Ihr seht so blass aus?«, erkundigte sich der Vorarbeiter beklommen.

»Nein danke, ich muss auf der Stelle gehen!«, erwiderte Sidonie mit gehetztem Blick, dankte dem Vorarbeiter für seine Auskunft, die ihr sehr geholfen habe, und hastete davon.

Max Wilde schäumte vor Wut, als er Obergendarm Haider am Nachmittag zum Rapport antreten ließ. Haider, dem beim zorngeröteten Gesicht seines Vorgesetzten nichts Gutes schwante, senkte reuig den Kopf und murmelte zerknirscht, er wisse, dass er einen Fehler gemacht habe.

»Einen Fehler?«, schleuderte ihm Wilde fassungslos ins Gesicht. »Ihr habt Euch eines für einen Polizeibeamten unverzeihlichen Vergehens schuldig gemacht und ich werde noch heute Polizeisenator Hessenberg darüber in Kenntnis setzen!«, tobte der Oberinspektor, den es vor Erregung nicht mehr länger hinter seinem Schreibtisch hielt. Er stürzte auf Haider zu und es fiel ihm offensichtlich nicht leicht, sich zu zügeln und nicht gegen seinen Untergebenen tätlich zu werden. »Bevor ich das tue, möchte ich aber genau von Euch wissen, warum Ihr die laufenden Ermittlungen sabotiert, indem Ihr die Sache mit dem ehemaligen Kollegen Alfons Klein mir als Eurem Vorgesetzten aufs Hinterhältigste vorenthalten habt?«, zischte er Haider, der vor Angst und schlechtem Gewissen schlotterte, ins Gesicht.

»Aus falsch verstandenem Mitleid, Chef«, presste Haider, dem die Tränen aus den Augen schossen, mit tiefstem Bedauern hervor, »und aus falsch verstandener Loyalität. Ich bin ja schon lange im Dienst und kenne den Alfons von früher, als wir noch Kollegen unter Oberinspektor Brand waren. Nicht, dass der mir besonders nahe gestanden hätte, aber man hat zusammengehalten, wie das halt bei Polizeikollegen üblich ist, und ich kann mich noch gut daran erinnern, wie der Klein dann vom Polizeidienst suspendiert worden ist, weil er im Fall von Breuberg so fahrlässig geschludert hat. Jedenfalls ist für den Alfons damals eine Welt zusammengebrochen, das hat von unserer Truppe jeder gewusst, der war halt mit Leib und Seele Polizist und hat das nie verwinden können, dass er keine Uniform mehr tragen durfte, wo er doch immer so stolz darauf war ...« Haider hielt inne und schniefte vernehmlich. »Ich habe mir zwar gedacht, dass es mit dem ganz schön den Bach runtergehen wird, als er bei uns rausgeflogen ist, aber dass er so auf den Hund kommt, das habe ich nicht ahnen können.« Alfred Haider barg sein Gesicht in den Händen und brach in haltloses Schluchzen aus. »Ich weiß ja, dass es der größte Fehler meines Lebens war, und wenn ich jetzt deswegen vom Dienst suspendiert werde, gehe ich genauso vor die Hunde wie er!«, jammerte er verzweifelt. »Aber als ich gestern den armen Teufel gesehen habe, wie der da in seinen dreckigen, zerlumpten Bauarbeiterklamotten vor mir stand, so ganz ohne Schneid und Selbstachtung, und ich in dem sein verhärmtes Ohrfeigengesicht geschaut habe, da hat mir dieser Jammerlappen so leidgetan, dass ich ihn halt geschont habe.«

Der Oberinspektor, der den immerzu auf tadelloses Betragen und Äußeres bedachten Haider kaum noch wiedererkannte, der wie ein Häufchen Elend im Büro seines Vorgesetzten stand und sprichwörtlich Rotz und Wasser heulte, presste betroffen die Lippen zusammen und knurrte: »Reißt Euch gefälligst zusammen, Haider, und plärrt mir nicht andauernd die Ohren voll!«

Der Obergendarm sah ihn aus tränenumflorten Augen an und ergriff unversehens die Hände von Max Wilde. »Chef, Ihr glaubt ja gar nicht, wie leid es mir tut, dass ich Euch das mit dem Klein verheimlicht habe, aber ich habe es einfach nicht übers Herz gebracht, die arme Sau ans Messer zu liefern. Bitte, bitte, verzeiht mir das«, flehte er inbrünstig. »Ich habe mir in all meinen Dienstjahren nie etwas zuschulden kommen lassen und bin immer ein gewissenhafter Polizist gewesen, das wisst Ihr doch, Chef …«, lamentierte Haider gebetsmühlenartig. »Da werdet Ihr mir doch jetzt aus dieser … dummen Geschichte hoffentlich keinen Strick drehen!«

Der Oberinspektor schüttelte unwirsch Haiders Hände ab. »So ist es, Haider, Ihr seid immer ein gewissenhafter Polizist *gewesen*!«, bemerkte er schneidend. »Denn ein gewissenhafter Polizist würde niemals einen Verdächtigen decken – und genau das habt Ihr getan. Mensch, Haider, wie konntet Ihr nur!«, wetterte er aufgebracht. »Dieser ominöse Mann in der blauen Arbeitskleidung, der so auffällig durch die Nase spricht, den die Zeugen zur Tatzeit an der Trinkhalle beobachtet haben, ist hochgradig verdächtig! Das wisst Ihr doch ganz genau! Und ich frage mich immer und immer wieder: Warum habt Ihr uns diese heiße Spur nur vorenthalten?«, schrie der Oberinspektor, dass die Wände bebten.

»Aber ich habe doch mit dem Klein darüber gesprochen, habe ihn sogar ganz schön in die Mangel genommen und gefragt, ob er etwas mit dem Mord an der Trinkhallenwärterin zu tun hat. Doch er hat Stein und Bein geschworen, dass er unschuldig ist und diese Sussi Kesselheim nicht einmal gekannt hat! Und das habe ich ihm auch geglaubt und ihm zugesagt, dass ich es einstweilen darauf beruhen lassen werde – was ich ja dann leider auch gemacht habe«, murmelte Haider schuldbewusst.

Der Oberinspektor fixierte den Untergebenen unnachsichtig. »Ihr könnt nach Hause gehen, Obergendarm Haider, Ihr seid mit sofortiger Wirkung bis auf Weiteres beurlaubt!«, erklärte er barsch, worauf Haider sich verzweifelt die pomadisierten Haare raufte und ein hoffnungsloses Winseln von sich gab.

»Bitte, Chef, das könnt Ihr mir doch nicht antun!«, lamentierte er händeringend.

»Das hättet Ihr Euch früher überlegen müssen«, schnappte Max Wilde erbost. »Einen Polizisten, dem ich nicht mehr trauen kann, kann ich hier nicht gebrauchen!«

Haider schüttelte fassungslos den Kopf. »Ich bin fast 30 Jahre bei der Polizei und dann werd ich wegen dem ersten und einzigen Patzer, den ich mir jemals habe zuschulden kommen lassen, gleich mit Schimpf und Schande vom Hof gejagt!«

»Ob Ihr endgültig Euren Dienst quittieren müsst, das entscheidet Herr Polizeisenator Hessenberg. Ich bin lediglich dazu befugt, Euch eine scharfe schriftliche Abmahnung zu erteilen und Euch, solange eine diesbezügliche Entscheidung noch aussteht, vom Polizeidienst freizustellen – und genau das werde ich jetzt tun. Legt mir Eure Dienstwaffe und den Schlagstock auf den Schreibtisch, hängt Eure Uniform in den Schrank und geht mir aus den Augen. Ich kann Euren Anblick nämlich nicht mehr länger ertragen!«

Haider gab daraufhin einen markerschütternden Schrei von sich, der Max durch und durch ging, riss seine Dienstpistole aus dem Halfter und hielt sich mit schlotternder Hand den Lauf an die Stirn. »Wenn ich kein Polizist mehr sein kann, will ich nicht mehr länger leben!«, wimmerte er.

Max Wilde ging unwillkürlich einen Schritt auf ihn zu. »Mensch, Haider, mach doch keinen Unsinn, das steht doch noch gar nicht fest, dass du vom Dienst suspendiert wirst!«, raunte er dem Verzweifelten beschwichtigend zu und sah ihn eindringlich an. »Jetzt wirf doch wegen so einer Sache nicht dein Leben weg, das ist es doch gar nicht wert!«

Doch Haider schien es ernst zu sein, zu seiner grenzenlosen Bestürzung vernahm Max schon das metallische Klicken des Abzugs. »Haider, bitte tut das nicht!«, beschwor er ihn panisch. »Es gibt für alles eine Lösung!«

»Eben drum!«, murmelte der Obergendarm mit grimmiger Todesverachtung im Blick und spannte den Abzugshebel weiter. »Ich komme aus einer alten Soldatenfamilie!«, erklärte er mit bebender Stimme. »Die Haiders haben schon immer Uniformen getragen – und unehrenhaft entlassen zu werden, ist für einen, der sein Leben lang gedient hat, schlimmer als der Tod!«

»Verflucht, Haider, jetzt leg endlich das Ding weg, du wirst nicht entlassen, da … da können wir noch mal drüber reden!«, beschwor ihn Max Wilde in flehendem Tonfall.

»Da … da findet sich bestimmt noch eine andere … Lös … äh, Möglichkeit«, murmelte er stockend und streckte vorsichtig die Hand nach der Waffe aus, welche Haider ihm auch schon im nächsten Moment übergab, ehe er weinend in den Armen seines Chefs zusammenbrach.

Als der ehemalige Polizist Alfons Klein am frühen Samstagabend, in Ketten gelegt wie ein Schwerverbrecher, im festen Griff der Gendarmen Kittel und Mackenroth in seine frühere Wirkungsstätte geführt wurde, rangen in seinem bangen Herzen die unterschiedlichsten Gefühle miteinander. Die Bandbreite reichte von tiefer Demütigung über ein gehöriges Quantum Wehmut bis hin zu aberwitziger Angst und Verzweiflung. Warum nur hatte er sich nicht an ihre Abmachung gehalten? Wie sollte es denn jetzt weitergehen, fragte er sich beklommen und fürchtete schon den Moment, wenn er ihm gleich über den Weg laufen würde. Seine Drohungen waren eindeutig und hallten ihm jetzt noch in den Ohren, er konnte sich also auf keinen Fall darüber hinwegsetzen.

Einige Kollegen in der Wachstube kannte er noch von früher und senkte beschämt den Blick, als er an ihnen vorbeigeführt wurde – was die Betreffenden ihm gleichtaten. Allenthalben traf er auf betretenes Schweigen, da alte wie neue der ehemaligen Kollegen auf hämische Bemerkungen durchgehend verzichteten. »Wo … wo ist denn Obergendarm Haider?«, erkundigte er sich betreten bei dem älteren Polizisten Kittel und wäre angesichts des hämischen Blickes, den dieser ihm zuwarf, am liebsten im Boden versunken.

»Den hat der Chef dazu abkommandiert, alte Akten im Keller zu sortieren – damit er keinen Unfug mehr machen kann«, höhnte Kittel gehässig.

»Ach so«, murmelte Klein tonlos und konnte kaum schlucken, so sehr schnürte es ihm die Kehle zu.

Obgleich ihm das ganze, zweifellos todtraurige Prozedere gleichzeitig auch seltsam und unwirklich vorkam, traf es ihn doch wie ein Peitschenhieb, als er anschließend in das Büro von Oberinspektor Max Wilde geführt wurde. Beim Anblick des gutaussehenden Mannes, der ihn seinerzeit zu Fall gebracht hatte, fühlte er nichts anderes mehr als überbordenden Hass. Und es gab nur einen Menschen, den er noch mehr hasste: die besserwisserische Dichter-Schnepfe, mit der Wilde verheiratet war.

Als ehemaligem Polizisten war es Klein zwar bewusst, dass es schlecht um ihn stand, aber er würde es diesem smarten Emporkömmling, der keck hinter dem Schreibtisch seines früheren Chefs, Klaus Brand, thronte, jedenfalls auch nicht zu leicht machen – soviel stand fest.

Nachdem es sich rasch erwiesen hatte, dass der allein und zurückgezogen lebende Klein für die Tatzeit kein Alibi hatte, zuckte er lediglich mit den Schultern und knurrte aufsässig: »Na und?«

Als ihn Oberinspektor Wilde daraufhin in scharfem Tonfall fragte, welches Verhältnis er zu der ermordeten Sussi Kesselheim hatte, leugnete Klein hartnäckig, die Trinkhallenwärterin überhaupt gekannt zu haben. »Ich bin nie an diesem Wasserhäuschen gewesen – und ich habe sie auch nicht gebumst!«, erwiderte er mit anzüglichem Grinsen.

»Ihr lügt!«, fuhr ihn Max Wilde heftig an und schlug einen bereitliegenden Ordner auf. »Wir waren in der Zwischenzeit nämlich nicht untätig«, erklärte er triumphierend, »und haben uns diesbezüglich bei den Gleisarbeitern ein wenig umgehört, bei denen Ihr anscheinend wenig beliebt seid, mein werter Herr Klein«, bemerkte der Oberinspektor hohntriefend und blätterte langsam in den abgehefteten Schriftstücken. »Etliche Eurer Kollegen haben mir und meinen Mitarbeitern nämlich bereitwillig erzählt, und das haben sie auch namentlich unterzeichnet, dass ein gewisser Alfons Klein, auf der Baustelle bekannt als die ›Pottsau‹, sogar einer von Sussi Kesselheims Stammfreiern gewesen sei.« Wilde verlas mit erhobener Stimme einen Auszug: »Als die Sussi dem Klein, genauso wie uns allen, kürzlich die kalte Schulter gezeigt hat, war der so angefressen, dass er der Sussi sogar Gewalt angedroht hat. ›Stell dich bloß nicht so an, du blöde Nutte, sonst hau ich dir die Backen voll‹, hat er ihr an den Kopf geworfen und wollte das schon in die Tat umsetzen, doch wir haben ihn zurückgehalten.«

Der Oberinspektor sah Klein, der nach wie vor keine Miene verzog, durchdringend an. »Ihr müsst der Ermordeten aber trotz der klaren Abfuhr, die sie Euch erteilt hat, weiterhin auf die Pelle gerückt sein. Ein Zeuge unter den Bauarbeitern hat sogar angegeben, gesehen zu haben, wie Ihr Sussi in der Taunusanlage aufgelauert habt. – Was habt Ihr dazu zu sagen?«, fragte Wilde schneidend.

»Nix!«, höhnte Klein mit unverschämtem Grinsen. »Alles erstunken und erlogen!«

Der Oberinspektor war wütend von seinem Schreibtisch hochgeschnellt und packte den früheren Kollegen, den er wegen seines Kadavergehorsams gegenüber dem damaligen Oberinspektor Brand und seiner unkollegialen Art ohnehin nie gemocht hatte, am Kragen und zischte

Klein ins feiste, gerötete Gesicht: »Damit wirst du vor Gericht nicht durchkommen, Klein, das weißt du doch genau! Die Zeugen sind allesamt bereit, ihre Aussagen zu beeiden!«

Als Klein daraufhin nur ein impertinentes Grunzen von sich gab, stieß der Oberinspektor vernehmlich die Luft aus und ließ sich wieder hinter seinem Schreibtisch nieder, wo er aus seinen Unterlagen ein Briefkuvert hervorzog, das er öffnete und ihm einen zusammengefalteten Brief entnahm. »Wir machen jetzt ein kleines Diktat«, erklärte er mit eisiger Ruhe, legte das Schriftstück auf seine Schreibtischplatte und ließ dem verdutzt dreinblickenden Klein von einem Polizisten ein kleines Schreibpult hinrücken, auf dem sich ein Blatt Papier sowie Feder und Tinte befanden. »Nehmt ihm die Handschellen ab!«, ordnete er an. Als Klein jedoch keine Anstalten machte, die Feder zu ergreifen, und ihn nur mit störrischer Miene anglotzte, schnauzte er mit kalter Verachtung: »Schreibt jetzt gefälligst, was ich Euch sage, oder ich lasse Euch in den Narrenstuhl schließen, wie es von Euch und Euren Spießgesellen ja früher auch gerne mit verstockten Verdächtigen gehandhabt wurde. Ich erinnere nur an den armen Teufel Anton Kunzfeld, der sich anschließend aus lauter Verzweiflung in seiner Zelle aufgeknüpft hat!«

Bei der Erwähnung des sogenannten ›Narrenstuhls‹ war Klein blass geworden. Es handelte sich hierbei um einen von einem engen Holzkasten ummantelten Stuhl, in welchen man im städtischen Irrenhaus in der Vergangenheit Tobsüchtige einzuschließen pflegte. Kleins alter Kumpan Steinhilber, der dort als Irrenwärter arbeitete, hatte ihnen selbigen für den renitenten Angeklagten zur Verfügung gestellt. Beim Gedanken, in diesen beklemmend engen Folterstuhl eingesperrt zu werden, stockte dem ehemaligen Polizisten der Atem und er ergriff widerwillig die Feder.

»Schreibt jetzt!«, bellte der Oberinspektor und fing mit belegter Stimme an zu diktieren: »Deine Wasserbuden sind Schandflecke, an ihnen verkehrt der letzte Abschaum, und du bist keinen Deut besser als die Nutten, die du dort beschäftigst!« Den letzten Satz verkniff sich Max jedoch und befahl Klein stattdessen, die Worte ›Hurenabsteige‹ und ›Säuferklitsche‹ zu schreiben.

Nachdem Klein fertiggeschrieben hatte, ließ ihm der Oberinspektor wieder die Handschellen anlegen, klaubte sich das mit der krakeligen Handschrift versehene Blatt vom Schreibpult und bat einen der Gendarmen, seine Gattin zu rufen.

Sidonie, die die ganze Zeit mit angehaltenem Atem im angrenzenden Raum hinter der Schiebetür mit den Milchglasscheiben gekauert und das Verhör von Klein verfolgt hatte, sprang auf wie von heißen Nadeln gestochen und eilte zur Tür, wo ihr der Polizeibeamte bereits entgegenkam.

»Guten Tag!«, grüßte sie anschließend in die Runde und begab sich sogleich zum Schreibtisch von Max Wilde, der ihr die beiden Schriftstücke vorlegte. Mit angespanntem Schweigen ließ sie ihre Blicke über den Schmähbrief und Kleins Krakelschrift schweifen. Der ehemalige Polizist hatte sich zwar augenscheinlich angestrengt, seine Schrift zu verändern, indem er sich um eine Art ›Schönschrift‹ bemüht hatte, doch das gesamte Schriftbild – und vor allem die Rechtschreibefehler, die absolut übereinstimmten, ließen keinen Zweifel daran, dass er sowohl die Fassadenschmierereien als auch den Drohbrief an Sidonie geschrieben hatte. Sidonie und Max verständigten sich mit vielsagenden Blicken, ehe der Oberinspektor sich räusperte und Klein ins Gesicht sagte, dass er überführt sei, die Verunglimpfungen aufs Wasserhäuschen geschrieben zu haben und auch der Verfasser des Briefes an Frau Wilde zu sein. »Es wird immer enger für Euch, Klein, merkt Ihr das nicht?«, erkundigte sich Max Wilde mit finsterem Blick bei dem Angeklagten. »Meint Ihr nicht, es ist langsam an der Zeit, dass Ihr endlich die Wahrheit sagt?«

Alfons Klein gab pfeifende Atemgeräusche von sich, sein feistes Gesicht und der stoppelige Schädel glänzten vor Schweiß. In seinen kleinen, tiefliegenden Augen spiegelte sich arge Bedrängnis, er schien schwer mit sich zu ringen und ließ seinen Blick hektisch durch den Raum schweifen, bis er schließlich an Sidonie, die sich auf einem freien Stuhl neben dem Schreibtisch ihres Mannes niedergelassen hatte und das Geschehen mit ernster Miene verfolgte, hängenblieb. »Solange *die* hier ist, sage ich kein Wort!«, blaffte der ehemalige Polizist hasserfüllt, während seine Gesichtszüge vor Zorn bebten. »Die ist doch schuld daran, dass unsereiner jetzt als Hilfsarbeiter sein Dasein fristen muss!«, schrie er erbittert.

Sidonie, die sich die ganze Zeit zurückgehalten hatte, fing gleichfalls an zu zittern. »Ihr wisst sehr wohl, wem Ihr das zu verdanken habt – nämlich einzig Euch selbst und Eurer feigen Obrigkeitshörigkeit!«, zischte sie erbost. »Aber dazu seid Ihr ja viel zu dumm, um Euch das einzugestehen. Stattdessen gebt Ihr meinem Mann und mir die Schuld an Eurem Scheitern, und um Euch an uns zu rächen, schmiert Ihr wüste Beschimpfungen an die Fassade meines Erfrischungspavillons, schreibt mir einen anonymen Schmähbrief – und trichtert meiner Angestellten mit brutaler Gewalt literweise Schnaps ein, bis sie daran stirbt!« Sidonie war aufgestanden und auf Klein zugegangen. Aus ihrem schmalen Gesicht war jegliche Farbe gewichen und ihre grünen Augen waren tränenverschleiert, als sie ihm die Worte förmlich ins Gesicht spie: »Und dafür werdet Ihr büßen, das schwöre ich Euch!«

»Ihr habt mir gar nichts zu sagen!«, presste Klein röchelnd hervor. Seine Atemzüge wurden immer hektischer, mit grunzenden Hechellauten rang er nach Luft, die rötliche Gesichtsfarbe ging mehr und mehr ins Bläuliche über und er drohte augenscheinlich zu ersticken. »Hilfe«, röchelte er panisch, »ich kriege keine Luft mehr!«

Der Oberinspektor und Sidonie beugten sich besorgt über ihn und versuchten, ihn zu beruhigen. »Ganz ruhig durchatmen, Klein, das wird schon wieder«, murmelte Max Wilde beklommen, »immer tief ein- und ausatmen …«

»Rechts in … meiner Hemdtasche … die Asthmazigarren …!«, stammelte der bullige Mann in schierer Todesangst. Mit fliegenden Händen nestelte der Oberinspektor eine schmale Zigarrenpackung mit der Aufschrift ›Doktor Foltes Asthmazigarren – hilfreich gegen Asthma, Ohrensausen, Heuschnupfen und Mundgeruch‹ aus der Seitentasche von Kleins Arbeitshemd, entnahm dem Etui eine dünne grünliche Zigarre und ließ sich von einem der Polizeibeamten Zündhölzer reichen. Hastig führte er sie dem Gefesselten an den Mund und zündete sie an. Klein behielt die qualmende Zigarre zwischen den Lippen und inhalierte mehrere tiefe Züge. Sogleich breiteten sich dichte Rauchschwaden in der Amtsstube aus, denen ein stechender, unangenehmer Geruch anhaftete, der alle Anwesenden hüsteln ließ. Klein indessen schien das qualmende

Kraut gutzutun und seine Atemzüge normalisierten sich allmählich. Er nahm noch einen weiteren Zug und bedeutete dem Oberinspektor, die Zigarre vorsichtig im Aschenbecher auszudrücken. »Gut, dass es das Zeug gibt, sonst wäre ich schon längst abgekratzt«, japste er erleichtert. »Durch meine kaputte Nase kann ich ja kaum Luft holen und wenn ich mich dann noch aufrege, geht mir meistens auch der Hals zu. Aber die Dinger helfen mir, ich hol sie mir regelmäßig in der Apotheke und trag sie immer bei mir«, nuschelte er mit heiserer Stimme. Die Räuchermixtur aus getrockneten Stechapfelblättern und Bilsenkraut hatte offenbar nicht nur Kleins Atmung entspannt, sondern ihn auch insgesamt zugänglicher gemacht.

Auch Sidonie, die ein Glas Wasser einschenkte und es ihrem Gatten mit der Bemerkung reichte, dass Klein vom Rauch bestimmt eine trockene Kehle habe, nahm wahr, dass sich ihr Zorn durch den Schreck verflüchtigt hatte.

Der ehemalige Polizist ließ sich bereitwillig das Wasser von Wilde einflößen und konnte sich sogar zu einem gepressten »Danke!« überwinden. Dennoch beschloss er im Stillen, sich zu keinem voreiligen Geständnis hinreißen zu lassen. Die Angst saß ihm viel zu sehr im Nacken. Außerdem widerstrebte es ihm zutiefst, durch seine Mitteilsamkeit dazu beizutragen, dass sich dieser neunmalkluge Streber noch eine weitere Auszeichnung verdiente. Mit einem Mal erinnerte er sich an die Redewendung ›Ein gutes Pferd springt nur so hoch, wie es muss‹, die sein früherer Chef Klaus Brand in sämtlichen Lebenslagen stets gerne zum Besten gegeben hatte. Daher ließ sich Klein auch alle Zeit der Welt, als Wilde ihn anschließend mit der Frage, was er denn zu all den Anschuldigungen zu sagen habe, jäh aus seinen Gedanken riss.

»Also gut«, näselte er nach einer halben Ewigkeit mit resigniertem Seufzen und musterte Sidonie tückisch. »Ich habe der da den Brief geschrieben, weil sie uns mit ihrem verdammten Übereifer ins Unglück gestürzt hat. Und das tut mir auch kein bisschen leid«, grummelte er verächtlich. »Und ich hab auch den ganzen Kram auf der ihr Wasserhäuschen gepinselt, und das war auch richtig so, denn das stimmt ja auch, das dort immer gehurt und gesoffen wurde. Aber mit dem Mord an der Sussi hab ich nix zu tun, so wahr ich Alfons Klein heiße und früher einmal der beste Boxer in ganz Offenbach war!«, erklärte er nachdrücklich und schob trotzig die wulstige Unterlippe vor.

Für einen kurzen Moment herrschte in der Amtsstube bleierne Stille. Sidonie biss sich in dem Vorsatz, sich zurückzuhalten, angespannt auf die Lippen und überließ das Wort ihrem Gatten, der finster die Brauen zusammenzog. »Die Botschaft hör ich wohl, allein mir fehlt der Glaube«, zitierte er trocken Goethes ›Faust‹, ehe er dem Angeklagten in sachlichem Ton eröffnete, er erwarte später noch ein paar wichtige Zeugen und dann würde die Sache schon ganz anders aussehen. Solange lasse er ihn in die Zelle bringen.

Klein, dem vor Bedrängnis wieder die Luft wegblieb, bat eindringlich, man möge ihm doch bitte wieder seine Asthmazigarren und Zündhölzer aushändigen, falls er in seinem Kerker unter Atemnot leide.

Max Wilde beschied ihn schroff, dass den Gefangenen Zündhölzer und Zigarren nicht gestattet seien.

»Wenn Ihr große Not habt, dann müsst Ihr halt einem Polizisten Bescheid geben«, bemerkte er lapidar und ließ den Verdächtigen abführen.

Alfons Klein lag auf der harten Pritsche seiner engen Gefängniszelle und versuchte die ganze Zeit krampfhaft, gegen die schlimme Beklemmung anzukämpfen, die ihm wie ein Eisenpanzer den Hals und die Brust einschnürte. Er wollte sich doch nicht die Blöße geben und schon nach gerade einmal einer Stunde nach seinem Asthmamedikament greinen – obgleich ihn die selbstauferlegte Maßregelung noch zusätzlich einengte. Als im nächsten Moment Schritte durch den langen, düsteren Gang hallten und der Polizeibeamte Kittel seine Zellentür aufschloss, empfand er es fast als Erleichterung.

»Aufstehen!«, schnauzte der frühere Kollege, drehte Klein die Arme auf den Rücken und legte ihm Handschellen an. »Mitkommen!«, polterte Kittel, packte ihn grob am Arm und führte ihn den Flur entlang bis zum Büro des Oberinspektors, wo der Beamte höflich an die Tür klopfte, das »Herein!« abwartete und mit dem Gefangenen im Schlepptau eintrat.

Bereits beim Eintreten erkannte Alfons Klein das korpulente, gutsituierte Ehepaar, das vor dem Schreibtisch des Oberinspektors Platz genommen hatte und ihn mit unheilvollen Blicken maß, als sei er der Leibhaftige. Er erinnerte sich noch deutlich an den aufgeblasenen Wichtigtuer und seine Gattin, die mindestens so fett wie eingebildet war, und diesen hässlichen, verzogenen Mistköter, der am Dienstagabend in der Taunusanlage nach ihm geschnappt hatte. So machte er sich auch den Spaß, ein despektierliches »'n Abend!« herauszuquetschen, welches die vornehmen Herrschaften empört zusammenfahren ließ, als habe er ihnen ein unzüchtiges Angebot gemacht. Es war offensichtlich, dass auch er ihnen noch gut im Gedächtnis geblieben war, denn sie tauschten verstohlene Blicke miteinander und es dauerte nur den Bruchteil von Sekunden, bis der gutgekleidete Fettwanst gewichtig verkündete: »Das war der Mann an der Trinkhalle, da sind wir uns ganz sicher!«

Der Oberinspektor bedankte sich bei dem Ehepaar, bestand aber darauf, dass der Verdächtige noch ein paar Sätze an sie richtete, um dadurch auch die letzten Zweifel auszuräumen.

»Geschenkt!«, murrte Klein ungehobelt. »Ich geb ja offen zu, dass ich mit der Bagage am Dienstagabend am Wasserhäuschen in der Taunusanlage aneinandergerasselt bin, weil die ihren blöden Köter nicht im Griff hatten – aber mit dem Mord an der Trinkhallenwärterin habe ich trotzdem nichts zu tun!«

Nachdem Oberinspektor Max Wilde den ehemaligen Kollegen Alfons Klein nach allen Regeln der Kunst geschlagene zwei Stunden verhört hatte und es ihm dennoch nicht gelungen war, den hochgradig Verdächtigen zu einem Geständnis zu bewegen, wurde Klein wieder in seine Zelle gebracht.

»Dich krieg ich noch, Klein!«, hatte ihm der sichtlich erschöpfte Wilde beim Hinausgehen gedroht, »spätestens morgen hab ich dich soweit und dann sind deine Tage gezählt!«

Klein, dem sehr wohl bewusst war, dass es für ihn keinen Ausweg mehr gab und er früher oder später nicht umhin konnte, endlich mit der Wahrheit herauszurücken, beschloss im Stillen, noch eine Nacht darüber zu schlafen, um sich so noch eine gewisse Bedenkzeit einzuräumen. Vielleicht tut sich ja noch was, hoffte er, denn schließlich ist er mir was schuldig!

Um ihn herum war rabenschwarze Nacht, als er wie erstarrt auf der Pritsche lag und auf das Piepsen der geschäftig auf dem Zellenboden umherhuschenden Ratten und seine eigenen pfeifenden Atemzüge lauschte. Er kam sich vor wie lebendig begraben und die winzige Gefängniszelle erschien ihm eng wie ein Sarg. »Was für eine Schnapsidee!«, fluchte er vor sich hin. »Hätt ich doch nur mein Maul aufgemacht, dann müsst ich nicht in diesem Rattenloch kampieren! Die fallen ja noch über einen her, wenn man einpennt, aber ich werd hier sowieso bestimmt kein Auge zutun!«

Er hob den Kopf an und spähte angespannt in die Dunkelheit. Auch nicht der entfernteste Lichtstrahl drang vom Flur zu ihm durch und außer dem kratzenden Geräusch, das die Krallen der Nager auf dem harten Lehmboden verursachten, und dem schrillen Quietschen, mit dem sie sich verständigten, war auch nicht der kleinste Laut zu vernehmen. *Totenstille!* Die beiden angrenzenden Nachbarzellen waren leer, das hatte er vorhin schon bemerkt, und die Polizeibeamten hatten auch schon längst Feierabend gemacht. Lediglich die Wachstube am Eingang war die ganze Nacht besetzt, das wusste er von früher. Würde ihn denn der Wachhabende da vorne überhaupt hören, wenn er einen Anfall bekäme und seine Medizin benötigte, zuckte ihm einmal mehr der bange Gedanke durch den Sinn, und er versuchte verzweifelt, die aufsteigende Panik in Schach zu halten. Was ihm jedoch nicht mehr gelingen mochte. Seine Nase war dicht und sein Hals zog sich zusammen auf den Umfang eines Nadelöhrs.

»Hilfe!«, schrie er in blanker Todesangst, doch es war nicht mehr als ein pfeifendes Röcheln. »Zu Hilfe, ich brauche meine Asthmazigarren!«

Er war schon am Ende seiner Kräfte, als er plötzlich Schritte hörte. Die lauten, energischen Schritte von Polizistenstiefeln. Sie kamen vom Ende des Flurs her, wo sich auch die Wachräume befanden, und es war auch ein Lichtschein zu sehen. Endlich nahte Hilfe! Alfons Klein, der schon fast aufgegeben hatte, hätte in diesem Moment vor Freude und Erleichterung weinen können.

»Gut, dass Ihr kommt!«, murmelte er dankbar, als der Wachhabende den Schlüssel in das Schloss steckte, »ich brauche nämlich dringend meine Medizin …«

»Ich habe sie dabei«, sagte der Mann in der Uniform und trat in die Zelle.

7

Sonntag, 28. Juli 1838

Als Oberinspektor Max Wilde um sieben Uhr in der Früh vor der Eingangstür der Hauptwache stand und diese noch verschlossen war, pochte er ärgerlich dagegen und rief: »Aufmachen!«

Er war ohnehin schlechtgelaunt und fühlte sich nach den beiden anstrengenden Arbeitstagen wie gerädert.

»Augenblick!«, erklang die verschlafene Stimme des Wachhabenden von drinnen, gleich darauf wurde das Schloss entriegelt und er blickte in das müde und verquollene Gesicht des jungen Gendarmen Semmelweis. »Die Wachstube hat jeden Tag ab Punkt sieben geöffnet zu sein!«, schimpfte Wilde verärgert und zwängte sich an dem jungen Gendarmen, der kleinlaut eine Entschuldigung murmelte, vorbei. Beim Anblick des Kopfkissens und der zusammengeknüllten Wolldecke, die auf der Holzbank gegenüber dem Empfangstresen lagen, wusste er sofort, was die Stunde geschlagen hatte, und wurde noch ungehaltener. »Verdammt nochmal, Semmelweis, das geht nicht!«, bellte er. »Wenn Ihr Euch schon hinlegt, dann achtet doch wenigstens darauf, dass Ihr nicht noch am Pennen seid, wenn die Dienstübergabe stattfindet!«

Just in diesem Moment trafen auch schon die Polizisten Kittel und Mackenroth ein und grüßten in Anbetracht der Tatsache, dass augenscheinlich dicke Luft herrschte, eher verhalten. Mit betretener Miene rollte der junge Gendarm die Wolldecke zusammen und stopfte sie mitsamt dem Kissen in eine Holztruhe hinter dem Wachtresen.

»Ich erwarte auf der Stelle Euren Rapport!«, raunzte der Oberinspektor gereizt und stemmte die Arme auf den Tresen.

Erschrocken fuhr Semmelweis zusammen. »Da … da gibt es nicht viel zu sagen«, grummelte er, »die Nacht war ruhig, es gab keine Vorkommnisse.«

Wildes Blick fiel auf die Packung mit den Asthmazigarren und die Zündhölzer, die auf der Ablage hinter dem Tresen lagen. »Und, hat er in der Nacht welche davon verlangt?«, erkundigte er sich in scharfem Tonfall bei dem Wachhabenden.

Semmelweis senkte zerknirscht den Blick. »Hab nix gehört«, erklärte er unsicher.

»Weil Ihr wahrscheinlich gepennt habt!«, schimpfte sein Vorgesetzter erbost und eilte aufgebracht zu seinem Büro. »In zehn Minuten will ich den Gefangenen vorgeführt bekommen – und das erledigen nicht die Kollegen, sondern Ihr, Gendarm Semmelweis, haben wir uns verstanden?«

»Jawohl, Herr Oberinspektor«, erwiderte Semmelweis mit dünnem Stimmchen, ergriff den großen Schlüsselbund, der auf dem Schreibtisch lag, und schlurfte mit hängenden Schultern den langen Flur entlang, an dessen Ende sich die drei Gefängniszellen für die Untersuchungshäftlinge befanden.

Max Wilde war gerade in seinem Büro angekommen und riss die Fensterflügel auf, um frische Morgenluft in die stickige Amtsstube zu lassen, als er einen markerschütternden Schrei vernahm, der vom abgelegenen Seitenflügel des Gebäudes zu kommen schien. Sogleich stürzte er aus seinem Büro und wäre auf dem Flur fast mit den Polizeibeamten Kittel und Mackenroth zusammengestoßen, die gleichermaßen beunruhigt waren. Vom Ende des Ganges drangen verzweifelte Hilferufe zu ihnen. Stante pede stürmten die drei Polizisten dorthin. Die Zellentür stand sperrangelweit offen und schon von außen gewahrten sie den auf dem Boden zusammengesunkenen jungen Kollegen, der sich in krampfartigen Schüben übergab. Beim schauderhaften Anblick des an der Decke baumelnden Toten, dessen verzerrtes, blauverfärbtes Gesicht mit den starren, weit hervortretenden Augen derart entsetzlich anmutete, drehte es selbst den erfahreneren Kollegen förmlich den Magen um. Obwohl es offensichtlich war, dass Alfons Klein nicht mehr lebte, presste Oberinspektor Wilde hervor, dass sie den Erhängten herunternehmen müssten, und stieg mit wackligen Beinen auf den Holzschemel, der nur eine Handbreit unter den großen, in schweren Arbeitsstiefeln steckenden Füßen des Toten stand.

»Stützt ihn von unten ab, damit ich seinen Kopf aus dem verknoteten Betttuch lösen kann«, ordnete Max Wilde mit brüchiger Stimme an und mühte sich mit ausgestreckten Armen, die festgezogene Verschlingung des Lakens zu lockern – was ihm nach erheblicher Anstrengung schließlich auch gelang. Die Polizisten Kittel und Mackenroth hatten alle Mühe, den schweren leblosen Körper nicht zu Boden fallen zu lassen. Keuchend betteten sie den Leichnam auf den Zellenboden und murrten unwirsch darüber, weil ihnen der kreidebleiche, auf dem Boden kauernde junge Kollege eher im Wege war, anstatt ihnen zur Hand zu gehen. Doch Semmelweis starrte nur apathisch vor sich hin und wich, so gut es ging, zur Seite.

Oberinspektor Wilde war schweißgebadet, als er sich anschließend vor dem Toten bekreuzigte und ihm die Augenlider schloss. »Kollege Kittel, könntet Ihr den Polizeiarzt Wacker herausklingeln, ich glaube, unser junger Kollege ist momentan nicht in der Lage dazu«, ächzte er außer Atem, »der braucht selber einen Arzt, wie es scheint …«

Ludger Semmelweis saß immer noch zusammengesunken auf dem Zellenboden und zitterte wie Espenlaub. »Auf, lasst ihn uns zusammen in mein Büro schaffen, da flöße ich ihm einen Branntwein ein, damit er wieder zu sich kommt«, ordnete der Oberinspektor, der sich noch gut daran erinnern konnte, wie schlecht es ihm selbst als Berufsanfänger beim Anblick seiner ersten Leiche gegangen war, mit gutartigem Spott an. Die Polizisten halfen daraufhin dem jungen Kollegen, auf die Beine zu kommen, hakten ihn unter und führten ihn, gefolgt von Max Wilde, aus der Zelle hinaus. Alle, der Oberinspektor mit eingeschlossen, waren froh, dem Schrecken des Todes den Rücken zu kehren, zumal der Tote in Anbetracht der schwülen Sommerhitze bereits einen süßlichen Verwesungsgeruch verströmte.

In seinem Büro angekommen, wies der Oberinspektor seinen Untergebenen einen Sitzplatz an, holte aus seinem Schreibtisch eine Branntweinkaraffe und vier Gläser und goss sich und den Männern einen Schnaps ein. Obwohl er nur selten Weinbrand trank und es ihm und seinen Mitarbeitern strengstens untersagt war, im Dienst Alkohol zu trinken, entschied er doch, in diesem Fall eine Ausnahme zu machen. Auf den Schock hin konnten sie alle ein Gläschen gebrauchen.

»Einen Abschiedsbrief hat er wohl nicht hinterlassen?«, sinnierte der Beamte Mackenroth nachdenklich.

»Wie denn?«, erwiderte sein Kollege Kittel kopfschüttelnd. »In den Gefängniszellen gibt es weder Feder noch Tinte.« Er warf seinem Chef einen ernsten Blick zu. »Eine Art Schuldeingeständnis ist das ja schon?«

Wilde nickte verhalten. »Das muss man wohl so sehen«, entgegnete er vorsichtig. »Mal abwarten, was der Arzt sagt, aber Fremdeinwirkung ist ja in diesem Fall eher auszuschließen.«

»Allerdings!«, bemerkte Mackenroth im Brustton der Überzeugung, »sonst müsst' es ja einer von uns gewesen sein.«

An jenem drückend schwülen Sonntagmorgen gingen Sidonie und Mathilde die Töngesgasse entlang in Richtung Trierischer Platz. Sie trugen Körbe mit Apfelwein, Eierwecken und Brezeln mit sich für das alljährliche Brunnenfest, das am festlich geschmückten Brunnen auf dem Trierischen Platz um zehn Uhr vormittags eröffnet werden sollte. Auf der Gasse herrschte bereits reger Betrieb und auch aus der benachbarten Hasengasse und Trierischen Gasse strömten die Anwohner der kleinen Brunnengemeinde dem Brunnenplatz zu. Die einfachen Leute in ihren Sonntagsgewändern waren allesamt in fröhlicher, ausgelassener Stimmung, eine jede Familie hatte für den Festtag eigens zubereitetes Gebäck und den zumeist selbstgekelterten traditionellen Frankfurter Apfelwein in großen Korbflaschen mitgebracht. Vor allem für die Kinder war die sogenannte ›Brunnenfahrt‹, die jedes Jahr am letzten Sonntag im Juli stattfand, eine Riesengaudi. Obgleich Sidonie das Brunnenfest liebte, war sie heute in einer eher betrübten Stimmung. Sie bedauerte es sehr, dass ihr geliebter Max nicht an ihrer Seite sein konnte, weil er das zermürbende Verhör mit dem nach wie vor verstockten Alfons Klein führen musste. Nach ihrem Dafürhalten war es so gut wie sicher, dass der heimtückisch und verschlagen anmutende Klein auch den Mord an Sussi begangen hatte – auch wenn er das bislang noch hartnäckig leugnete, und sie hoffte inständig, dass er am heutigen Tag endlich gestehen würde. Max, der am Rande der Erschöpfung war, tat ihr von Herzen leid. So niedergeschlagen und überarbeitet wie gestern Abend hatte sie ihn noch nie erlebt. Mit Wehmut dachte Sidonie daran, wie glücklich und unbeschwert sie beide noch das letzte Brunnenfest genossen hatten. Damals waren sie erst zwei Monate verheiratet gewesen und hatten auf dem Tanzboden am Trierischen Platz getanzt bis in die späte Nacht hinein. »Wenn der Klein heute endlich gesteht und der Fall abgeschlossen ist, nehme ich mir morgen einen Tag Urlaub und dann machen wir es uns richtig schön, mein Mädchen«, hatte er ihr heute Morgen im Bett noch zugeflüstert und sie zärtlich geküsst. Bei der Erinnerung daran stiegen Sidonie Tränen in die Augen, so sehr liebte sie ihren Mann, und sie vermisste ihn in diesem Moment so schmerzlich, dass sie schwer an sich halten musste, um nicht vollends die Fassung zu verlieren. Daher versuchte sie auch tapfer, sich auf das bunte Treiben zu konzentrieren, das um sie herum stattfand, grüßte freundlich die anderen Passanten, die sie allesamt kannte, und mühte sich, bei der Beantwortung der häufig gestellten Fragen nach dem Verbleib ihres Gatten nicht allzu traurig dreinzublicken.

Pünktlich um zehn wurde die festliche Begehung des Brunnenfestes auf dem Trierischen Platz durch den ehrwürdigen Brunnenschultheiß Anton Blümel verkündet. Dann wurden die Kandidaten für das Amt der beiden Brunnenmeister vorgestellt und von den Angehörigen der Brunnengemeinde durch Handabstimmung gewählt. Es waren, wie im vergangenen Jahr auch, der altbewährte Küfermeister Gernot Hens und der brave Maurerpolier Diethelm Heinze, welche auch diesmal wieder die meisten Stimmen auf sich vereinigen konnten.

Im Anschluss daran prüften die sachkundigen Brunnenmeister unter Aufsicht des Brunnenschultheiß' den Zustand und das Inventar der zum Brunnen gehörigen Gerätschaften und unterzogen auch den Brunnen selbst einer sorgfältigen Revision. Am Ende der Inspektion sammelten die beiden Brunnenmeister die Jahresbeiträge der Brunnengemeinde ein, die ihren Brunnen und seine bauliche Instandhaltung selbst zu tragen hatte, und übergaben die Beiträge dem von den Anwohnern berufenen Brunnenschultheiß, der seinem verantwortungsvollen Amt auf Lebenszeit nachging. Im Anschluss daran fand eine feierliche Prozession der Kinder aus dem Viertel statt, die einen großen selbstgeflochtenen Blumenkranz herbeitrugen, der über und über mit bunten Bändern dekoriert war, die jeder Haushalt der Brunnengemeinde eigens zu diesem Zweck gestiftet hatte. Auch die Mädchen und Jungen trugen Blumenkränze auf ihren sonntäglich frisierten Haaren und waren in ihre besten Kleider und Anzüge gesteckt worden. Stolz übergaben sie den Blumenkranz dem Brunnenschultheiß, der ihn gemeinsam mit den Brunnenmeistern an Schnüren über dem Brunnen aufhängte, wo er solange hängenblieb, bis er verwelkt war. Anschließend erhielt jedes Kind vom Brunnenschultheiß und seiner Frau eine Brezel und ein Glas Apfelwein – was gleichzeitig auch das

Signal für die Musikanten war, fröhliche Tanzmusik anzustimmen. Die ersten Paare eilten zum Tanzboden und das gesellige Beisammensein auf dem Brunnenplatz nahm seinen Lauf.

Sidonie und ihre Haushälterin Mathilde hatten sich an einen Tisch im Schatten einer großen Kastanie gesetzt, an dem sie von den Bekannten aus der Nachbarschaft schon freudig begrüßt wurden. Der große Steingutkrug mit Apfelwein in der Mitte des Tisches machte die Runde und als alle sich ihre Trinkbecher mit dem säuerlichen Getränk gefüllt hatten, erhoben die Leute ausgelassen ihre Becher und stießen miteinander an. Nachdem auch noch die Körbchen mit den Wecken und Brezeln herumgereicht worden waren, stand dem feucht-fröhlichen Imbiss nichts mehr im Wege. In Anbetracht der Sommerhitze waren die Kehlen entsprechend trocken und bald war kaum noch jemand unter der kleinen Festgesellschaft, dem der ›Äppelwoi‹, wie die Frankfurter ihr Traditionsgetränk liebevoll nannten, nicht zu Kopf gestiegen war. An sämtlichen Tischen wurde gesungen und geschunkelt und Sidonie versuchte, sich so gut es ging von der allgemeinen Fröhlichkeit mitreißen zu lassen, doch ihre Gedanken kreisten immer wieder um Sussis vermeintlichen Mörder, und sie wusste nur zu gut, dass sie erst wieder aufleben konnte, wenn er endgültig überführt war.

Es ging bereits auf die Mittagszeit zu, als Sidonie plötzlich im Festgetümmel den Kerchelmann gewahrte, was an sich nichts Besonderes war, denn bei den Stadtteilfesten war es gang und gäbe, dass auch die Bettler und Bedürftigen auftauchten, um von den kostenlosen Speisen und Getränken etwas abzubekommen. Wenn sie sich ordentlich betrugen, sich nicht unmäßig betranken oder sich die Taschen mit Lebensmitteln vollstopften, hatte auch niemand etwas dagegen einzuwenden. Für die einfachen Arbeiter- und Handwerkerfamilien in der Frankfurter Altstadt war es selbstverständlich, denjenigen etwas abzugeben, denen es noch um einiges schlechter ging als ihnen selbst.

Der Kerchelmann, den alle im Viertel kannten, war in Begleitung eines anderen Stadtstreichers. Er hielt überall ein Schwätzchen, sprach dem Apfelwein und den Brezeln gut zu und näherte sich mit seinem Kumpan langsam dem Tisch, an dem Sidonie saß. Im nächsten Moment hatte auch er sie bemerkt und winkte ihr frohgemut zu. Dann sagte er etwas zu seinem Begleiter, deutete zu ihr hin und gleich darauf steuerten die beiden Männer auf sie zu.

»Gott zum Gruße, Fräulein Weiß!«, begrüßte er sie ehrerbietig und neigte seinen Kopf zu ihrem Ohr. »Ich hätt gern mal mit Euch gesprochen, wenn Ihr gestattet«, raunte er ihr zu.

»Selbstverständlich, Hannes«, erwiderte die Dichterin und drehte sich zu ihm um. »Um was geht es denn?«

Der Kerchelmann wies auf den abgerissenen Mann an seiner Seite, dessen rote Trinkernase Sidonie unwillkürlich ins Auge stach. »Das ist mein Kumpel, der Staubige Toni«, stellte er ihn vor, »und der tät Euch gern mal was erzählen – ich hatte Euch doch versprochen, dass ich mich unter meinen Leuten mal umhören wollte, ob da vielleicht jemand an dem Abend was gesehen hat, an dem die Frau im Wasserhäuschen umgebracht worden ist«, flüsterte er verschwörerisch.

Sidonie, die sogleich hellhörig geworden war, erhob sich von der Sitzbank und trat mit den beiden Stadtstreichern ein Stück zur Seite, um der lärmenden Tischgesellschaft zu entkommen, damit sie ungestört mit dem Mann sprechen konnte.

»Ich war ja deswegen auch schon am Freitagmorgen bei der Polizei und wollte das melden, wo die doch Zeugen gesucht haben, die am Dienstagabend zu der Zeit, als die Frau ermordet wurde, etwas an der Trinkhalle beobachtet haben. Doch der junge Polizeischnösel in der Wachstube hat mir nur ein freches Maul angehängt, von wegen, ich wollte doch nur die Belohnung abstauben, und hat mich wieder fortgeschickt«, murmelte der große, spindeldürre Mann mit dem ausgemergelten Trinkergesicht erbittert. »Aber der Hannes hat gemeint, dass ich Euch das trotzdem sagen soll, denn das könnte ja vielleicht wichtig sein«, erklärte er leicht befangen und war augenscheinlich darauf bedacht, der hübschen rothaarigen Dame nicht zu nahe zu kommen, damit sie seine Alkoholfahne nicht bemerkte.

Doch Sidonie, die längst wahrgenommen hatte, dass der Stadtstreicher nach Branntwein roch, störte sich nicht weiter daran, dazu war sie viel zu gespannt darauf, was er ihr mitzuteilen hatte. »Das denke ich auch!«, bekräftigte sie und blickte den Staubigen Toni abwartend an, der konzentriert die Augen zusammenkniff. »Also, das war so: Am Dienstagabend bin ich durch die Anlagen marschiert, um mir einen guten Platz zum Schlafen zu suchen – wo niemand in der Nähe ist, der mir noch den Schnaps wegsäuft oder sonstwie lange Finger macht. Und da kam ich an die Taunusanlage, wo auch die große Baustelle ist. Das muss so gegen zehn Uhr gewesen sein, denn kurz vorher hat die Uhr von der Weißfrauenkirche die zehnte Stunde geschlagen, und da hab ich mir noch gedacht, da musste dich aber sputen, denn bald wird's dunkel und dann siehste nix mehr. Ich bin dann also weitergelaufen in Richtung

Trinkhalle und hör noch, wie die Verkäuferin von innen die Läden zuklappt, und beim Weitergehen seh ich dann auf einmal, dass hinter dem Pavillon ein Mann steht. Der stand so komisch da rum, als tät er auf jemand warten, und beim Näherkommen ist mir aufgefallen, dass der eine Uniform anhatte. Verdammt, ein Schutzmann, hab ich da gedacht und schnell wieder kehrtgemacht, denn ich wollt dem ja nicht noch in die Fänge laufen, das gibt nur Ärger für unsereinen. Ja, und dann hab ich meine Beine in die Hand genommen und bin wieder in die Richtung gelaufen, von wo ich gekommen bin – und mehr kann ich auch nicht sagen«, erklärte er achselzuckend.

»Seid Ihr Euch denn sicher, dass der Mann ein Polizist war?«, fragte Sidonie und musterte den Staubigen Toni beklommen. »Es fing doch schon an zu dämmern …«

»Auf der Polizeiwache wollte ich das ja nicht so direkt sagen, da hab ich nur gesagt, dass ich einen Mann in Uniform am Wasserhäuschen gesehen habe«, murmelte der Stadtstreicher verlegen. »Sonst fühlen die sich doch gleich auf den Fuß getreten. Aber Euch kann ich doch die Wahrheit sagen, denke ich, der Hannes hält nämlich große Stücke auf Euch und hat gesagt, dass Ihr immer sehr anständig zu ihm wart, und deswegen: Ja, ich bin mir ziemlich sicher, dass es ein Gendarm war. Unsereiner muss doch immer auf der Hut vor denen sein, weil die uns gerne das Leben schwermachen, und da kriegt man mit der Zeit so eine Art Gespür für die. Jedenfalls, ich erkenn einen Polizisten schon, wenn der noch ein paar Hundert Meter von mir weg ist, das könnt Ihr mir glauben!«

Sidonie ergriff spontan die schmuddelige Hand des Mannes und dankte ihm aufrichtig. Sie war zwar von der Mitteilung des Staubigen Toni noch ganz aus dem Häuschen und musste ihre Gedanken erst neu sortieren, doch sie spürte schon jetzt, dass dieser neue Aspekt wichtig genug war, ihn keinesfalls unter den Tisch fallen zu lassen.

»Möglicherweise haben wir jetzt noch einen ... weiteren Verdächtigen ...«, murmelte sie gedankenversunken und stand da wie vom Donner gerührt. »Was aber ist dann mit Klein?«

Sidonie schloss die Haustür auf und eilte in die Küche, um für Max rasch noch ein paar Äpfel einzupacken, die sie ihm, zusammen mit den Brezeln und Wecken vom Brunnenfest, als kleine Stärkung auf die Wache bringen wollte. Sie war noch immer ganz aufgewühlt von den beunruhigenden Beobachtungen des Stadtstreichers und brannte darauf, Max endlich darüber in Kenntnis zu setzen. Daher hatte sie es auch keine Minute mehr länger auf dem Brunnenfest ausgehalten und war mit der knappen Bemerkung zu der erstaunten Tante Tilla, sie habe etwas Wichtiges zu erledigen, davongestürmt.

Als sie die Küche betrat und ihren Mann erblickte, der mit hängenden Schultern am Küchentisch saß, vor sich eine Branntweinflasche und ein halbgeleertes Glas, und ihr bekümmert entgegenblickte, gab sie einen Aufschrei von sich. »Was hast du denn, mein Armer?«, fragte sie besorgt und breitete die Arme um ihn.

»Klein hat sich aufgehängt«, erwiderte er mit belegter Stimme. »Wir haben ihn heute Morgen tot in der Zelle aufgefunden, es war eindeutig Selbstmord, sagt der Doktor.«

Sidonie war vor Schreck wie gelähmt. »Das ist ja entsetzlich!«, murmelte sie fassungslos und ließ sich mit wackligen Beinen auf den Stuhl an seiner Seite sinken.

»Willst du auch einen Schnaps?«, fragte Max und schob ihr sein Glas hin. »Ich habe jedenfalls einen gebraucht, es war so ein schlimmer Anblick, der Schock steckt mir jetzt noch in den Knochen«, seufzte er niedergeschlagen. Sidonie streichelte mitfühlend seine Hand. »Das kann ich mir vorstellen. Hat er denn irgendetwas hinterlassen, ein Schuldeingeständnis oder etwas in der Art?«, fragte sie beklommen.

Max schüttelte den Kopf. »Das nicht, er hatte ja auch kein Schreibzeug in der Zelle. Aber ist das nicht schon Schuldeingeständnis genug, wenn sich ein hochgradig Verdächtiger nach dem Verhör in der Zelle aufhängt? Es sprach doch alles gegen ihn, das wusste er selber, und früher oder später hätte er den Mord gestanden und wäre dafür an den Galgen geknüpft worden – und so ist er dem eben zuvorgekommen …« Max rieb sich erschöpft die übermüdeten Augen und gähnte. »Ein eindeutiges Geständnis wäre mir lieber gewesen, das kannst du mir glauben«, erklärte er zerknirscht. »Und es war auch alles andere als ein Vergnügen für mich, als ich vorhin Kleins Mutter die Nachricht vom Freitod ihres Sohnes überbringen musste. Die alte Frau ist weinend zusammengebrochen. Wie auch immer, der Fall ist jetzt abgeschlossen. Polizeisenator Hessenberg gibt noch heute eine Presseerklärung ab, die morgen in sämtlichen Tageszeitungen erscheinen wird.« Er stürzte den Branntwein hinunter und legte den Arm um Sidonie. »Ich muss heute leider den Nachtdienst übernehmen, meine Liebe«, sagte er bedauernd. »Tut mir leid, ich hätte lieber den Abend mit dir verbracht, mein Mädchen. Aber der junge Kollege Semmelweis, der Klein in seiner Zelle gefunden hat, ist nervlich am Ende. Der Doktor hat ihn heute Morgen in seine

Kutsche verfrachtet und heimgefahren, wo er ihm dann eine hoch dosierte Bromlösung gespritzt hat, weil er so unter Schock stand. Für heute fällt er jedenfalls aus und da muss ich halt in die Bresche springen …«

»Warum ausgerechnet du?«, fragte Sidonie empört. »Du hast doch die ganze letzte Zeit schon immer bis spät nachts gearbeitet, hätten denn da nicht mal andere einspringen können?«

»Meine Leute sind fast alle Familienväter, ich wollte ihnen den einzigen freien Tag in der Woche, den sie mit ihren Kindern und Ehefrauen verbringen können, nicht auch noch nehmen«, erwiderte der Oberinspektor. »Sei mir nicht böse, aber ich leg mich jetzt mal eine Stunde hin, um sechs Uhr muss ich nämlich schon wieder auf der Wache sein. Du kannst ja auch ein Schläfchen halten, wenn du willst?« Er schmiegte seinen Kopf an Sidonies Schulter und küsste sie zärtlich auf den Hals. Sie umarmte ihn innig. »Das mache ich gerne, mein Liebster«, raunte sie ihm zu und überlegte einmal mehr, ob sie ihren erschöpften Ehemann, nach all den Schrecken, die ihm der Tag ohnehin schon beschert hatte, überhaupt noch mit dem behelligen sollte, was ihr der Stadtstreicher vorhin auf dem Brunnenfest erzählt hatte. »Willst du nicht noch ein paar Brezeln essen, mein Herz? Ich habe nämlich extra welche vom Brunnenfest für dich mitgebracht.« Sidonie wies auf den Korb, den sie auf den Tisch gestellt hatte.

»Das ist ganz reizend von dir, dass du an mich gedacht hast, aber sei mir nicht böse, ich krieg momentan nichts runter. Die Sache mit dem Klein ist mir ganz schön auf den Magen geschlagen«, erklärte Max gepresst und erhob sich ächzend aus dem Stuhl. »Komm mit mir, mein Mädchen, es wird mir guttun, dich bei mir zu haben«, krächzte er kehlig und streckte die Arme nach Sidonie aus.

Als sie wenig später eng aneinandergeschmiegt im Bett lagen, dauerte es nur ein paar Minuten, bis Sidonie die entspannten Atemzüge von Max vernahm, die ihr verrieten, dass er eingeschlafen war. Sie gönnte ihrem überarbeiteten Gatten von Herzen die kurze Erholung, die er so bitter nötig hatte, und war froh, dass sie ihm von dem Gespräch mit dem Staubigen Toni nichts gesagt hatte. Das kann ich immer noch machen, sagte sie sich selber. Durch Kleins Freitod schienen die Würfel ja ohnehin gefallen … Sind sie das denn wirklich?, gellte es ihr plötzlich durch die Sinne und sie spürte, wie ihr unversehens der Schweiß ausbrach.

»Mir geht es jetzt schon viel besser«, erklärte Max, der am Küchentisch saß und munter in einen Eierweck biss, während Sidonie ihm einen Mokka einschenkte, um sich anschließend an seine Seite zu setzen. Sie hatte sich einen seidenen Morgenmantel übergeworfen und fuhr mit der Hand durch ihr zerzaustes rotes Haar. Er streifte sie mit einem sinnlichen Blick und streckte sich behaglich. »Der Schlaf hat mir gutgetan – und unser wunderbares Liebesspiel eben hat mich sogar richtig hungrig gemacht … nach mehr …«, fügte er leise hinzu und küsste Sidonie zärtlich. »Doch in einer Stunde muss ich ja schon wieder auf der Wache sein und mir die Nacht um die Ohren schlagen«, seufzte er resigniert. »Aber wenn bei uns alles wieder in geregelten Bahnen läuft, nehme ich mir einen Tag frei und dann lassen wir zwei es uns so richtig gutgehen. Ich habe dich in letzter Zeit genug vernachlässigt, mein armes Mädchen!«

»Das stimmt gar nicht, mein Herz, ich genieße jeden Augenblick mit dir. Mach dir da mal nur keine Sorgen«, erwiderte Sidonie mit glücklichem Lächeln und schenkte sich selber einen Mokka in das zierliche, kunstvoll bemalte Mokkatässchen aus der Höchster Porzellanmanufaktur, welches ihnen Doktor Heinrich Hoffmann als zwölfteiliges Service zur Hochzeit geschenkt hatte. Sie nahm einen Schluck und musterte Max eindringlich. »Maxe – ich muss dir was sagen«, erklärte sie mit ernstem Unterton.

»Was hast du denn nur wieder angestellt?«, fragte der Oberinspektor und drohte scherzhaft mit dem Zeigefinger.

»Ausnahmsweise mal nichts«, entgegnete die Dichterin, »ich hätte dir nur gerne etwas erzählt – und heute Mittag, als du so erledigt warst, wollte ich dich nicht damit behelligen. Aber ich denke, dass es eventuell von großer Bedeutung sein könnte, was den Mord an Sussi anbetrifft …«

Die gutgelaunte Miene von Max verdüsterte sich schlagartig. »Was soll denn das heißen?«, fragte er unwirsch. »Wir wissen doch jetzt, wer der Schuldige war!«

Sidonie mühte sich um einen unaufgeregten Tonfall, als sie ihm von dem Gespräch mit dem Stadtstreicher berichtete. »Er schwört Stein und Bein, dass es sich um einen Mann in Polizeiuniform gehandelt habe – und ich muss zugeben, dass ich ihm das auch glaube!«, endete Sidonie mit Nachdruck und blickte Max, der die ganze Zeit schon skeptisch die Stirn gerunzelt hatte, trotzig an.

»Das will ich ja auch gar nicht in Zweifel ziehen«, erwiderte Max versöhnlich, »nur gibt es dafür eine einfache Erklärung.«

»Die wäre?«, fragte Sidonie spitz.

»Die Kollegen von der Spätschicht sind bereits vor einiger Zeit durch den Polizeisenator höchstpersönlich dazu angewiesen worden, abendliche Streifzüge durch die Promenaden vorzunehmen, um dadurch Leute wie den Staubigen Toni davon abzuhalten, nachts in den Parkanlagen zu kampieren.«

»Aber der Polizist, den Toni gesehen hat, stand direkt hinter dem Wasserhäuschen und das auch noch genau zu der Zeit, als der Mord geschah!«, platzte es aus Sidonie heraus.

»Vielleicht hat er sich ja hinter der Trinkhalle versteckt, um zu beobachten, ob sich der Staubige Toni irgendwo in die Büsche haut«, konterte Max ungerührt, »und dass das um Punkt zehn Uhr gewesen sein soll, das wage ich, gelinde gesagt, zu bezweifeln. Diese Tippelbrüder haben's doch nicht so mit der Zeit, und ob die Uhr jetzt acht oder neun Mal geschlagen hat, das macht für die keinen großen Unterschied, denn am Abend sind die sowieso nicht mehr ganz so nüchtern von dem ganzen Schnaps, den die tagsüber getrunken haben …«

»Lass gut sein!«, schnappte Sidonie ärgerlich. »Ich merke schon, dass du davon nichts hören willst.«

»Weil das alles nur krudes Zeug ist von einem Stadtstreicher, der sich wichtigmachen will. Oder aber, und da lag vielleicht der junge Kollege Semmelweis noch nicht einmal falsch mit seiner Vermutung, dass der Kerl nur die Belohnung einheimsen wollte!«

»Wie ungerecht du bist! An so etwas denkt der Mann doch gar nicht, er wollte einfach nur helfen, indem er der Polizei einen wertvollen Hinweis gibt«, erklärte Sidonie entrüstet.

»Komm, lass uns doch nicht streiten«, suchte Max einzulenken. »Ich verspreche dir auch, dass ich die Kollegen, die an besagtem Abend in den Promenaden Streife gegangen sind, noch einmal auf den Vorfall ansprechen werde.

Aber mach dir da nicht zu viel Hoffnung, denn falls ihnen zur Tatzeit in der Nähe des Wasserhäuschens etwas aufgefallen wäre, dann wüsste ich das nämlich schon längst!«

Sidonie schwieg gekränkt und erhob sich, um Max ein paar Butterbrote für die Nachtschicht zu bereiten.

Als er sich anschließend mit einem Kuss von ihr verabschieden wollte, entzog sie sich ihm schmollend und wünschte ihm einen ruhigen Dienst.

Am Sonntagnachmittag schlenderte Thekla in Begleitung von Theodor Schaller die belebte Zeil entlang. Der Amtmann hatte sie doch vorgestern am Wasserhäuschen aufgesucht und sie auf seine schüchterne, umständliche Art für den heutigen Nachmittag zu einem gemeinsamen Besuch im renommierten Eiscafé Bütschli auf der Zeil eingeladen. Im ersten Moment hatte sich Thekla von seinem Anerbieten brüskiert gefühlt und war schon drauf und dran, ihm einen Korb zu geben, doch als sie in seine blauen Augen geschaut hatte, die sie scheu und schwärmerisch zugleich hinter den dicken Brillengläsern anblickten, war sie schlagartig entwaffnet gewesen und hatte sich, wenn auch zögerlich, dazu hinreißen lassen, zuzustimmen.

Noch nie zuvor hatte sie von einem Mann eine so nette Einladung erhalten und schon als Kind hatte sie immer davon geträumt, wenigstens einmal im Leben in dieses vornehme Café gehen zu können und all die köstlichen selbstgemachten Eissorten auszuprobieren. Doch dazu hatte ihr stets das Geld gefehlt und später, als sie es sich durch Anschaffen selber verdiente, hatte sie es nur für Schnaps ausgegeben.

Den ganzen Vormittag hatte sie damit zugebracht, sich für ein dem Anlass angemessenes Kleid zu entscheiden, die dazu passenden Schuhe und all die anderen Accessoires, die eine junge Dame für ein Rendezvous in einem illustren Lokal eben trug. Natürlich gab ihr bescheidener Kleiderschrank nicht annähernd das her, was sich die Töchter aus gutem Hause zu leisten vermochten, doch ein paar hübsche Sachen waren schon dabei, dank Sidonie, die es liebte, Thekla Geschenke zu machen. So wählte sie auch das duftige fliederfarbene Sommerkleid mit den bauschigen Rüschen und der breiten blassblauen Seidenschärpe aus, welche ihr die Dichterin, ebenso wie die dazugehörigen rosafarbenen Seidenslipper und den zierlichen Spitzensonnenschirm, im Juni zu ihrem 18. Geburtstag geschenkt hatte. Sorgfältig hatte sie sich die langen dunkelbraunen Haare gekämmt, sie zu zwei Zöpfen geflochten und zu sogenannten ›Affenschaukeln‹ oberhalb der zierlichen Ohren hochgesteckt. Da ihr jegliche Schminke verhasst war, hatte sie auf Puder und Lippenbalsam verzichtet und sich lediglich den Haaransatz mit wohlriechendem Orangenöl betupft. Dann war sie nach einem letzten kritischen Blick in den Spiegel mit Schmetterlingen im Bauch davongerauscht zur Katharinenkirche, wo Theodor Schaller sie schon freudig erwartet hatte. Auch er hatte sich für den sonntäglichen Cafébesuch entsprechend hergerichtet und trug einen eleganten hellgrauen Gehrock und einen gleichfarbigen Zylinderhut. Am Anfang ihres Treffens war er noch sehr aufgeregt und schüchtern, sodass seine Bemerkungen über das Wetter und andere Allgemeinplätze reichlich verkrampft und aufgesetzt anmuteten. Für die erfahrene Männerkennerin Thekla war es offensichtlich, dass der junge Amtmann an Damenbegleitung nicht gewöhnt war und es ihm kaum gelingen mochte, seine Scheu zu überwinden. Das hatte sich jedoch nach kurzer Zeit gelegt und er wurde an Theklas Seite immer entspannter. Als sie an einem kleinen Blumenstand vorbeigekommen waren, war er sogar kurzerhand dort hingeeilt und hatte für seine Begleiterin ein kleines Veilchensträußchen erstanden. Thekla war fast gerührt über die reizende Geste und hatte sich das duftende Blumengesteck am Ausschnitt ihres Kleides befestigt, mit dessen fliederfarbenem Farbton es perfekt harmonierte. Dann hatte ihr Theodor Schaller ein Kompliment ausgesprochen – der Glanz in seinen Augen verriet Thekla, dass er es ehrlich meinte – und ihr galant seinen Arm geboten, was sie nicht ausschlagen mochte. Und so spazierten die ehemalige Prostituierte und der schüchterne Magistratsbeamte ebenso wie die zahllosen anderen jungen Paare die Zeil entlang und fingen mehr und mehr an, den strahlenden Sommertag und die Gesellschaft des anderen zu genießen.

»Wieso seid Ihr eigentlich der Mäßigkeitsbewegung beigetreten, wo Ihr doch noch so jung seid? Und ehrlich gesagt, Ihr wirkt auch nicht wie jemand, der früher einmal dem Alkohol verfallen war?«, fragte Thekla den Mann an ihrer Seite unversehens.

Theodor Schaller lächelte. »Das trifft zu«, erwiderte er und blickte Thekla offen an. »Doch obgleich ich nicht selber der Trunksucht verfallen war, hatte ich doch genug darunter zu leiden.« Seine Miene verdüsterte sich. Thekla, die seine Beklommenheit spürte, entschuldigte sich bei ihm, dass sie ihm zu nahe getreten sei, und versuchte sogleich, das Thema zu wechseln, doch der junge Beamte sah sie eindringlich an und bekundete, dass er ihr gerne die Wahrheit sagen würde, da er das Gefühl habe, er könne ihr vertrauen.

»Das ehrt mich!«, erwiderte Thekla geschmeichelt und musterte den hageren, hochaufgeschossenen Magistratsbeamten wohlwollend. Der junge Mann war plötzlich stehengeblieben, neigte sein Haupt zu ihr herunter und erklärte stockend: »Solange ich denken kann, hat mein Vater, Gott hab ihn selig, sich Abend für Abend bis zur Besinnungslosigkeit mit Branntwein zugeschüttet. Tagsüber hat er gearbeitet, er war ebenfalls Magistratsbeamter, und sich größte Mühe gegeben, seine Trunksucht hinter seiner stets korrekten Fassade zu verbergen. Was ihm wohl auch gut gelungen ist, denn er galt in Kollegenkreisen stets als gewissenhafter Beamter – und vorbildlicher Familienvater, der er in Wirklichkeit niemals war.« In Theodor Schallers hellblauen Augen glitzerten Tränen. »Im Gegenteil!«, stieß er zwischen zusammengepressten Zähnen hervor, »es verging kaum ein Abend, an dem er meine Geschwister und mich, häufig genug auch meine bedauernswerte Mutter, nicht im Vollrausch aufs Schlimmste misshandelt und gezüchtigt hat …« Die gesenkte Stimme des jungen Mannes zitterte vor Erregung. »Und ich habe immer die meisten Schläge einstecken müssen, weil ich von allen der Schwächste und der Ängstlichste war. ›Du verfluchter Duckmäuser!‹, hat er immer geschrien und hat sich manches Mal regelrecht in eine Art Blutrausch gesteigert, wenn er auf mich eingeprügelt hat. Meine Mutter hat meistens versucht, ihn zurückzuhalten, doch das hat ihn nur noch mehr angestachelt und ihr selber nichts als Schläge eingebracht.« Ihm entrang sich ein verzweifeltes Schluchzen. »Meine Kindheit war die reinste Hölle, auch wenn es uns an nichts mangelte, wir immer anständig gekleidet waren und eine gute Schulausbildung erhielten. Meine Mutter hat den Kummer nicht verkraftet und ist früh an der Schwindsucht gestorben. Nach ihrem Tod habe ich versucht, mir das Leben zu nehmen. Ich war gerade einmal zwölf Jahre alt. Daraufhin hat mich der Vater in eine Kadettenanstalt gesteckt, damit ich Zucht und Ordnung lerne. Weil ich so schmächtig und unsportlich war, wurde ich dort von meinen Kameraden nur gequält und gehänselt. Es war von der ersten Minute an klar, dass aus mir kein guter Soldat werden würde und dass ich für die Militärlaufbahn denkbar ungeeignet war. Doch mein Vater blieb unbeugsam und beließ mich dort, bis ich 16 wurde. Dann brachte er mich bei der Stadt unter. Da ich gut schreiben und rechnen konnte und eine gut leserliche Handschrift hatte, bot mir der Magistrat schließlich an, die Beamtenlaufbahn einzuschlagen. Wenig später wurde mein Vater im volltrunkenen Zustand vom Schlag getroffen, von dem er sich auch nicht mehr erholte. Er fristet seither in einem Pflegeheim für ehemalige städtische Bedienstete ein trauriges Invalidendasein und muss gewindelt und gefüttert werden wie ein hilfloser Säugling. Ich besuche ihn dort nur sehr selten, wie ich zugeben muss, und es fällt mir auch schwer, so etwas wie Mitgefühl für ihn zu empfinden.«

»Das kann ich gut verstehen, nach allem, was er Euch angetan hat!«, erwiderte Thekla mitfühlend und musterte den jungen Beamten mit nachdenklicher Miene. »Da ist es Euch ja nicht viel besser ergangen als mir, auch wenn Ihr im Gegensatz zu mir in gesicherten Verhältnissen aufgewachsen seid.«

»Davon ist auszugehen«, entgegnete Theodor Schaller grimmig.

»Ihr müsst Eure Mutter sehr geliebt haben«, murmelte Thekla berührt.

»Das habe ich – und ich habe ihr an ihrem Sterbebett

schwören müssen, dass ich niemals einen Tropfen Alkohol anrühre, damit ich nicht so werde wie mein Vater«, erklärte er ergriffen. »Obwohl ich das sowieso nie gemacht hätte. Denn durch meinen Vater hege ich solch eine Abneigung gegen Alkohol, dass ich ohnehin niemals Gefahr laufen würde, etwas Alkoholisches zu trinken. Alleine schon der Geruch schaudert mich und um Betrunkene mache ich stets einen großen Bogen. Das ist auch ein Grund, warum ich nie in eine Schankwirtschaft gehen würde«, erläuterte er lebhaft. »In Kaffeehäusern ist das hingegen etwas ganz anderes, da könnte ich mich regelrecht festsetzen. Den ganzen Tag Kaffee trinken und von diesen köstlichen Torten und Süßigkeiten naschen, davon kann ich nicht genug kriegen«, endete er scherzhaft und schlug vor, doch endlich zum Eiscafé Bütschli aufzubrechen.

Nun war es Thekla, die frohgemut seinen Arm ergriff und ihm zuraunte, dass sie es kaum noch erwarten könne.

An diesem heißen Hochsommertag tummelte sich an den Außentischen des Eiscafés unter den großen bunten Sonnenschirmen bereits eine beträchtliche Menge an Besuchern. Glücklicherweise wurde gerade ein Tisch frei, sodass Thekla und ihr Begleiter nicht gezwungen waren, auf die wenigen freien Plätze an den bereits besetzten Tischen auszuweichen, was den beiden jungen Leuten auch wenig gelegen gekommen wäre. Energisch eilte Theodor Schaller zu dem freigewordenen Tisch und rückte Thekla zuvorkommend einen Stuhl zurecht, ehe er sich mit zufriedenem Lächeln an ihrer Seite niederließ. Während Thekla sogleich mit großer Begeisterung die Eiskarte studierte, empfahl ihr Begleiter, zuvor aber unbedingt ein Stück von der köstlichen Frankfurter Kranztorte zu kosten und dazu einen im Glas servierten Mokka zu trinken.

Die junge Frau ließ sich gerne von ihm dazu überreden und bald genossen sie gemeinsam das cremige, auf der Zunge zergehende Gebäck und den aromatischsten Kaffee, den Thekla jemals getrunken hatte. Zum Nachtisch bestellten sie sich das berühmte Bütschlier Nougateis mit Mandelsplittern und Schlagsahne und unterhielten sich angeregt. Sie erzählten einander von sich und sprachen auch eingehend über die aktuellsten Ereignisse im Mordfall.

»Es wäre ja ein großes Glück, wenn Sussis Mörder endlich dingfest gemacht werden könnte, und nach allem, was Ihr mir über diesen Klein so erzählt habt, könnte er ja durchaus der Täter sein«, sagte Theodor Schaller mit ernster Miene.

»Er ist hochgradig verdächtig, soviel steht fest, und für Sidonies Dafürhalten gibt es kaum einen Zweifel, dass er den Mord begangen hat«, sinnierte Thekla düster. »Dieser Schuft gehört an den Galgen!«

»Da wird er schon noch hinkommen, früher oder später wird er zusammenbrechen und gestehen«, entgegnete der junge Beamte zuversichtlich. »Denn, was den Raben gehört, ertrinket nicht. So lautet ein mittelalterliches Sprichwort«, fügte er mit sarkastischem Lächeln hinzu und blickte wie gebannt in Theklas dunkle Augen. »Ihr habt wunderschöne Augen, sie haben die tiefbraune Farbe von arabischem Mokka«, murmelte er verzückt.

Thekla stieß ihn scherzhaft mit dem Ellenbogen an. »Jetzt hört doch auf mit Eurer Schwärmerei!«, rief sie mit gespielter Empörung. »Sagt mir lieber, was es mit diesem Sprichwort auf sich hat, das gefällt mir nämlich!«

Theodor Schaller lächelte verschämt. »Ich muss gestehen, dass ich ein hoffnungsloser Bücherwurm bin und das war ich schon als Kind. Immer wenn ich unglücklich war, hab ich mich in meine Bücher geflüchtet. Ich habe einfach alles gelesen, was mir in die Hände kam und was gut und spannend war. So habe ich inzwischen eine recht umfangreiche Büchersammlung von mehr als 2000 Büchern. Und das Sprichwort, das ich eben zitiert habe, stammt aus einem mittelalterlichen Geschichtsbuch. Zurzeit bin ich nämlich fasziniert von dieser düsteren Epoche und kann gar nicht genug davon kriegen.«

»Das ist ja fantastisch!«, rief Thekla begeistert und berichtete Theodor, dass auch sie eine leidenschaftliche Leseratte sei. »Allerdings habe ich erst vor ein paar Jahren lesen und schreiben gelernt, meine liebe Freundin Sidonie hat es mir beigebracht und von ihr stammen auch die meisten Bücher, die ich besitze. Sie füllen freilich nur ein paar Regale und können sich mit Eurer Bibliothek gewiss nicht messen, doch sie sind mein ganzer Stolz. Zurzeit lese ich gerade ein sehr unheimliches Buch, das so spannend geschrieben ist, dass ich es kaum aus der Hand legen kann. Es heißt ›Frankenstein‹ und stammt von der englischen Schriftstellerin Margaret Shelley.«

»Ein großartiges Werk!«, schwärmte der junge Beamte, dessen Schüchternheit sich gänzlich verflüchtigt hatte. »Ich habe es im letzten Herbst gelesen und war richtig traurig, als es zu Ende war, so sehr hat es mich in seinen Bann gezogen.«

Theklas dunkle Augen glänzten. »Wie gerne würde ich mir Eure Bibliothek einmal anschauen – und vielleicht darf ich mir ja auch gelegentlich das eine oder andere Buch ausleihen?«, fügte sie vorsichtig hinzu.

»Selbstverständlich, meine Liebe, so viele Bücher, wie Ihr wollt«, erwiderte Theodor Schaller herzlich, »und es wäre mir eine große Ehre, wenn Ihr mich demnächst einmal besuchen kommt. Ich wohne ganz in der Nähe in der Braubachgasse über der Löwenapotheke und Ihr seid mir jederzeit willkommen!«

»Danke für Euer Angebot, ich komme gerne und vielleicht auch schon recht bald«, erwiderte Thekla übermütig. Noch mit keinem Mann hatte sie sich je zuvor so gut unterhalten und sie fühlte sich in der Gesellschaft von Theodor Schaller ausgesprochen wohl – was sie sich nie und nimmer hätte vorstellen können. Geschweige denn, dass sie so etwas wie Zuneigung für einen Mann empfinden könnte, was hingegen für den feinfühligen jungen Beamten langsam in ihr aufzukeimen begann. So ließ sie sich in einer tollkühnen Anwandlung auch dazu hinreißen, ihm das Du anzubieten – und war selber ganz verwundert darüber. Theodor Schaller hielt ihr strahlend seine schmale Hand hin, die sie ergriff und drückte – mit Erstaunen nahm sie wahr, dass sie sich diesmal angenehm warm und trocken anfühlte. Dennoch überkam sie bei der Berührung eine leichte Gänsehaut.

Die Zeit war vergangen wie im Flug und die beiden jungen Leute waren erstaunt, als die benachbarte Römeruhr bereits die fünfte Nachmittagsstunde anschlug. Erst jetzt gewahrten sie, dass kaum noch Leute an den Tischen saßen. Theodor Schaller gab der Kellnerin ein Zeichen und erkundigte sich bei Thekla, ob er für sie noch etwas bestellen dürfe, ehe er die Rechnung begleiche. Thekla hatte gerade die Worte »Nein danke« ausgesprochen, als eine Passantin unversehens das Wort an sie richtete. Erstaunt blickte Thekla zu ihr hin und erkannte in der schlanken, gutaussehenden Frau mit den hochgesteckten rotblonden Haaren eine alte Bekannte aus Kindertagen. »Grüß dich, Irmgard, das ist ja eine Überraschung!«, grüßte sie die junge Frau freundlich. »Willst du dich nicht ein wenig zu uns setzen?«

Die Frau mit den feinen Gesichtszügen und dem vollen roten Mund zögerte und ließ ihre Blicke verstohlen über Theklas Begleiter streifen. »Ich möchte nicht stören«, erwiderte sie taktvoll.

Thekla, die Irmgards Gedanken sogleich erraten hatte, erklärte lachend: »Du störst uns bestimmt nicht, dass ist Theodor Schaller, ein … guter Freund, der bestimmt nichts dagegen hat, wenn du dich zu uns gesellst.« Sie blickte Theodor fragend an, der Irmgard sogleich einen Stuhl anbot. Nachdem Thekla ihm die elegant gekleidete junge Frau als Irmgard Stocklossa vorgestellt hatte, die sie noch aus dem Fürsorgeheim in der Bleichstraße kannte, entspann sich zwischen den beiden Frauen ein angeregtes Gespräch, in welchem sich Irmgard mit großem Interesse nach dem Stand der Ermittlungen im Mordfall Sussi Kesselheim erkundigte, da sie Sussi noch aus der Zeit kannte, als diese auf den Strich gegangen war. Als Theodor Schaller zwischen den Zeilen las, dass es sich bei der anmutigen jungen Dame um eine Gelegenheitsprostituierte handelte, blinzelte er erstaunt. Von ihrem makellosen Erscheinungsbild her hätte man sie ohne Weiteres für eine Tochter aus gutem Hause halten können, aber was verstehe ich schon von Frauen, dachte er selbstironisch und lauschte weiter dem Gespräch.

»Nun, es sieht ganz so aus, als ob sie den Mörder endlich haben!«, bemerkte Thekla triumphierend. »Es ist ein ehemaliger Polizist, der sich durch den hinterhältigen Mord an Sidonie rächen wollte.«

Irmgard, die ihr aufmerksam zugehört hatte, runzelte befremdet die Stirn. »Ein *ehemaliger* Polizist, bist du dir da sicher?«, fragte sie verdutzt. Auf ihren ebenmäßigen Zügen spiegelte sich Beklommenheit. »Ich meine, willst du damit sagen, dass er *kein* Polizist mehr ist?«, murmelte sie irritiert und musterte Thekla angespannt.

»Was fragt du mich denn für komisches Zeug?«, fragte Thekla überrascht. »Natürlich ist er *kein* Polizist mehr, den haben sie nämlich vor zwei Jahren bei der Polizei rausgeworfen und jetzt arbeitet er als Handlanger auf der Taunusbahnbaustelle. Alfons Klein heißt er, glaube ich, und er hat auch einen anonymen Drohbrief an das Fräulein geschrieben und das Wasserhäuschen mit wüsten Beschimpfungen beschmiert.«

»Hat er denn den Mord schon gestanden?«, fragte Irmgard mit alarmiertem Blick, während sich ihre Hände um die Stuhllehnen krampften.

»Bisher hat er wohl eisern geleugnet, aber es ist nur noch eine Frage der Zeit, wann er einknickt und endlich alles zugibt«, erwiderte Thekla, die sich keinen rechten Reim auf Irmgards merkwürdiges Gebaren machen konnte, mit leicht gereiztem Unterton und musterte diese forschend. »Was ist denn mit dir, du wirkst auf einmal so … sonderbar?«, fragte sie unversehens.

Irmgard bemühte sich um ein Lächeln, das zu dem bangen Ausdruck ihrer Augen einfach nicht passen mochte. »Nichts, es ist alles in Ordnung, ich bin nur etwas in Eile, ich habe gleich noch einen Termin mit einem … Kunden«, entgegnete sie hektisch und wollte sich schon erheben. Doch Thekla hielt sie am Arm fest. »Irmgard, du verschweigst mir doch etwas, dazu kenne ich dich viel zu lange und zu gut, um das nicht zu merken!«, sagte sie nachdrücklich. »Bitte sag mir doch, was los ist – und warum du mir so merkwürdige Fragen stellst, von wegen ›ist der wirklich kein Polizist mehr‹ und ob ich mir da sicher bin …?«

Irmgard blickte sich angstvoll um und seufzte gequält. »Also gut, weil du es bist und weil ich dich und das Fräulein gut leiden kann …« Sie senkte betreten den Blick und stieß leise hervor: »Und weil ich auch die Sussi gern mochte. Ich glaube ehrlich gesagt nicht, dass dieser Hilfsarbeiter Sussis Mörder ist, aber mehr kann ich dir auch nicht sagen, weil mich das in große Gefahr bringen würde.« Thekla konnte ihre Angst förmlich riechen. »Ach Gott, du Arme, wirst du etwa bedroht? Kann ich dir helfen?«, fragte sie erschrocken und sah Irmgard eindringlich an.

»Stell mir bitte keine Fragen mehr, damit hilfst du mir schon genug! Ich hab sowieso schon zu viel gesagt«, erwiderte Irmgard unbehaglich. Mit ihren großen angstvollen Augen wirkte sie wie ein in die Enge getriebenes Tier.

Thekla tätschelte ihr beschwichtigend die Wange. »Reg dich ab, altes Haus, ich will dich doch nicht in die Bredouille bringen«, raunte sie gutmütig. »Aber ich muss zugeben, dass es mich schon ziemlich beunruhigt, was du für einen Bammel hast, und ich bin selber viel zu lange auf den Strich gegangen, um nicht zu wissen, dass da bestimmt ein Lude dahintersteckt. Hab ich recht? Ist es ein Zuhälter, der Sussi auf dem Gewissen hat, und du traust es dich deshalb nicht, mehr zu sagen, weil du dann Ärger kriegst?«, insistierte sie weiter und war ganz dicht an Irmgard herangerückt. »Es wundert mich nur, dass die anderen Hühner nichts davon erwähnt haben«, murmelte sie nachdenklich. »Ich war doch noch am selben Tag, an dem Sussi tot aufgefunden wurde, auf dem Strich und habe die Mädels gefragt, ob sie vielleicht eine Idee haben, wer der Sussi ans Leder wollte, doch da hat keine von denen das Maul aufgekriegt.«

»Weil sie Schiss haben!«, zischte Irmgard ergrimmt, »und das geht mir nicht anders!« Sie warf Thekla, die sie mit alarmierten Augen ansah, einen unwilligen Blick zu. »Also gut, du Nervensäge, ich gebe dir jetzt mal einen Tipp, damit du endlich Ruhe gibst!«, raunzte sie bärbeißig und stieß entnervt die Luft aus. »Legt euch doch mal nachts auf dem Straßenstrich auf die Lauer und guckt genau hin, wer sich da so rumtreibt – und ich schwöre dir: Da werden euch die Augen aufgehen!« Ohne noch ein weiteres Wort zu sagen, erhob sich Irmgard vom Stuhl und hastete davon.

Thekla hatte es vor Schreck die Sprache verschlagen. Sie tauschte mit Theodor Schaller, der nicht minder schockiert war als sie, einen entsetzten Blick und starrte der schlanken, wohlproportionierten Gestalt, die blitzschnell in der Menge verschwand, in sprachloser Erschütterung hinterher.

Der Oberinspektor mochte seinen Augen nicht trauen, als er gegen sieben Uhr die Tür der Wachstube öffnete und Sidonie, Thekla und ein hagerer junger Mann davorstanden und ihm mit gehetzten Mienen entgegenblickten. »Entschuldige bitte die Störung, aber es ist wichtig«, murmelte Sidonie außer Atem und verzichtete darauf, Max einen Begrüßungskuss zu geben. »Thekla muss dir unbedingt etwas mitteilen.«

Max ließ die drei eintreten und bot ihnen höflich an, auf der Holzbank vor dem Empfangstresen Platz zu nehmen. »Was hast du auf dem Herzen?«, erkundigte er sich sodann bei Thekla. Angespannt und konzentriert berichtete ihm die junge Frau von dem Gespräch mit der Gelegenheitsprostituierten Irmgard Stocklossa. Immer erregter gab sie Irmgards sonderbare Fragen und Anspielungen wieder, als sie ihr gegenüber erwähnt hatte, dass der Verdächtige ein ehemaliger Polizist sei. »Sie hat es zwar nicht direkt ausgesprochen, aber für mich war das im Nachhinein so etwas wie ein Wink mit dem Zaunpfahl, dass …, naja … dass da irgendwie ein aktiver Polizist dahinterstecken muss!«, platzte es aus Thekla heraus und sie suchte den Blick ihres Begleiters. »Das hast du doch genauso empfunden?«, fragte sie den jungen Beamten. In diesem Moment fiel ihr ein, dass sie Max und Theodor noch gar nicht miteinander bekannt gemacht hatte, und sie holte es rasch nach.

»Ja, ich hatte denselben Eindruck wie Fräulein Müller«, bestätigte Theodor, nachdem er dem Oberinspektor die Hand geschüttelt hatte. »Die junge Frau wirkte ausgesprochen verängstigt. Es war nur allzu offensichtlich, dass sie gerne mehr gesagt hätte, sich aber aus blanker Angst nicht traute.«

»Das hat sie ja auch ganz deutlich ausgesprochen – dass sie Angst hat, meine ich, und sie sagte auch, dass die anderen Huren ebenfalls aus Angst geschwiegen hätten, als ich mich unlängst unter ihnen umgehört habe, ob sie vielleicht eine Idee hätten, wer Sussi umgebracht haben könnte«, erläuterte Thekla beklommen. »Kurz bevor Irmgard gegangen ist, hat sie mir noch ans Herz gelegt, dass wir uns doch mal nachts auf dem Straßenstrich auf die Lauer legen sollten, und dann würden uns die Augen aufgehen, hat sie gesagt!«

Der Oberinspektor, der ihr mit wachsender Anspannung zugehört hatte, war immer ernster geworden. »Ich werde der Sache in jedem Fall nachgehen«, versicherte er Thekla nachdrücklich. Sein nachdenklicher, bedrückter Gesichtsausdruck machte deutlich, dass er Theklas Aussage keineswegs auf die leichte Schulter nahm. »Mein Vorgesetzter und ich sind zwar heute Morgen noch davon ausgegangen, dass der Mordfall gelöst ist, indem wir den Freitod von Klein als eindeutiges Schuldeingeständnis gewertet haben. Aber möglicherweise haben wir uns da getäuscht und der Mörder war ein anderer …« Er hüstelte nachdenklich und es fiel ihm offensichtlich schwer, die Worte über die Lippen zu bringen. »Wenn an der Aussage von Frau Stocklossa, die mir im Übrigen noch aus dem Mordfall von Breuberg als zuverlässige Zeugin in Erinnerung ist, tatsächlich etwas dran ist und ein Polizist in den Mord involviert ist, werde ich es herausfinden!«, beteuerte er aufrichtig und warf seiner Frau einen vielsagenden Blick zu. »Nur bin ich momentan leider nicht in der Lage, in der Angelegenheit zu ermitteln. Es ist Sonntagabend, wir haben absolute Notbesetzung und ich muss hier alleine die Stellung halten. Die beiden Kollegen von der Spätschicht, die auch die Nacht über Rufbereitschaft haben, sind noch auf Streife in der Stadt unterwegs, ich erwarte sie erst um zehn zum Rapport, und eigentlich könnten sie dann auch nach Hause gehen, um sich für den Notfall bereitzuhalten. Ich werde ihnen jedoch, sobald sie hier eingetroffen sind, den Auftrag erteilen, zum Metzgerbruch zu reiten und den Straßenstrich zu observieren. Mehr kann ich für heute nicht tun. Aber morgen, wenn wir auf der Wache wieder voll besetzt sind, werde ich dafür Sorge tragen, dass der Sache auf den Grund gegangen wird«, betonte der Oberinspektor energisch und ging einen Schritt auf Sidonie zu, deren Verärgerung über ihren Gatten bereits am Abebben war. Sie streifte ihn mit einem liebevollen Blick und seufzte: »Mein armer

Schatz, wir alle wissen doch, dass auf dich Verlass ist, und du kannst dich ja schließlich nicht zerreißen!« Ihre grünen Augen funkelten listig, als sie hinzufügte: »Was wäre denn so schlimm, wenn wir dir ein wenig helfen? Wir sind doch zu dritt und könnten nachher die Kutsche anspannen und das tun, was Irmgard uns geraten hat?«

Max Wildes fahles, abgespanntes Gesicht hatte sich schlagartig gerötet. »Das kommt überhaupt nicht infrage!«, rief er wütend und besorgt zugleich. Er packte Sidonie an den Schultern und beschwor sie nachdrücklich: »Bitte, Sidonie, versprich mir, solche Dummheiten zu unterlassen, sonst sterbe ich vor Sorge!«

»Es war ja nur so eine Idee …«, murmelte Sidonie kleinlaut.

»Ich möchte auf keinen Fall, dass du dich und deine Begleiter durch eine solche Nacht-und-Nebel-Aktion in Gefahr bringst, ist das klar?«, unterbrach Max sie scharf. »Die abgelegene Gegend um den Metzgerbruch ist verrufen und gefährlich, ich lasse es nicht zu, dass du dich zu nachtschlafender Zeit dorthin begibst! Ich flehe dich an, Sidonie: Bitte überlasse die Ermittlungen der Polizei, wir werden uns in den nächsten Tagen verstärkt darum kümmern!«

»Ist ja gut«, erwiderte Sidonie verdrossen und versprach Max schließlich mit einiger Überwindung, nichts dergleichen zu unternehmen.

Als seine Frau und das junge Paar sich anschließend von ihm verabschiedeten, richtete er unvermittelt das Wort an Thekla und ihren Begleiter und beschwor sie aufs Eindringlichste, Sidonie unbedingt den Kopf zurechtzurücken, sollte sie dennoch versuchen, sie zu überreden, was Thekla und Theodor ihm auch sogleich gelobten.

Als sie anschließend auf die belebte Zeil traten, wandte sich der junge Beamte mit besorgter Miene an Sidonie. »Mit Verlaub, gnädige Frau, aber Euer Gatte hat recht«, äußerte er ernst. »Nicht, dass ich Euch bei Euren Ermittlungen den Beistand verweigern würde, aber Ihr solltet dem Herrn Oberinspektor jetzt nicht in den Rücken fallen und Euch unbedingt an Euer Versprechen halten!«

»Der Meinung bin ich auch!«, bemerkte Thekla mit Nachdruck. »Die Polizei wird sich schon darum kümmern, das hat Max doch nicht einfach nur so dahergesagt, sondern man konnte deutlich erkennen, wie wichtig ihm das war. Ich denke, du solltest ihm vertrauen und dich auf seine Zusage verlassen.«

»Das tue ich ja auch!«, erwiderte Sidonie ungehalten und zog ein missmutiges Gesicht.

»Es ist so ein schöner Abend«, suchte Theodor Schaller sie aufzumuntern. »Was halten die Damen davon, wenn wir noch in einer Gartenwirtschaft einkehren? Es wäre mir ein Vergnügen, Frau Wilde, Euch und Fräulein Müller einladen zu dürfen.« Er verbeugte sich galant vor den beiden Damen.

»Das ist doch eine schöne Idee!«, stimmte ihm Thekla begeistert zu und sah Sidonie fragend an.

Die Dichterin blickte in die glücklichen Gesichter der beiden jungen Leute und mit einem Mal wurde es ihr ganz warm ums Herz. »Geht ihr mal alleine, ihr beiden Hübschen!«, erwiderte Sidonie mit versonnenem Lächeln und umarmte Thekla und den verdutzten Herrn Schaller spontan. »Genießt einfach den wunderbaren Abend und macht euch um mich keine Sorgen. Ich gehe jetzt noch mal übers Brunnenfest, halte hier und da einen Schwatz und sammle Tante Tilla ein!«, erklärte sie fröhlich und wandte sich zum Gehen. Bevor Sidonie in die Katharinenpforte einbog, drehte sie sich noch einmal nach den beiden um und winkte ihnen lächelnd zu. Was sind sie doch für ein reizendes Paar, dachte sie beim Anblick der beiden jungen Menschen, die gegensätzlicher kaum sein konnten, und wünschte ihnen aus tiefster Seele Glück ohne Ende.

Um halb zehn legte sich Sidonie ihr langes schwarzes Satincape, das sie für gewöhnlich bei Beerdigungen zu tragen pflegte, um die Schultern und zog sich die weite Kapuze tief ins Gesicht, denn sie wollte für ihr Vorhaben gut getarnt sein und nicht erkannt werden. Vor allem nicht von den beiden Streifenpolizisten, die Max zum Metzgerbruch abkommandieren wollte. Den ganzen Abend hatte sie schon im Geiste die Namen und Gesichter der Gendarmen vor ihrem inneren Auge Revue passieren lassen und krampfhaft darüber nachgedacht, wer von ihnen der ominöse Polizist sein könnte, den der Stadtstreicher gesehen hatte und den Irmgard mit ihren bangen Andeutungen gemeint haben könnte. Doch an die meisten Polizeibeamten erinnerte sie sich viel zu flüchtig, um sich eine Meinung bilden zu können – mit Ausnahme von Obergendarm Haider, der ihr in seiner aalglatten Akkuratesse nur allzu präsent war. Aber ihn bloß aufgrund der tiefen Aversion, die sie gegen ihn hegte, zum engsten Kreis der Verdächtigen zu zählen, wäre einfach zu plump gewesen. Das hätte ihr auch Max entsprechend um die Ohren gehauen. Daher hatte sie es sich vorhin auf der Hauptwache geflissentlich verkniffen, Haiders Namen auszusprechen – obgleich ihr das nicht leichtgefallen war, denn sie traute diesem Opportunisten einfach nicht über den Weg und seine schlimme Verfehlung in Bezug auf Klein hatte das nur bestätigt. Sie war sich zwar längst nicht sicher, ob sie diesem hinterfotzigen Gecken auch einen Mord zutrauen würde, doch wer immer dieser phantomhafte Polizist war, von dem Toni und Irmgard gesprochen hatten, sie würde ihm schon auf die Schliche kommen! Daher würde sie sich jetzt auch entgegen allen Ermahnungen auf den Weg machen – wenngleich ihr das schlechte Gewissen gegenüber Max schwer auf der Seele lastete. Ich werde auch ganz vorsichtig sein und mich absolut zurückhalten, nur observieren und nicht agieren! Im Schutze der Kutsche werde ich sicher sein, beschwor sie sich gebetsmühlenartig – auch, um damit die Angst vor der eigenen Courage einzudämmen.

Als Sidonie wenig später aus der Tür schlüpfte und auf leisen Sohlen durch den Flur schlich wie ein Dieb, schlotterten ihr die Knie. Aus Tante Tillas Schlafkammer am Ende des Ganges vernahm sie zu ihrer Erleichterung lautes Schnarchen, was sie etwas beruhigte. Der reichlich genossene Apfelwein auf dem Brunnenfest hatte das alte Mädchen müde gemacht und Mathilde hatte bekanntlich einen tiefen Schlaf – und das war auch gut so, denn das kurze Stück, das sie nachher mit der Kutsche über den Innenhof fahren musste, um durch das Hoftor hinauszugelangen, würde Geräusche verursachen. Besonders das laute Klappern der Pferdehufe auf dem Pflaster klang in der Stille der Nacht wie Gewehrschüsse.

Sidonie hielt angespannt den Atem an, als sie die Stalllaterne entzündete und der kräftigen Apfelschimmelstute das Geschirr anlegte. »Wir machen noch eine kleine Spazierfahrt, Trudel«, raunte sie dem Pferd zu, das sie aus großen Augen anblickte, streichelte ihm über die Nüstern und belohnte das Tier mit einer Apfelhälfte, ehe sie es vor die Halbchaise spannte, die direkt neben der Pferdebox stand. Anschließend befestigte sie die Laterne an der Halterung neben dem Kutschbock, kletterte mit wackligen Beinen hinauf, ergriff die Zügel und lenkte die Kutsche durch die offene Stalltür auf den Innenhof bis zum Hoftor.

Nachdem sie die beiden Holzflügel sperrangelweit geöffnet hatte, damit das breite Gefährt hindurchkam, erklomm sie wieder den Bock und lenkte das Pferd auf die Töngesgasse hinaus, auf der an diesem warmen Sommerabend noch reger Betrieb herrschte. Aus den Augenwinkeln gewahrte sie, dass es sich bei zahlreichen der Passanten um Leute aus der Nachbarschaft handelte, die in feuchtfröhlicher Stimmung vom Brunnenfest heimkehrten, der Gestalt im schwarzen Kapuzenumhang, die auf dem Kutschbock saß, jedoch zum Glück keine Beachtung schenkten. In scharfem Trab ging es die Fahrgasse hinunter, wo die Halbchaise unmittelbar vor der Mainbrücke nach links in die Schöne Aussicht abbog. Das Gefährt passierte die neuerbaute Stadtbibliothek und fuhr linker Hand am weiten brachliegenden Areal des Fischerfelds vorbei, in dem sich weder Behausungen noch Straßenbeleuchtungen befanden. Daher war es in dieser abgelegenen Gegend auch ziemlich düster. Erst als sich Sidonie nach etwa fünf Minuten dem Metzgerbruch näherte, der im Volksmund ›Saualllee‹ genannt wurde und wo sich auch der Straßenstrich befand, konnte sie wieder vereinzelte Lichter ausmachen. Wie sie beim Näherkommen feststellte, stammten sie alle von den am Wegesrand parkenden Fuhrwerken und Mietdroschken, um die ein emsiges Kommen und Gehen herrschte. Während Sidonie die Kutsche auf der Suche nach einem geeigneten Parkplatz an den dicht an dicht stehenden Kutschen vorbeilenkte, konnte sie zu beiden Seiten des langgezogenen, mit Bäumen gesäumten Feldweges dunkle Gestalten ausmachen, bei denen es sich zum größten Teil um Prostituierte handelte, die ihre weiblichen Reize ungeniert zur Schau stellten. Vereinzelt, aber stetig, flanierten Männer vorbei, die von einigen der Huren mit derben Rufen angelockt und bezirzt wurden. Erst ein ganzes Stück weiter, im Schutze einer hohen Kastanie, fand Sidonie eine geeignete Stelle, von wo aus sie die Sauallee gut überblicken konnte. Es schien das Ende des Straßenstrichs zu sein, denn hinter ihrer Droschke befanden sich keine anderen Fahrzeuge und es waren auch keine Leute mehr zu sehen. Sie zügelte das Pferd und ließ den Radschuh einschwenken, der die Kutsche ruckartig zum Stehen brachte. Angespannt kletterte sie vom Kutschbock und stieg in die überdachte Halbchaise, aus deren Heckscheibe sie das Geschehen optimal beobachten konnte. Mit einer fahrigen Bewegung wischte sie sich den Schweiß von der Stirn. Obwohl es bereits stockfinstere Nacht war, war es immer noch unangenehm schwül. Aus der Ferne vernahm sie verhaltenes Donnergrollen und über den Nachthimmel zuckte von Zeit zu Zeit ein Wetterleuchten. Schon seit Tagen ersehnten die Menschen in der überhitzten Stadt ein reinigendes Gewitter – doch das muss ja nicht gerade heute Nacht sein, dachte Sidonie unwirsch und konzentrierte ihre Aufmerksamkeit auf das bunte Treiben entlang des Feldwegs. In regelmäßigen Abständen verschwanden die Huren mit ihren Freiern in einer der Droschken, sobald sie ihre Kunden abgefertigt hatten, reihten sie sich wieder in die Kette der sich feilbietenden Kolleginnen ein, bis sie mit dem nächsten handelseinig wurden und sich das Prozedere wiederholte. Zwischendurch tauchten irgendwelche finsteren Gestalten auf, die sich von den Huren Geld zustecken ließen. Auf diese richtete Sidonie ihr Hauptaugenmerk, vermutete sie doch den Mann, von dem Irmgard gesprochen hatte, in den Reihen der Zuhälter. Leider konnte sie im Dunkeln nicht viel erkennen und von den brutal und verwegen anmutenden Kerlen würde sie fast jedem einen Mord zutrauen. Mit einem Mal geriet Unruhe in die Menge und gleich darauf konnte Sidonie auch inmitten der Leute zwei Polizisten ausmachen, die mit hellen Stocklaternen in die Kutschen und Droschken leuchteten und mit den Passanten sprachen. Die dürfen mich auf keinen Fall hier sehen, dachte Sidonie alarmiert, stürzte Hals über Kopf aus der Kutsche und versteckte sich hinterm Gebüsch am Rande des Feldwegs. Quietschend flüchtete ein pelziges Nagetier, bei dem Sidonie lieber nicht so genau wissen wollte, ob es eine Feldmaus oder am Ende gar eine Ratte war, aus dem Gestrüpp und Schwärme von Stechmücken fielen über die Dichterin her. Mit angehaltenem Atem spähte sie über die Sauallee und schwitzte regelrecht Blut beim Anblick der sich langsam, aber stetig nähernden Ordnungshüter.

Als die beiden Gendarmen schließlich vor ihrer Kutsche angelangt waren, hineinleuchteten und, nachdem sich diese als leer erwiesen hatte, mit ihren Stocklaternen auch den Wegrand absuchten, traute sich Sidonie, die geduckt hinter einer großen dornigen Brombeerstaude auf der Erde kauerte, kaum noch zu atmen. Bitte, bitte, geht weiter!, sandte sie Stoßgebete zum Himmel und wäre bei der Vorstellung, dass die Polizisten sie entdecken würden, vor Scham fast im Boden versunken. Doch das Schicksal schien ihr hold zu sein, denn die Gendarmen trollten sich bald wieder mit der Bemerkung, dass die Droschke wahrscheinlich einem der Freier gehöre, die sich vorne bei den Huren aufhielten. Sidonie stieß erleichtert den Atem aus, wartete aber sicherheitshalber noch eine gute halbe Stunde, bis die Polizeibeamten nicht mehr zu sehen waren und die Luft wieder rein war. Als sie sich mühsam aufrichtete, versagten ihr die eingeschlafenen Beine den Dienst, sie geriet ins Straucheln und ihr langes, weites Satincape verfing sich im Dornengestrüpp. Es kostete sie alle Mühe, sich daraus wieder zu befreien, die spitzen Dornen drangen schmerzhaft in ihre Finger und sie musste schwer an sich halten, nicht laut aufzuschreien.

Geduckt hastete sie zur Kutsche und hatte es eilig, die Tür hinter sich zuzuklappen. Ermattet sank sie auf die gepolsterte Rückbank und setzte von hier aus ihre Observierung fort. Ihre Kehle war total ausgetrocknet und sie haderte mit sich, dass sie sich nicht einen Krug Wasser oder Limonade mitgenommen hatte. Die Nacht konnte noch lang werden, denn so schnell würde sie hier in nächster Zeit nicht ihre Zelte abbrechen, zumal sich bislang nichts Wesentliches ereignet hatte. – Wenn dies überhaupt der Fall sein sollte, denn möglicherweise blieb ihr Unterfangen auch erfolglos und derjenige, bei dessen Anblick ihnen laut Irmgard die Augen aufgehen würden, blieb aus und zeigte sich erst zu einem späteren Zeitpunkt. Angespannt schweiften Sidonies Blicke über die Menschengrüppchen entlang des Feldwegs. Plötzlich vernahm sie laute Schreie und konnte in nicht allzu weiter Entfernung ein Paar ausmachen, das offenbar in Streit geraten war. Entsetzt gewahrte sie, wie der Mann grob auf die Frau einprügelte. Ihrem ersten Impuls folgend, stürzte Sidonie aus der Kutsche und eilte auf die beiden zu, um dem Schläger

Einhalt zu gebieten – und musste beim Näherkommen fassungslos erkennen, dass der Mann eine Polizeiuniform trug. Erschrocken hielt sie mitten im Lauf inne und überlegte beklommen, was sie tun sollte, da sie der Polizei, die sie schon längst nicht mehr hier wähnte, keinesfalls in die Arme laufen wollte. Als sie jedoch den unflätigen Tonfall des Mannes vernahm, wurde ihr siedend heiß bewusst, dass sie die hohe, metallische Stimme kannte. – Es war zweifellos die Stimme von Obergendarm Alfred Haider.

»Lasst sofort die Frau in Ruhe!«, rief sie außer sich und ging entschlossen auf das Paar zu. Haider ließ sogleich von der Frau ab und schien beim Anblick von Sidonie aus allen Wolken zu fallen. »Was macht Ihr denn hier?«, fragte er bass erstaunt und musterte Sidonie in ihrem knöchellangen schwarzen Kapuzencape abschätzig. »Seid Ihr etwa in Trauer?«, höhnte er mit spöttischem Grinsen.

Sidonie spürte, wie sich ein mächtiges Quantum Wut in ihre Aufregung mischte. Sie ignorierte seine despektierliche Bemerkung und erkundigte sich stattdessen schneidend, was er denn hier zu suchen habe, denn soweit es ihr bekannt sei, sei er ja aufgrund seiner jüngsten Verfehlungen zum Aktenordnen degradiert worden.

»Nun ja, man hilft halt, wo man kann«, schnarrte Haider mit provozierendem Lächeln. »Ich wohne ja nicht weit von hier in der Schönen Aussicht, und als ich vorhin im Vorgarten die Blumen gegossen habe, sind gerade die Kollegen vorbeigeritten und haben mir gesagt, dass sie zum Metzgerbruch abkommandiert worden seien, um den Straßenstrich zu observieren. Die armen Kerle hatten schon eine Zwölfstundenschicht hinter sich und taten mir leid. Da habe ich ihnen vorgeschlagen, sie sollten ihre Observierung kurz machen, ich könnte gerne nachher nochmal nach dem Rechten sehen – und deswegen bin ich jetzt auch hier …«

»Um gegen die Huren tätlich zu werden?«, stellte ihn Sidonie scharf zur Rede und fixierte den Mann mit dem tadellos gestutzten schwarzen Oberlippenbärtchen ungnädig.

Haider maß die junge Hure, deren geschminktes Gesicht noch von den Ohrfeigen gerötet war, mit verächtlicher Miene. »Es ist nicht unbedingt meine Art, Frauen zu schlagen«, erklärte er selbstgefällig, »aber die hier hat die Backpfeifen verdient, das könnt Ihr mir glauben! Das ist eine ganz niederträchtige Beischlafdiebin, die den Freiern hinterrücks das Geld aus der Tasche stiehlt!«, blaffte er aufgebracht in Richtung der Hure, die wie ein geprügelter Hund vor ihm zurückwich und vor Angst schlotterte. Unversehens kam Sidonie das Bild von Sussi in den Sinn, wie sie am vergangenen Montagmorgen mit Obergendarm Haider am Wasserhäuschen gestanden hatte und aufgeregt gestikuliert hatte. Der Ausdruck in ihren Augen war der gleiche wie bei der jungen Frau. Auch Sussi schien panische Angst vor Haider zu haben. Er ist der Mann in der Polizeiuniform!, fiel es Sidonie wie Schuppen von den Augen und ihr wurde es kurzzeitig schwindlig. Beim Gedanken daran, dass der adrette Polizeibeamte mit den weißen Glacéhandschuhen in Wahrheit eine skrupellose Bestie war, erfüllte sie eine unbändige Wut bis in die Haarspitzen und sie hätte in zügellosem Zorn auf ihn einprügeln können. Gleichzeitig beschlich sie aber auch eine lähmende Furcht vor dem aalglatten Ungeheuer, dessen atemberaubende Kaltschnäuzigkeit Sidonie fast um den Verstand brachte.

Obgleich Sidonie am ganzen Körper zitterte, stellte sie sich schützend vor die junge Frau. »Wenn Ihr noch einmal die Hand gegen sie hebt, kriegt Ihr es mit mir zu tun«, krächzte sie mit dem Mut der Verzweiflung und war den Tränen nahe.

Haider gab sich betroffen. »Aber liebe gnädige Frau, was denkt Ihr nur von mir? Ich bin doch kein Unmensch!«, äußerte er entrüstet. »Die Hure ist renitent geworden und hat sich einer Verhaftung widersetzt, da musste ich halt leider ein bisschen grob werden. Das versteht Ihr doch hoffentlich?« Er lächelte versöhnlich und präsentierte dabei seine strahlendweißen, makellosen Zähne, die genauso falsch und unecht anmuteten wie der ganze Mann. »Jetzt spurt sie aber Gott sei Dank und ich werde sie gleich auf die Wache bringen, damit die Kanaille endlich hinter Schloss und Riegel kommt. Meine Kutsche steht gleich hier vorne.« Er packte die Frau am Arm und zerrte sie hinter sich her. »Auf geht's und keine Fisimatenten!«, herrschte er sie an und flüsterte ihr etwas zu, das Sidonie nicht genau verstehen konnte. Es hörte sich jedoch wie eine Drohung an. Die Frau gab ein panisches Wimmern von sich.

»Jetzt reicht es aber!«, schrie Sidonie. »Lasst sofort die Frau in Ruhe, Ihr seht doch, dass sie wahnsinnige Angst hat!«

Haider blieb stehen und drehte sich zu Sidonie um. Seine Augen funkelten tückisch. »Die solltet Ihr auch haben!«, erklärte er mit drohendem Unterton. »Das hier ist kein Ort für eine anständige Frau! Weiß denn der Oberinspektor überhaupt, dass Ihr Euch hier zu nachtschlafender Zeit bei diesem Gesindel rumtreibt, anstatt, wie es sich für eine brave Ehefrau gehört, friedlich in Eurem Bett zu liegen?«

Als Sidonie ihm daraufhin die Antwort schuldig blieb und nur trotzig von sich gab, sie sei ja nicht zu ihrem

Vergnügen hier, sondern im Zuge der Ermittlungen, verschaffte das Haider nur noch weiter Oberwasser. »Gnädige Frau, ich kann es Eurem werten Gatten gegenüber nicht länger verantworten, dass Ihr Euch einer solchen Gefahr aussetzt!«, bemerkte er tadelnd. »Entweder Ihr begleitet mich jetzt umgehend zum Polizeirevier auf der Hauptwache, oder aber … ich muss dem Herrn Oberinspektor Meldung erstatten!«

Sidonie zuckte unwillkürlich zusammen. Die Vorstellung, an der Seite dieses Scheusals durch die dunkle Nacht zu fahren, schreckte sie jedoch ungleich mehr, als dass Max von ihrer Exkursion erfahren würde. Mit einem Mal spürte sie, welch unglaubliche Bedrohung von Haider ausging, und sie war schon drauf und dran, lautstark um Hilfe zu rufen, besann sich aber anders. Ich muss sehen, dass ich so schnell wie möglich von hier fortkomme – und Haider darf auf keinen Fall merken, dass ich ihn durchschaut habe! Also mühte sie sich nach Kräften, ihm Einsicht vorzuspiegeln. »Ehrlich gesagt, mir ist auch nicht ganz wohl dabei, hier zu sein«, murmelte sie zerknirscht und blickte angstvoll um sich. »Ich glaube, Ihr habt recht. Es ist wahrscheinlich wirklich das Beste, wenn ich wieder nach Hause fahre.«

Haider lächelte zufrieden. »Sehr vernünftig, meine Dame, dann folgt mir doch bitte zu meiner Kutsche – und die Diebin«, er maß die Hure, die noch immer seinem Klammergriff ausgesetzt war, mit einem unheilvollen Blick, »verfrachten wir nach hinten!«

»Nein, Herr Obergendarm, es ist nicht nötig, dass ich mit Euch fahre, ich bin nämlich selber mit der Kutsche da«, erklärte Sidonie abwehrend. »Sie steht auch nicht weit von hier, gleich dort hinter dem Baum«, mühte sie sich um einen ruhigen Tonfall und deutete auf die Halbchaise in einiger Entfernung. »Ich mache mich auch gleich auf den Weg. Trotzdem bedanke ich mich für Euer Angebot – und dass Ihr mir den Kopf zurechtgerückt habt«, erklärte sie mit gequältem Lächeln, wünschte Alfred Haider noch einen guten Abend und wandte sich zum Gehen.

»Dann möchte ich Euch wenigstens zu Eurem Gefährt begleiten, gnädige Frau! Das lasse ich mir nicht nehmen!«, rief Haider hinter ihr her und eilte ihr nach. Am liebsten wäre Sidonie vor ihm davongerannt , doch schon nach wenigen Sekunden hatte der Obergendarm zu ihr aufgeschlossen und schritt zügig an ihrer Seite. Sidonie, die immer noch krampfhaft darum bemüht war, sich ihre Furcht nicht anmerken zu lassen, erkundigte sich stockend bei ihm, was denn nun aus seiner Gefangenen werde, sie könne ja jetzt das Weite suchen – inständig darauf hoffend, ihn dadurch zu bewegen, dass er wieder zurückgehe. Worauf Haider nur ein hämisches Auflachen von sich gab. »Ach, die? Die rührt sich schon nicht von der Stelle, dazu hat sie doch viel zu viel Bammel.«

Je schneller Sidonie auch lief, er konnte immer mit ihr Schritt halten. Während ihre Atemzüge vom schnellen Laufen und der panischen Angst, die ihr die Kehle zuschnürte, immer keuchender wurden, schien Haider die Ruhe selbst zu sein. Als sie vor der Kutsche angelangt waren, erkundigte er sich leutselig: »Sagt, meine Liebe, was wolltet Ihr denn hier eigentlich ermitteln?« Er lächelte verschmitzt. »Ihr seid doch nicht etwa auf der Jagd nach dem *bösen* Mann in der Polizeiuniform – meine Kollegen haben mir vorhin davon berichtet und wir haben uns darüber kaputtgelacht.«

Sidonie, die unterdessen hektisch dabei war, auf den Kutschbock zu klettern, traf im nächsten Moment ein harter Schlag auf den Hinterkopf und sie verlor das Bewusstsein.

Als der Hausknecht des städtischen Irrenhauses Klaus Steinhilber am Abend beim Stammtisch im ›Grauen Bock‹ in der Sachsenhäuser Brückengasse vom Freitod seines alten Freundes Alfons Klein erfuhr, war er darüber so erschüttert, dass er sich nur noch volllaufen ließ. Um zehn Uhr war der Irrenhauswärter bereits so betrunken, dass ihm die resolute Wirtin Gisela Weber mit der Bemerkung, er sei schon abgefüllt genug, einen weiteren Schoppen Bier verweigerte und ihm riet, nach Hause zu gehen und seinen Rausch auszuschlafen. Nach vergeblichen Protesten fügte sich Steinhilber schließlich und wankte zu seiner Mansardenwohnung in der nahegelegenen Steggasse. Oben angelangt, goss er sich noch ein Gläschen Branntwein ein und nahm das weiße Briefkuvert in Augenschein, das ihm schon den ganzen Abend nicht aus dem Sinn gegangen war. Auch die ganzen Bierströme hatten nicht geholfen, es ihn vergessen zu lassen. Genauso wenig wie die Trauer darüber, seinen besten Kumpel verloren zu haben, der sich aus lauter Verzweiflung in seiner Gefängniszelle aufgeknüpft haben sollte. Was er sich ohnehin beim Alfons, der ein ganzer Kerl war so wie er selbst und den auch so leicht nichts erschüttern konnte, beim besten Willen nicht vorstellen konnte. Ebenfalls nicht, dass er diese Trinkhallenwärterin um die Ecke gebracht haben sollte. Er stand doch auf die und war ihr immer noch hinterhergerannt, obwohl sie nichts mehr von ihm wollte – die arme Sau. Klaus Steinhilber konnte nun nicht mehr länger an sich halten und fing haltlos an zu weinen. Den ganzen Abend war ihm schon zum Heulen zumute gewesen, aber das konnte er ja vor seinen Stammtischbrüdern nicht machen. Ein echter Kerl heulte doch nicht!

Nachdem er sich dergestalt alleine in seinem stillen Kämmerlein ungehemmt seinem Kummer hingegeben hatte, schnäuzte er sich vernehmlich die Nase, ergriff das Briefkuvert und murmelte: »Ich mache es, Alfons, das bin ich dir schuldig!«

Eigentlich hatte er es ja erst morgen wegbringen wollen, doch eine innere Stimme gemahnte ihn daran, es nicht länger aufzuschieben, sondern es gleich zu erledigen. – Und wenn er zehnmal so besoffen war wie eine Strandhaubitze. Schließlich war Sonntag und er hatte dienstfrei, da konnte sich doch ein gestandenes Mannsbild auch mal ordentlich besaufen. Nur leider musste er das in Zukunft ohne seinen besten Kumpel Alfons tun!

Der Oberinspektor wollte den Betrunkenen zunächst gar nicht in die Wachstube lassen. Der Kerl stank ja wie eine ganze Bierbrauerei und er verspürte wenig Lust, sich zu solch einer vorgerückten Stunde noch mit einem Besoffenen rumzuärgern. Der vergangene Tag und der Abend hatten ihm weiß Gott schon genug Verdruss bereitet. Aber das große Briefkuvert, das der Mann in der Hand schwenkte, erregte seine Aufmerksamkeit.

»Mein Name ist Klaus Steinhilber und ich bin Irrenhauswärter im städtischen Kastenhospital«, lallte der große, bullige Mann und Wilde ging bei der Erwähnung des Namens sogleich ein Licht auf, war ihm doch aus früheren Ermittlungen bekannt, dass Steinhilber ein Spezi von Alfons Klein war. Als Steinhilber sich anschließend mit verlegener Miene beim Oberinspektor für seine Trunkenheit entschuldigte und ihm mit der Bemerkung den Brief aushändigte, Alfons Klein habe diesen unlängst ihm, seinem einzigen Freund, mit der Bitte anvertraut, im Falle, dass ihm etwas zustoßen sollte, das Kuvert umgehend dem Polizeiinspektor zu übergeben, nahm Max das Schriftstück mit großer Anspannung entgegen.

Noch während er es las, war er kreidebleich geworden, komplimentierte Steinhilber mit einem knappen Dankeschön aus der Wache, und anstatt dem verdatterten Mann seine Frage zum Inhalt des Briefes zu beantworten, speiste er ihn lediglich mit der hektisch gemurmelten Auskunft ab, es sei Gefahr im Verzug und er müsse umgehend seine Leute zusammentrommeln.

Alfred Haider schleifte die bewusstlose Sidonie in die Kutsche, was dank ihrer zierlichen Statur ein leichtes Unterfangen für den drahtigen Polizeibeamten war, schwang sich auf den Kutschbock, löste die Bremse, gab der störrischen Apfelschimmelstute die Peitsche und lenkte die Halbchaise weiter den finsteren Metzgerbruch entlang, bis er rechts in den Feldweg zum Fischerfeld abbog.

Nachdem er etwa zehn Minuten gefahren war, sah er sich nach allen Seiten um, ob ihm nicht doch jemand vom Straßenstrich gefolgt war, was er indessen für eher unwahrscheinlich hielt, denn unter Ganoven galt es als ungeschriebenes Gesetz, sich nicht in die Angelegenheiten anderer Leute einzumischen. Als er schließlich festgestellt hatte, dass hier draußen in der dunklen Einöde tatsächlich keine Menschenseele war, brachte er die Kutsche zum Stehen und stieg vom Kutschbock herunter. Dann öffnete er die Droschkentür, zerrte die ohnmächtige Dichterin heraus und ließ den schlaffen Körper unsanft auf den unkrautüberwucherten Boden fallen. Anschließend nestelte er ihre Geldbörse aus dem Satinbeutel, den Sidonie ums Handgelenk trug, riss ihr mit einem heftigen Ruck die Perlenkette vom Hals und steckte die Sachen in seine Uniformtasche. Denn es sollte ja alles nach einem Raubmord aussehen, der in dieser gefährlichen, gottverlassenen Gegend häufiger vorkam. Er sah schon die Schlagzeilen vor sich: ›Frankfurter Dichterin Sidonie Wilde im Fischerfeld erstochen aufgefunden‹ – ›Der Ehemann, Polizeioberinspektor Max Wilde, ist fassungslos‹ – ›Ganz Frankfurt trauert um die beliebte Poetin‹. Unversehens musste er grinsen. »Ich weine dir keine Träne nach, du Miststück!«, stieß er gehässig zwischen den Zähnen hervor und zückte aus seiner Uniformjacke ein langes zweischneidiges Jagdmesser. Dann beugte er sich mit dem Messer in der Hand über Sidonie und holte aus, um es der Ohnmächtigen ins Herz zu stoßen, als er plötzlich lautes Pferdegetrappel vernahm, das sich rasch näherte. In Sekundenschnelle war Haider umzingelt von einem Tross Polizisten. Oberinspektor Wilde stürmte auf ihn zu, entwand ihm den Dolch und überwältigte ihn. »Ich bringe dich um, du Schuft!«, schrie er aus tiefster Verzweiflung und packte Haider an der Kehle. Seinen Leuten gelang es unter Aufbietung ihrer vereinten Kräfte nur mit äußerster Anstrengung, ihren Vorgesetzten davon abzubringen, Haider zu erwürgen. Erst als der Polizist Kittel, der sich um die leblos am Boden liegende Sidonie kümmerte, mit großer Erleichterung ausrief: »Gottlob, sie lebt noch!«, ließ Max langsam von ihm ab und übergab den fast Ohnmächtigen seinen Männern, die Haider mit Hand- und Fußfesseln fixierten und ihn kopfüber auf eines der Pferde warfen, wo sie ihn an den Sattel fesselten.

Max hatte Sidonies Kopf behutsam auf seinen Schoß gebettet und streichelte ihr liebevoll über die wachsbleichen Wangen, während ihm vor Erschütterung und Dankbarkeit, dass sie noch am Leben war, die Tränen übers Gesicht strömten. »Was machst du denn nur wieder für Sachen, mein Mädchen?«, schluchzte er, als schon im nächsten Moment die Welt unterzugehen schien. Ein dröhnender Donnerschlag ließ förmlich die Erde erbeben, gleich darauf zerrissen gleißende Blitze den Nachthimmel und tauchten das Szenario in gespenstisches Licht. Dicke Regentropfen fielen, orkanartige Windböen fegten durch das Gestrüpp und ein gewaltiges Unwetter entlud sich über Frankfurt. Unversehens öffnete Sidonie die Augen und lächelte glücklich, als sie das Gesicht von Max über sich gewahrte. »Halt mich ganz fest, mein Liebster«, flüsterte sie, noch deutlich benommen, und zitterte am ganzen Körper, »ich fürchte mich doch so vor Gewitter!«

ENDE

EPILOG

In seinem Brief gab Alfons Klein an, dass er beobachtet habe, wie sich sein früherer Kollege Alfred Haider in der Mordnacht aus der Trinkhalle in der Taunusanlage schleichen wollte. Er habe ihn zur Rede gestellt und gleich darauf die tote Trinkhallenwärterin auf dem Boden liegen sehen. Haider habe ihn an der Kehle gepackt und ihm gedroht, er werde ihm die Sache in die Schuhe schieben, wenn er es wage, auch nur einen Laut von sich zu geben. Dann habe er ihm ein paar Geldmünzen zugesteckt und ihn beschworen, über alles Stillschweigen zu bewahren, sonst würde er ihn kaltmachen.

Haider habe ihn am Tag darauf in seiner Wohnung aufgesucht und ihm unter schlimmsten Mordandrohungen noch eine weitere Geldsumme ausgehändigt. Klein habe das Geld angenommen und über alles geschwiegen, obwohl er sich sehr schäbig dabei gefühlt habe, den Mörder der Frau zu decken, die ihm etwas bedeutet habe. Letztendlich habe er jedoch aus Angst den Mund gehalten. Denn der nach außen hin so freundliche und hilfsbereite frühere Kollege Haider sei das brutalste Schwein, das ihm jemals begegnet sei. Getarnt hinter der Maske des vorbildlichen Polizisten, halte er schon seit Jahren bei etlichen Huren die Hand auf. Selbst die Luden fürchteten ihn und hielten sich ihn mit Geldgeschenken gewogen.

Der Brief, der Alfred Haider eindeutig belastete, sowie der Mordversuch an Sidonie trugen dazu bei, dass Haider nach dem stundenlangen zermürbenden Verhör, das der Oberinspektor noch in der Nacht seiner Verhaftung vornahm, schließlich im Morgengrauen zusammenbrach. Er gestand, dass er Sussi Kesselheim gewaltsam den Branntwein eingeflößt hatte, um sie zu töten. Sie habe sich geweigert, weiter für ihn anschaffen zu gehen, und ihm gedroht, ihn anzuzeigen. Es sollte so aussehen, als ob sie wieder rückfällig geworden sei und sich zu Tode gesoffen habe. Haider gab außerdem zu, Klein in der Zelle mit einem Kissen erstickt zu haben, um ihn anschließend, mit einem Bettlaken um den Hals, an einem Deckenhaken aufzuhängen. Weitere Ermittlungen ergaben, dass Alfred Haider im Bankhaus Metzler ein Sparbuch auf den Namen seiner Frau eingerichtet hatte, auf dem sich mehrere Tausend Taler befanden. Haider hatte wohl geplant, nach seinem Ruhestand in etwa zwei Jahren nach Amerika überzusiedeln, um dort unbehelligt ein Leben in Saus und Braus führen zu können.

Am 8. August 1838 wurde Alfred Haider im Innenhof der Hauptwache mit dem Fallbeil hingerichtet.

Die ausgesetzte Belohnung von 20 Talern wurde an den Stadtstreicher Toni ausgezahlt, Irmgard Stocklossa überließ ihm ihren Anteil. Er lud davon seinen Freund, den Kerchelmann, zu Rippchen mit Kraut in ein Sachsenhäuser Apfelweinlokal ein und ließ Irmgard als Dank für ihre Großzügigkeit einen Blumenstrauß zukommen.

Sidonie hatte glücklicherweise nur eine Gehirnerschütterung davongetragen, von der sie sich nach wenigen Tagen wieder erholte. Max Wilde machte sich die schlimmsten Vorwürfe, dass er nicht schärfer gegen Haider vorgegangen war, und legte dem Polizeisenator seine Kündigung vor. Hessenberg beurlaubte den überarbeiteten Oberinspektor für acht Tage, überredete ihn jedoch anschließend mit Engelszungen, wieder auf seinen Posten zurückzukehren, da er auf den tüchtigen Mann nicht verzichten mochte. Er kreidete es ihm auch nicht übermäßig an, dass er sich all die Jahre von Haider hatte täuschen lassen. Das wäre auch anderen so ergangen, bekundete er, seine eigene Person nicht ausgenommen, da es Haider mit atemberaubender Kaltschnäuzigkeit gelungen war, seine gesamte Umgebung zu täuschen. Auch Sidonie wurde es nicht müde, Max davon zu überzeugen, seine Kündigung zurückzuziehen. Was er schließlich auch tat. Die beiden waren weiterhin sehr glücklich miteinander und ergänzten sich vortrefflich. Es kam häufig vor, dass der Inspektor in schwierigen Fällen den Rat seiner klugen Frau einholte. Die Dichterin verfasste in Anlehnung an den Fall Haider einen Kriminalroman mit dem Titel ›Stille Wasser‹. Das Buch wurde ihr bislang erfolgreichstes Werk.

Thekla Müller und Theodor Schaller verstanden sich fabelhaft und da der sanftmütige, blitzgescheite Beamte Thekla niemals bedrängte, öffnete sie ihm schließlich ihr Herz und aus Freundschaft wurde Liebe. Sie heirateten noch im September. Max und Sidonie Wilde waren ihre Trauzeugen. Die jungen Leute, die beide eine schwere Kindheit gehabt hatten, erlebten zum ersten Mal ein überbordendes Liebesglück, das sie zeitlebens hüteten wie einen wertvollen Schatz. Aus der ehemaligen Straßenprostituierten wurde bald eine glückliche Mutter. Am 31. Dezember 1839 gebar sie eine Tochter, der sie aus Liebe zu dem stolzen Vater den Namen Theodora gab. Ihre alte Freundin und Weggefährtin Irmgard Stocklossa wurde die Taufpatin des Kindes. Die Eheleute Schaller engagierten sich weiterhin in der Mäßigkeitsbewegung und Thekla rührte ihr ganzes Leben nie wieder Alkohol an.

Drei Tage, nachdem Haider überführt werden konnte, wurde der Apotheker Willibald Künzel Opfer eines grausigen Verbrechens. Er wurde, auf einen Holzpflock gepfählt, im Morgengrauen unweit seines Erfrischungspavillons aufgefunden. Der Täter konnte nie ermittelt werden.

Es erschien mehr als naheliegend, dass die Miss etwas damit zu tun hatte. Sie sowie ihr gleichfalls hochgradig verdächtiger Butler hatten für die Tatzeit jedoch ein wasserdichtes Alibi. Die gestrenge Gouvernante dinierte an besagtem Abend in Begleitung ihres Beschützers im feudalen Russischen Hof auf der Zeil mit dem Bürgermeister höchstpersönlich. Die Miss hegte nämlich die Absicht, in Bälde nach Amerika auszuwandern, und trug sich daher mit dem Gedanken, ihre Liegenschaft in der Brönnerstraße der städtischen Wohlfahrt zu überschreiben – was in der Tat auch vonstattenging. Nur kam sie bedauerlicherweise nicht mehr in den Genuss der langen Seereise, weil sie wenig später das Zeitliche segnete. Als Todesursache wurde zweifelsfrei eine Überdosis Opium bescheinigt. Sie vermachte die eine Hälfte ihres beträchtlichen Vermögens ihrem treuen Diener Oskar, die andere wurde unter den zwölf Sklavinnen aufgeteilt.

Die ehrbaren Geschäftsleute Adelheid Witte und Rudolf Schwab wurden in einem Strafprozess zu einer nicht unerheblichen Geldstrafe verurteilt, die sie an die Geschädigte Sidonie Wilde als Wiedergutmachung zu entrichten hatten. Sidonie verwendete die Gelder, um die beiden Wasserbuden in der Taunusanlage und am Westhafen abreißen und an ihrer Stelle wunderhübsche Erfrischungspavillons errichten zu lassen, die Heerscharen von Bahnreisenden und Spaziergängern dazu einluden, im Schatten des Vordachs ein prickelndes Glas Sodawasser oder eine gutgekühlte Waldmeisterlimonade zu genießen. Dem Magistrat wurde dadurch der Wind aus den Segeln genommen und er hatte ihrer Duldung nichts mehr entgegenzusetzen. Wegen der Geruchsbelästigung für die Passanten wurde der nach faulen Eiern riechende Trinkbrunnen am Westhafen versiegelt und die Stadtoberen mussten ihre hochfliegenden Pläne von ›Bad Frankfurt‹ vollends ad acta legen.

ANMERKUNG DER AUTORIN

Erzählt man jemandem aus dem hohen Norden von den Frankfurter Wasserhäuschen, wird man befremdlich angeblickt: Bei dem Begriff »Wasserhäuschen« denken Auswärtige erfahrungsgemäß an Wasserwerke oder Trinkwasserreservoirs. Die Frankfurter gebrauchen diese Bezeichnung mit größter Selbstverständlichkeit, höchstens die Zugezogenen tun sich ein wenig schwer damit und sprechen eher distanziert-neutral vom »Kiosk«. Auf Amtsdeutsch nennt man sie schlicht »Trinkhallen« und meint damit eine »Schankstätte an öffentlichen Wegen, Straßen oder Plätzen mit Ausschank an Stehgäste«.

Bei all dieser Begriffsverwirrung liegt die Frage nahe, die sich selbst Einheimische gelegentlich stellen:

Wieso heißen die Wasserhäuschen eigentlich »Wasserhäuschen«? (Vgl. Neeb 2005, S. 12)

Dieser Frage bin ich nachgegangen. Die Antwort darauf ist in der guten, alten Zeit zu suchen …

»Menschen am Wasserhäuschen – oder: Ich steh' dazu, dass ich hier steh' – Erlebter Trinkhallenalltag in Frankfurt« war der Titel meiner kulturwissenschaftlichen Magisterarbeit von 1993.

Neben einer aufwendigen Topografie, zahlreichen Besichtigungsgängen durch die Frankfurter Wasserhäuschen-Szene, Interviews und Gesprächen mit Betreibern und Stammgästen, recherchierte ich im Frankfurter Institut für Stadtgeschichte anhand der Magistratsakten die Entstehungsgeschichte der Wasserhäuschen. Dieses Material ist im Jahre 2005 in meine kulturgeschichtliche Publikation

»Wasserhäuschen – Eine Frankfurter Institution« eingeflossen, aus welcher ich Anno 2011 die große Ehre hatte, vor rund 300 Besuchern im renommierten Deutschen Architekturmuseum einen Vortrag zu halten. Was deutlich macht, dass die kuriosen Büdchen von einst, inzwischen längst gesellschaftsfähig geworden sind.

Auf der Suche nach Sponsoren für meine Wasserhäuschen-Publikation, kontaktierte ich u.a. auch eine alteingesessene Frankfurter Bierbrauerei. Der jungdynamische Geschäftsführer, der mein Ansinnen abschlägig beschied, gab mir damals die ein wenig flapsige Empfehlung mit auf den Weg, doch lieber einen »Wasserhäuschen-Krimi« zu schreiben.

Genau das habe ich nun getan und mir, wenn auch viele Jahre später, mit dem Schreiben von »Madame ermittelt«, einen Herzenswunsch erfüllt. Aus liebevoller Verbundenheit zu meiner Ermittlerin, der Frankfurter Dichterin Sidonie Weiß, der Heldin aus »Madame empfängt«, habe ich diesen Krimi in die Vor- und Frühgeschichte der Wasserhäuschen verlegt. Einer Zeit, in der die Menschen Mineralwasser hauptsächlich zu Heilzwecken tranken und sich ihr Gesundheitsbewusstsein auch etwas kosten ließen: Ein Krug Mineralwasser war damals teurer als ein Pfund Brot. Erst gegen Mitte des 19. Jahrhunderts wurde das Mineralwasser vom Heil- und Luxusgetränk zum beliebten und erschwinglichen Volksgetränk.

Von Journalisten und interessierten Lesern wurde ich immer wieder gefragt: Wann entstand eigentlich das erste Wasserhäuschen und wo genau befand es sich?

Die Vorläufer der Wasserhäuschen gab es freilich schon seit langer Zeit, denn Frankfurt war auch in früheren Jahrhunderten schon eine »Budenstadt«. Die Büdchen existierten in den unterschiedlichsten Varianten und waren häufig an den Stadttoren gelegen, wo sie von Torwachen, Reisenden und Anwohnern gleichermaßen frequentiert wurden. Mit dem Ausbau des Eisenbahnnetzes verlagerten sich die Verkaufsstände zunehmend in Gegenden um die Gleisbereiche und um die Eingänge der Promenaden.

Und genau da setzt die Handlung meines Krimis ein.

Danken möchte ich den Menschen, die die Entwicklung von »Madame ermittelt« mit mir geteilt haben: Meiner Lektorin Claudia Senghaas und dem Team des Gmeiner-Verlags, bei denen ich das Manuskript in besten Händen weiß, meinem Lebensgefährten Markus Wild und meinen Freunden Jürgen Blümel und Gerold Hens. Vor allem aber danke ich meinen Sachsenhäuser und Seelenberger LesefreundInnen und allen Lesern, die meine Bücher mögen und mich und meine Protagonisten auf diesem prickelnden Spaziergang durch die Frühgeschichte der Frankfurter »Budenwelt« begleitet haben!

Ursula Neeb im April 2014

Weitere Krimis finden Sie auf den folgenden Seiten und im Internet:

CLAUDIUS CRÖNERT
Freyas Land

978-3-8392-1647-7 (Paperback)
978-3-8392-4571-2 (pdf)
978-3-8392-4570-5 (epub)

»Ein Roman, kraftvoll wie die Wellen der Nordsee.«

715 n.Chr.: Die friesischen Stämme rüsten zum Feldzug gegen die christlichen Franken, um ihre Handelsstadt Dorestad von deren Besatzung zu befreien. Auf einem Festbankett verlangt einer der friesischen Fürsten von Herzog Radbod, er möge ihm seine Tochter zur Frau geben. Das Mädchen ist aber erst 15 Jahre alt und der Herzog will sich um keinen Preis von ihr trennen. Es droht ein Streit zur Unzeit, denn nur wenn die Friesen zusammenhalten, haben sie eine Chance gegen den übermächtigen Gegner. Und Radbod hat viele Gefahren auf sich genommen, um die Stämme seines Landes zu einen …

PETER HERELD
Des Kaisers neue Braut

978-3-8392-1648-4 (Paperback)
978-3-8392-4573-6 (pdf)
978-3-8392-4572-9 (epub)

»Robert und Osman: am Ende einer langen Reise, aber nicht am Ende ihrer Abenteuer.«

Im Jahre 1235 kommen die ungleichen Freunde Robert und der Araber Osman endlich in Cölln, dem Ziel ihrer Reise, an. Hier trifft Robert seine frühere Liebe wieder und muss einer bedeutsamen Überraschung ins Auge blicken. Derweil spinnt der ehrgeizige Domherr Konrad Intrigen. Ihm schwebt das Bischofsamt vor. Dabei schreckt er vor nichts zurück und bringt auch die beiden Freunde in Gefahr. Am Tag des triumphalen Einzugs Isabellas von England in Cölln schließlich überschlagen sich die Ereignisse.

GMEINER SPANNUNG

Das Neueste aus der Gmeiner-Bibliothek

Unsere Lesermagazine

Bestellen Sie das kostenlose KrimiJournal in Ihrer Buchhandlung oder unter www.gmeiner-verlag.de

Informieren Sie sich …

www … auf unserer Homepage:
www.gmeiner-verlag.de

@ … über unseren Newsletter:
Melden Sie sich für unseren Newsletter an unter www.gmeiner-verlag.de/newsletter

f … werden Sie Fan auf Facebook:
www.facebook.com/gmeiner.verlag

Mitmachen und gewinnen!

Schicken Sie uns Ihre Meinung zu unseren Büchern per Mail an gewinnspiel@gmeiner-verlag.de und nehmen Sie automatisch an unserem Jahresgewinnspiel mit »mörderisch guten« Preisen teil!

GMEINER SPANNUNG

WWW.GMEINER-VERLAG.DE
Wir machen's spannend